LES HÉRITIERS d'Enkidiev

TOME 8

An-Anshar

DANS LA MÊME COLLECTION

Déjà parus :

Les héritiers d'Enkidiev, tome 1 – Renaissance
Les héritiers d'Enkidiev, tome 2 – Nouveau monde
Les héritiers d'Enkidiev, tome 3 – Les dieux ailés
Les héritiers d'Enkidiev, tome 4 – Le sanctuaire
Les héritiers d'Enkidiev, tome 5 – Abussos
Les héritiers d'Enkidiev, tome 6 – Nemeroff
Les héritiers d'Enkidiev, tome 7 – Le conquérant

À paraître bientôt :

Les héritiers d'Enkidiev, tome 9 – Mirages

✳ ✳ ✳

À ce jour, Anne Robillard a publié plus d'une trentaine de romans, dont la saga à succès des *Chevaliers d'Émeraude*, sa suite, *Les héritiers d'Enkidiev*, la série culte *A.N.G.E.*, *Qui est Terra Wilder ?*, *Capitaine Wilder* et *Les Ailes d'Alexanne* ainsi que plusieurs livres compagnons et des BD.

Ses œuvres ont maintenant franchi les frontières du Québec et font la joie de lecteurs partout dans le monde.
Pour obtenir plus de détails sur ces autres parutions, n'hésitez pas à consulter son site officiel et sa boutique en ligne :

www.anne-robillard.com / www.parandar.com

ANNE ROBILLARD

LES HÉRITIERS d'Enkidiev

TOME 8

An-Anshar

Catalogage avant publication de Bibliothèque et Archives
nationales du Québec et Bibliothèque et Archives Canada

Robillard, Anne

Les héritiers d'Enkidiev
Sommaire : t. 8. An-Anshar.

ISBN 978-2-923925-60-8 (v. 8)

I. Titre. II. Titre: An-Anshar.

PS8585.O325H47 2009   C843'.6   C2009-942695-1
PS9585.O325H47 2009

WELLAN INC.
C.P. 57067 – Centre Maxi
Longueuil, QC   J4L 4T6
Courriel : info@anne-robillard.com

Couverture et illustration: Jean-Pierre Lapointe
Mise en pages: Claudia Robillard
Révision: Annie Pronovost, Caroline Turgeon, Alexandra Soyeux

Distribution: Prologue
1650, boul. Lionel-Bertrand
Boisbriand, QC   J7H 1N7
Téléphone : 450 434-0306 / 1 800 363-2864
Télécopieur : 450 434-2627 / 1 800 361-8088

Dépôt légal - Bibliothèque et Archives nationales du Québec, 2013
Dépôt légal - Bibliothèque et Archives Canada, 2013

«Dans la vie, rien n'est à craindre, tout est à comprendre.»

— Marie Curie

ENKIDIEV

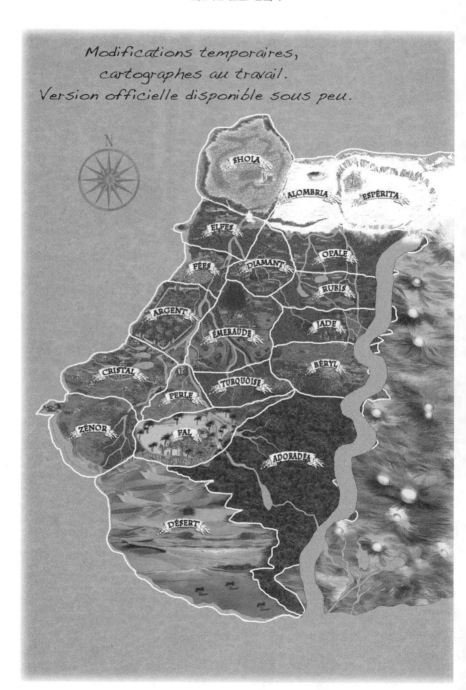

Modifications temporaires,
cartographes au travail.
Version officielle disponible sous peu.

ENLILKISAR

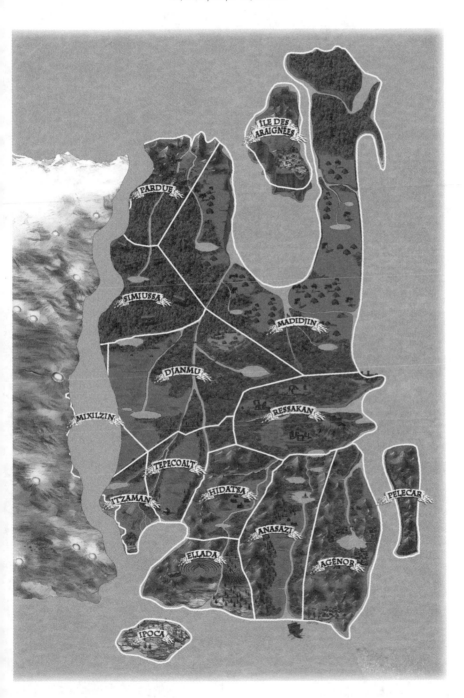

LES DIEUX FONDATEURS

LESSIEN IDRIL,
déesse-louve blanche ailée

ABUSSOS
dieu-hippocampe

LES DIEUX CATALYSTES

LAZULI
dieu-phénix

WELLAN
dieu-ptérodactyle

NAYATI
dieu-dragon bleu

NASHOBA
dieu-loup noir

ATLANCE
dieu-renard blanc ailé

NAHÉLÉ
dieu-dauphin ailé

MAÉLYS ET KYLIAN
déesse-pliosaure
et dieu-pliosaure

NAPASHNI
déesse-griffon

AYARCOUTEC
déesse-serpent ailé

NAALNISH
déesse-licorne

LES DIEUX CRÉATEURS

PANTHÉON REPTILIEN

PARANDAR
dieu-gavial

CAPÉRÉ
dieu-gavial

ASSÉQUIR
déesse-gavial

CLODISSIA
déesse-gavial

DRESSAD
dieu-gavial

AUFANIAE
déesse-dragon doré

AIAPAEC
dieu-dragon doré

PANTHÉON AVIAIRE

LYCAON
dieu-condor

ANGARO
déesse-chevêche

AQUILÉE
déesse-aigle royal

AURÉLYS
déesse-aigle noir

AZCATCHI
dieu-crave

PANTHÉON FÉLIN

ÉTANNA
déesse-jaguar

AHURATAR
dieu-lion

CORINDON
dieu-caracal

ANYAGUARA
déesse-panthère noire

CORNÉLIANE
déesse-guépard

PANTHÉON REPTILIEN (SUITE)

ESTOLA déesse-gavial
IALONUS dieu-gavial
LAGENTIA déesse-gavial
NADIAN dieu-gavial
SAUSKA déesse-gavial
THEANDRAS déesse-gavial
VATACOALT dieu-gavial
VINDÉMIA déesse-gavial

FAN déesse-gavial
KIRA déesse-théropode
LIAM dieu-gavial
ROGATIA déesse-gavial
SHUSHE déesse-gavial
VALIOCE déesse-gavial
VINBIETH dieu-gavial

PANTHÉON AVIAIRE (SUITE)

CYNDELLE déesse-effraie
IBALBA dieu-serpentaire
LAZULI dieu-gerfaut
MATSA déesse-vautour
NAHUAT dieu-émerillon
NOCHTO dieu-crécerelle
RISHA dieu-hibou
SILA déesse-buse
SPARWARI demi-dieu épervier

FABIAN/ALBALYS dieu-milan royal
IZANA déesse-chouette
LEPROCA dieu-autour
MÉTARASSOU déesse-faucon
NINOUSHI déesse-épervier
ORLARE déesse-harfang
SÉLÉNA déesse-harpie
SHVARA dieu-busard

PANTHÉON FÉLIN (SUITE)

ENDERAH déesse-lynx
KALÉVI dieu-ocelot
LARISSA déesse-eyra
LÉIA déesse-eyra
LÉONILLA déesse-eyra
MAHITO dieu-tigre
MYRIALUNA déesse-eyra
OUÉDO dieu-serval
SKAALDA déesse-léopard
SOMAVA déesse-marguay

INNICK déesse-oncille
KIRSAN dieu-chat du Désert
LAVRA déesse-eyra
LIDIA déesse-eyra
LUDMILA déesse-eyra
MAREK dieu-léopard des neiges
NAPISHTI dieu-tigre
ROGVA déesse-puma
SOLIS dieu-jaguar
WARA déesse-chat des sables

1

UNE REINE ENVOÛTÉE

Battant faiblement des paupières, Hadrian ne reconnut pas les objets qui l'entouraient. Refusant de céder à la panique, il commença par scruter son propre corps pour s'assurer qu'il n'était pas blessé ou, pire encore, paralysé. Soulagé de ne rien trouver de tel, il tenta de se redresser sur ses coudes. «Aucun geste brusque», songea-t-il. Il constata qu'il portait ses vêtements habituels. C'était tout le reste qui ne lui était pas familier.

Une fois qu'il eut repris ses sens, il parvint à s'asseoir. L'abri dans lequel il reposait était fait de toile épaisse qui laissait filtrer une apaisante lumière dorée. Il respira l'air chaud. Sa mémoire le ramena immédiatement à ce qu'il avait fait avant de perdre connaissance. «Je suis dans le Désert», conclut-il. L'énergie qu'il avait déployée pour diriger le fleuve vers l'océan l'avait vidé de ses forces. Sa présence dans une tente de nomades indiquait donc que ceux-ci l'avaient secouru.

Hadrian regarda autour de lui et aperçut la cruche laissée à portée de sa main. Il goûta l'eau : elle était fraîche. Il se désaltéra, puis sortit du pavillon. À ce moment de la journée, le peuple des ergs réduisait ses activités au minimum. On conduisait les animaux à l'ombre des oasis, puis chacun filait dans sa demeure. Certains en profitaient pour dormir, d'autres bavardaient en buvant le thé chaud délicieux infusé avec des fruits. Ils ne quittaient leur refuge qu'au coucher du soleil et vaquaient alors à leurs dernières activités.

L'ancien Roi d'Argent demeura immobile à un pas de sa tente, aveuglé par les rayons de l'astre du jour. Il leva la main pour protéger ses yeux et distingua la silhouette d'un homme enturbanné qui venait à sa rencontre.

— Les dieux te protègent, Hadrian.

Le nouveau chef de cette importante tribu de Danakis lui tendit les bras. Son invité les serra avec amitié.

— Qu'ils en fassent autant avec toi, Chokri.

Le successeur de Zharan était jeune et robuste. Ses yeux bleu clair offraient un contraste frappant dans son visage tanné par le soleil.

— Maintenant que tu es revenu à toi, sans doute pourras-tu m'expliquer pourquoi nous t'avons trouvé non loin du campement.

Ils marchèrent jusqu'à la tente du dirigeant et s'installèrent sur des coussins. Hadrian accepta un petit verre de thé avec plaisir.

— On dirait que tu te retrouves toujours ici, le taquina Chokri. Est-ce parce que ton pays est trop petit ?

– Tu ne me croiras pas si je te révèle ce que je viens d'accomplir.

– Rien ne m'étonnera plus après avoir vu les tiens voler sur un tapis et chasser un tigre au milieu de nulle part.

– Puisque tu veux le savoir, j'ai détourné le cours d'un immense fleuve aérien.

Chokri éclata de rire et se tapa sur les cuisses.

– C'est la vérité, affirma Hadrian, très sérieux.

Il lui raconta que toute la neige au nord d'Enkidiev ayant fondu d'un seul coup, un véritable déluge s'était jeté de la falaise de Shola et avait déferlé sur plusieurs royaumes.

– Grâce aux Chevaliers d'Émeraude et à leur magie, nous avons soulevé l'eau vers le ciel et je me suis empressé de me rendre dans le Désert pour lui faire poursuivre sa route jusqu'à l'océan en épargnant tous vos villages.

– Tu n'es pas en train de te payer ma tête, mon ami ?

– Jamais je ne te mentirais.

– Alors, c'est un exploit digne d'un dieu.

– Mais je n'en suis pas un. J'ai seulement combiné mes pouvoirs à ceux de mes compagnons d'armes, afin de sauver le plus de vies possible.

– Y a-t-il eu des victimes ?

– J'imagine que oui, mais je ne le saurai vraiment que lorsque je retournerai à Émeraude.

Hadrian ferma les yeux et sirota son thé, hanté par toutes ses dernières épreuves.

– Tu veux aussi me dire pourquoi il y a une grande tristesse dans ton cœur ? se risqua Chokri.

– C'est compliqué...

– Tous les soucis le sont.

L'ancien souverain hésita avant de se confier. Isolé dans sa tour sur le bord de la rivière Mardall, il n'avait pas souvent l'occasion de s'ouvrir à d'autres personnes.

– J'ai traversé des épreuves plutôt déchirantes, en commençant par ma résurrection, se livra-t-il.

– Tu as déjà connu la mort ? s'étonna Chokri.

– À un âge vénérable, après avoir régné durant de longues années sur le Royaume d'Argent. C'est un Immortel qui m'a arraché à mon repos éternel.

– J'espère qu'il avait une bonne raison.

– Il désirait que je contienne les ambitions de conquête d'un homme avec qui j'ai combattu il y a des centaines d'années.

– Ressuscité, lui aussi ?

– Non. Lui, il a utilisé la magie pour ne pas mourir.

– Ah... et quels sont les autres malheurs qui te tourmentent si cruellement ?

– Ma femme a été enlevée quelques secondes après que nous avons prononcé nos vœux et, lorsque nous l'avons retrouvée, elle s'était éprise de son ravisseur.

– Tu as dû être fou de rage.

– J'ai plutôt sombré dans une profonde dépression. Et, comme si ce n'était pas suffisant, mon meilleur ami m'a volé une amulette, alors qu'il savait très bien ce qu'elle représentait pour moi.

– Comment comptes-tu chasser cette malédiction qui semble te poursuivre, Hadrian ?

– J'ai accepté la décision de ma belle, mais je suis toujours indécis en ce qui concerne celui qui s'est approprié mon bien, d'autant plus qu'il s'agit justement de l'homme dont je dois réfréner les ardeurs de conquête. Je ne sais plus si je dois admirer son cran ou détester ses manières.

– Ce talisman possède-t-il un pouvoir qu'il convoitait ?

– J'y ai longuement réfléchi et j'en suis venu à la conclusion qu'il voulait probablement s'en servir pour rallier les Ipocans, un peuple marin.

– Pourquoi ne t'a-t-il pas simplement demandé de le lui prêter ?

– Sans doute parce que j'aurais refusé.

– Alors, tu ne sais pas vraiment ce qu'il a l'intention d'en faire.

– Non...

– Il est dangereux de juger un homme sans connaître les raisons qui le poussent à agir, mon ami.

– Tes paroles sont empreintes de sagesse, Chokri. J'imagine que les dieux t'ont placé sur mon chemin pour que je les entende.

Après avoir partagé le repas frugal du jeune chef, Hadrian s'éloigna dans le Désert et utilisa son vortex pour rentrer au Château d'Émeraude. En marchant vers les marches de l'entrée du palais, il songea à son incarnation précédente. La première invasion des Tanieths ne lui avait pas permis de passer beaucoup de temps avec Onyx. Pourtant, il avait senti un lien indéfectible s'installer entre eux. Lorsqu'il était revenu à la vie, son ancien lieutenant l'avait recueilli avec ravissement et générosité. « Qu'a-t-il bien pu se passer pour qu'il change si brusquement ? » se demanda Hadrian en arrivant dans le grand vestibule.

– La reine est-elle dans la salle d'audience ? demanda-t-il à un serviteur qui descendait l'escalier.

– Non, sire. Elle se repose dans ses appartements.

Hadrian grimpa donc à l'étage royal et frappa respectueusement à la porte, même si, par le passé, il était souvent entré
chez Onyx sans permission. Ce ne fut pas un domestique qui
lui répondit, mais le nouveau dirigeant du pays en personne. Il
ressemblait tellement à son père que Hadrian en demeura sans
voix.

– Comment puis-je vous aider, mon brave ? demanda poliment le jeune roi.

Même s'il vivait en ermite à la frontière du royaume,
Hadrian avait capté des échos du couronnement controversé.

– Je désire m'entretenir avec la reine, répondit-il en
regardant Nemeroff droit dans les yeux.

– Malheureusement, son état ne lui permet pas de recevoir
de visiteurs.

– Est-elle souffrante ?

– Sa grossesse avancée l'incommode.

– Je crois qu'elle sera heureuse de me voir. Je suis Hadrian
d'Argent, un vieil ami de la famille.

– J'ai entendu parler de vous, sire.

– Et curieusement, vous portez le même nom que le défunt
fils de Swan.

– Nous ne sommes qu'une seule et même personne.

– Qui vous a ramené de la mort ?

– Mon père.

« Pourquoi ne suis-je pas surpris ? » songea Hadrian. Il insista pour que le jeune roi le conduise jusqu'à sa mère.

– Si elle n'est pas en état de me recevoir, alors qu'elle me le dise elle-même.

Nemeroff cacha habilement son déplaisir, mais Hadrian savait interpréter les émotions dans le regard des autres. Le jeune roi le conduisit aux appartements de sa mère et lui en ouvrit la porte. Swan se berçait dans un fauteuil à bascule et observait les jeux d'un enfant d'environ deux ans assis sur le tapis à quelques pas d'elle.

– Hadrian ! se réjouit-elle en lui tendant la main.

L'ancien monarque prit ses doigts et les embrassa avec affection.

– Je croyais que tu étais parti avec Onyx.

– Il ne m'a pas invité à participer à ses nouvelles aventures.

– Je t'en prie, assieds-toi.

Hadrian vit alors que Nemeroff était resté debout près de la porte du salon privé.

— Ce que vous avez à raconter à ma mère, vous pouvez aussi me le dire à moi, indiqua-t-il devant le regard suspicieux de l'aîné.

— Il ne s'agit pas d'affaires politiques, le rassura Hadrian.

— Je ne cours aucun danger, mon chéri, renchérit Swan. Tu peux me laisser seule avec lui.

Nemeroff décocha un regard glacial à l'ancien roi et quitta la pièce.

— Ne lui en veux pas, Hadrian. Il tient à tout prix à me protéger depuis son retour.

— Onyx lui a-t-il rendu la vie afin de lui céder sa place sur le trône d'Émeraude ?

— C'était sans doute une de ses intentions, mais je ne prétends pas savoir ce qui se passe dans la tête de mon ex-mari.

— Ex-mari ?

— Je lui ai demandé de partir, car nos chemins s'étaient trop écartés l'un de l'autre. C'est moi qui ai remis ma couronne à mon fils, car j'en avais assez de régner à la place d'Onyx.

— T'a-t-il dit où il allait ?

— Il est sans doute en train de fonder une quatrième famille quelque part dans le monde avec sa maîtresse sauvage.

Toutefois, mon intuition me dit qu'il regrettera profondément sa décision.

— Mais comment es-tu certaine, à part le fait qu'il ressemble à s'y méprendre à Onyx, que Nemeroff est bel et bien ton fils qui est mort écrasé dans une tour de ce château ?

— Je le sens dans mon cœur de mère.

— Ne captes-tu pas aussi son essence divine ?

— Je sais qu'il est en réalité le dieu-dragon Nayati, mais il l'a toujours été, même lorsqu'il était enfant. Cela ne fait pas de lui un incapable. Au contraire, Nemeroff est un bon roi, Hadrian. Il redonnera courage au peuple.

— Si telle est ta volonté, je la respecterai.

— Ne me dis pas que tu n'es venu jusqu'ici que pour le chasser, se désola Swan.

— Non. En fait, je voulais m'assurer que tout le monde était sauf, surtout toi.

— As-tu l'intention de partir à la recherche d'Onyx ?

— Oui, mais pour des raisons strictement personnelles. Si j'en ai l'occasion, je lui mettrai du plomb dans la tête, sois-en assurée. Ce bébé est-il de lui ?

— Évidemment, mais il ne l'aura pas, et Jaspe non plus. Tu peux le lui dire de ma part.

– Courage, honneur et justice, ma sœur d'armes.

– À toi aussi, Hadrian. Puisses-tu trouver le bonheur.

– Lui aussi, je le cherche, répliqua-t-il avec un sourire.

Hadrian quitta les appartements royaux. Il n'avait besoin de personne pour lui indiquer le chemin de la sortie. Il se dirigea vers l'écurie en se demandant si Staya y était restée sagement en son absence. Il s'approcha de l'enclos et vit la jument blanche qui mangeait de l'avoine avec ses cousins, les chevaux ordinaires.

– Alors, pendant que je travaillais, tu en profitais pour te détendre ?

Staya poussa un sifflement aigu qui effraya les bêtes qui l'entouraient et galopa jusqu'à la clôture. Elle passa l'encolure par-dessus la barrière pour se frotter les naseaux dans le cou de son ami humain.

– Sire Hadrian ? appela une voix masculine.

L'ancien souverain se retourna et vit approcher les Princes Fabian et Maximilien.

– Pourrions-nous vous parler ? demanda Fabian.

Hadrian n'eut pas le temps de répondre que les jeunes gens lui saisissaient les bras et l'entraînaient dans l'écurie.

– Pourquoi voulez-vous le faire en secret ? s'étonna-t-il.

– Pour éviter les foudres de Nemeroff, répondit Maximilien.

– Il s'est déjà mis en colère contre vous ?

– S'il est bon avec le peuple, il a plutôt tendance à faire des menaces à ses frères, expliqua Fabian. Pire encore, nous pensons qu'il maîtrise la volonté de notre mère grâce à un enchantement.

– Je viens pourtant de m'entretenir avec Swan et elle m'a paru tout à fait normale.

– Mais avant d'aller plus loin, nous aimerions vous remercier d'avoir sauvé beaucoup de vies à Émeraude en modifiant le parcours du torrent.

– C'était tout naturel.

– Nous sommes cependant d'avis que c'est Nemeroff qui a provoqué cette inondation, ajouta Maximilien.

– Avez-vous des preuves de ce que vous avancez ?

– Malheureusement, non, mais un simple magicien n'aurait jamais pu faire fondre la neige de tout un royaume. Il fallait que ce soit quelqu'un de très puissant.

– Donc, un dieu... murmura Hadrian en réfléchissant.

– Il a également malmené Cornéliane lorsqu'elle lui a reproché d'usurper son titre, lui apprit Fabian.

– Nemeroff a réussi à retrouver la princesse ? se réjouit Hadrian.

– Non, c'est notre père qui a accompli cet exploit. Comme elle avait exprimé le vœu de revoir notre mère, Onyx l'a envoyée ici.

– De quelle façon votre frère a-t-il rudoyé votre sœur ?

– Cornéliane raconte qu'il s'est transformé en dragon et lui a donné la chasse dans le grenier, répondit Maximilien.

– Puisqu'elle est déterminée à lui faire rendre le trône qu'il lui a volé, précisa Fabian, ça pourrait très mal se finir.

– Et votre frère Atlance, là-dedans ?

– Craignant pour la vie de son fils, il est retourné vivre à Zénor avec sa famille.

– Avez-vous prévenu votre père de ce qui se passe ici ?

– Au début, aucun d'entre nous ne voulait se porter volontaire, avoua Maximilien, et maintenant que nous sommes certains que Nemeroff nous écrasera tous, nous n'arrivons pas à localiser Onyx.

– Il est plutôt doué pour le camouflage lorsqu'il ne veut pas être trouvé, soupira Hadrian, à qui le renégat avait souvent fait le coup, jadis.

– Lorsque nous vous avons aperçu, il y a un instant, nous avons tout de suite su que vous étiez la réponse à nos prières, fit Fabian sur un ton implorant.

– Vous me chargez de contacter votre père ?

– Et de le ramener ici.

– Il est le seul homme qui peut nous débarrasser de Nemeroff, estima Maximilien.

– Mais comment pouvez-vous être sûr qu'il ne sera pas plutôt content de le voir à sa place sur le trône d'Émeraude ?

– C'est un imposteur, un menteur, un hypocrite et un dictateur !

– Baisse la voix, Maximilien, lui recommanda son frère.

Le visage de Fabian devint suppliant.

– Malgré tous ses défauts, notre père aimait son pays et il ne l'aurait jamais confié à un homme au cœur noir, ajouta-t-il.

– Je ne prendrai certainement pas une décision d'une telle importance au milieu d'une écurie, surtout à deux pas de celui qui vous tourmente. Je vais rentrer chez moi et retourner la question dans tous les sens. Vous devez comprendre que j'ai mes propres comptes à régler avec Onyx.

– Qui n'en a pas ? grommela Maximilien.

– Une fois que je me serai vidé le cœur, alors je lui transmettrai votre message.

– C'est tout ce que nous vous demandons, affirma Fabian.

– Attendez quelques minutes avant de sortir. Il est préférable que nous ne soyons pas vus ensemble si vous voulez que j'intervienne avec succès dans cette affaire.

Hadrian décrocha un licol du mur pour se donner un prétexte d'être entré dans l'écurie, puis se dirigea tout droit vers sa jument qui l'attendait dans l'enclos en piaffant d'impatience. Au grand étonnement de l'animal, son maître tenta de lui passer la pièce de harnais, alors qu'il ne la sellait plus depuis des lustres. Puisque Staya était un cheval-dragon, il n'arriva pas à boucler la lanière de cuir trop courte pour son cou et dut renoncer à l'attacher. Il accrocha le licol à la clôture, ouvrit la barrière et invita la jument à sortir. Celle-ci se mit aussitôt à genoux pour le laisser sur son dos monter et attendit de voir où il ferait apparaître son vortex.

Sur le balcon de la chambre royale, Nemeroff observa le départ de l'ami de son père avec des yeux méfiants.

2

UN PRÉTENDANT AUDACIEUX

Tout en sillonnant le Royaume des Elfes en compagnie de son roi et de sa reine, Kaliska soignait les petites blessures de ceux qui venaient la consulter. Avec un sourire, elle faisait apparaître une douce lumière dans ses paumes et refermait les plaies des enfants et des adultes. Une rumeur avait commencé à circuler dans le pays au sujet de cette ravissante jeune femme aux cheveux blond foncé et aux yeux violets. On disait qu'elle était une déesse descendue du ciel pour soulager les souffrances des habitants d'Enkidiev. Kaliska ne savait pas quoi répondre aux patients qui voulaient savoir si c'était vrai, car elle était en effet guérisseuse et tout le monde prétendait qu'elle était une divinité. Ce qui lui importait, c'était de suivre les élans de son cœur.

Tandis que Kaliska réconfortait les victimes de l'inondation, le Roi Cameron et la Reine Danitza examinaient les arbres en compagnie des familles de chaque clan. Ils attachaient des rubans autour de ceux sur lesquels seraient installées les futures huttes en bois. Dans son cahier, Danitza notait le nombre de logis requis à chaque endroit. Certains que les charpentiers de Rubis étaient déjà au travail, les souverains ne perdaient pas de temps, car ils désiraient mettre tous les Elfes en sûreté dans les meilleurs délais.

Pour qu'ils puissent dormir confortablement partout dans le royaume, Kaliska traînait magiquement leurs pirogues derrière elle. À chaque village, le chef de clan lui indiquait où les déposer.

Les premières nuits, la guérisseuse trouva de belles fleurs dans son embarcation après la tombée de la nuit. Elle crut d'abord qu'elles lui étaient offertes par les gens qu'elle avait traités durant la journée, mais au bout d'un certain temps, Danitza commença à avoir des doutes sur leur provenance. Elle les examina donc plus attentivement.

— Aucune de ces fleurs ne pousse ici, affirma-t-elle.

Les deux femmes étaient assises devant un feu magique en compagnie du roi.

— Je le confirme, renchérit Cameron.

— En fait, je me souviens d'avoir déjà vu des gentianes semblables à Zénor, poursuivit Danitza.

— Les Elfes seraient allés les chercher aussi loin ? s'étonna Kaliska.

— Si c'était le cas, elles ne seraient pas aussi fraîches, lui fit remarquer Cameron.

— Alors, comment ont-elles abouti dans ma pirogue ?

— Par magie, j'imagine.

– C'est probablement un cadeau de ta famille, avança Danitza.

– Tu as raison. C'est la seule explication possible.

Ne voulant pas intervenir directement dans la vie de ses enfants adultes, Kira avait donc trouvé une façon de leur faire savoir qu'elle pensait à eux. Kaliska se demanda si Wellan recevait lui aussi de tels bouquets depuis qu'il était parti de la maison. Avant de s'allonger dans son lit de fortune, la déesse humait le doux parfum de ses fleurs, puis fermait les yeux.

Kaliska parcourut la contrée elfique du sud jusqu'au nord, se taillant une réputation enviable dans tous les villages. Les fleurs continuèrent de se matérialiser, puis un soir, elles furent remplacées par une admirable couette de velours vert brodé d'or.

– Cette fois, ma mère exagère ! lança-t-elle en se tournant vers Danitza.

La reine vint inspecter le cadeau avec des yeux critiques.

– Elle provient sans aucun doute d'une chambre royale, conclut-elle.

– Je ne me souviens pourtant pas en avoir vu de semblables à la maison, avoua Kaliska.

– Kira était la Princesse d'Émeraude avant de devenir Chevalier. Cette couette faisait sûrement partie de sa literie.

– Ma mère a un grand sens pratique. Si elle avait voulu me tenir au chaud la nuit, elle aurait choisi une couverture chaude en laine plutôt qu'une œuvre d'art. Je ne comprends pas du tout la logique derrière ce présent.

– Est-ce vraiment nécessaire ? Accepte-le donc d'un cœur joyeux et profites-en, car elle pourra te servir de matelas dans ta pirogue.

– C'est plutôt au roi ou à la reine que je devrais l'offrir.

– C'est à toi qu'elle appartient, ma belle Kaliska.

La guérisseuse plaça donc la couette au fond de l'embarcation et dut avouer que c'était beaucoup plus confortable pour dormir. Elle se promit, s'il continuait d'en apparaître d'autres, qu'elle obligerait Cameron et Danitza à les utiliser, eux aussi.

Après une autre journée à écouter les récits des Elfes qui avaient tout perdu dans le débordement de la rivière Mardall, Kaliska se laissa tomber près de Danitza et mangea ses noix et ses racines sans beaucoup d'appétit.

– Courage, ma chérie, la réconforta la reine. Nous allons bientôt atteindre les derniers villages.

– Il est assez étonnant que mes forces s'amenuisent ainsi, puisque je suis censée être divine, plaisanta la jeune femme.

– À mon avis, c'est tout à fait normal, intervint Cameron, puisque tu t'astreins à un nouveau régime de vie.

– C'est encourageant, merci.

Kaliska se traîna les pieds jusqu'à sa pirogue et s'arrêta net en distinguant les filets de vapeur qui s'en échappaient.

– Mais qu'est-ce que c'est que ça ?

Elle s'approcha prudemment de son lit, espérant qu'il ne s'agisse pas d'un mauvais tour de la part de Moérie, et sentit tout son être se détendre en apercevant une écuelle remplie des aliments qu'on mangeait à Émeraude. Kaliska ne se plaignait pas des maigres portions qu'on lui servait chez les Elfes, puisqu'ils venaient de subir une grande épreuve, mais cette nourriture familière arrivait à point. Elle souleva l'assiette et prit le temps d'identifier tout ce qu'elle contenait, puis se mit à manger avec appétit.

Persuadée que ces petites douceurs lui étaient envoyées par sa mère, avant de se mettre au lit, Kaliska savoura ces plats de son enfance pendant plusieurs jours. Mais tout comme les fleurs, ils furent bientôt remplacés par une autre offrande. Un soir, elle trouva un livre sur sa couette. « Ce présent-là m'est sûrement offert par mon père », se dit-elle en allumant sa paume pour pouvoir lire dans la pénombre. Elle parcourut quelques pages de l'ouvrage et s'arrêta net.

– Mais pourquoi m'aurait-il envoyé un recueil de poèmes sur l'amour ? s'étonna-t-elle.

Intriguée, elle glissa l'ouvrage sous son oreiller et se coucha. D'autres livres continuèrent d'arriver de la même façon, tous sur le même sujet. Alors, Kaliska décida d'entrer en communication télépathique avec ses parents pour en avoir le cœur net. *Nous ne t'avons rien envoyé,* assura Kira, tout aussi surprise que sa fille. *Ces présents proviennent sans doute de Wellan,* ajouta Lassa, *car je vois mal Marek penser à ce genre d'attention.*

C'est alors que Kaliska comprit ce qui se passait. «C'est Nemeroff qui tente de conquérir mon cœur!» Elle décida de ne pas en parler à ses hôtes avant d'avoir vérifié cette hypothèse.

Une nuit, lorsque tout le village fut endormi, la jeune femme quitta sa pirogue et marcha jusqu'à l'un des nombreux étangs qui s'étaient formés dans les forêts à la suite de l'inondation. Elle s'assit sur le tronc d'un arbre abattu par la force des éléments et prit une profonde inspiration pour se donner du courage. Elle n'avait pas encore transmis son invitation télépathique à Nemeroff que de petites lanternes de toutes les couleurs apparurent à la surface de l'eau.

– Je n'aime pas jouer au chat et à la souris, fit-elle en regardant tout autour.

– Moi non plus, répondit une voix masculine en provenance de la forêt.

– Alors, montrez-vous.

La silhouette de Nemeroff se découpa entre les arbres, son visage éclairé par la lueur des lampions flottants. Tout de noir vêtu, il s'approcha de Kaliska en la dévorant des yeux.

– C'était donc vous.

– Je commençais à désespérer, belle dame.

– Si vous aviez laissé une note avec vos présents, je n'aurais pas eu à me creuser l'esprit pour deviner de qui ils provenaient.

– Vous ont-ils plu, au moins ?

– Surtout la nourriture. Les Elfes ne mangent plus grand-chose depuis la fonte des glaces.

Une petite table pour deux personnes apparut entre Nemeroff et Kaliska, faisant sursauter la guérisseuse.

– Pourquoi me traitez-vous ainsi ? balbutia-t-elle, troublée.

– Pour vous montrer que je sais prendre soin d'une femme.

– S'il s'agit de votre demande en mariage, sachez que je n'ai pas eu le temps d'y réfléchir.

– Quand vous mentez, une petite veine se met à battre sur vos tempes, la taquina Nemeroff en matérialisant également deux chaises en bois ouvré.

Kaliska porta nerveusement les mains à sa tête pour vérifier s'il disait vrai.

Le roi s'installa à table et convia sa belle d'un geste de la main.

– Tous ces cadeaux ne hâteront pas ma décision.

– Mais, ce soir, ils mettront fin aux grondements de votre estomac.

Sur ce point, il avait parfaitement raison : elle était morte de faim.

– Alors, j'accepte de partager ce repas avec vous, mais que ce soit bien clair : ce geste ne m'engage à rien.

Nemeroff se mit à manger pour l'inciter à en faire autant.

– Comme vous ne m'avez pas donné le temps de m'exprimer lors de notre rencontre sur la route de Rubis, fit Kaliska, une fois repue, j'aimerais que nous mettions certaines choses au clair, Majesté.

– Vous pouvez m'appeler Nemeroff.

– Chaque chose en son temps, si vous voulez bien.

Le sourire séduisant du jeune souverain fit presque craquer Kaliska. Elle secoua doucement la tête pour reprendre ses esprits.

– Je suis d'abord et avant tout une guérisseuse et le but de ma vie est de soigner les gens.

– Jamais je ne vous empêcherais de faire ce dont vous avez envie.

– Je me suis également engagée envers les Elfes à leur fournir de nouveaux abris et je ne penserai à mon propre avenir que lorsque j'aurai rempli cette promesse.

– Il est important en effet de ne pas donner sa parole à la légère.

– Je ne pourrai donc pas vous donner de réponse avant que toutes les huttes que j'ai commandées au Royaume de Rubis aient été construites et installées dans les arbres des Elfes.

– Je suis un homme patient.

Les épaules de la jeune déesse s'affaissèrent, car aucun de ses arguments ne semblait décourager Nemeroff.

– Je ne comprends pas la fascination que j'exerce sur vous, avoua-t-elle. Il y a des centaines de belles femmes à Émeraude et partout ailleurs à Enkidiev.

– C'est la lumière qui vous auréole qui m'attire. Je sens au plus profond de mon cœur que nous sommes faits pour être ensemble.

– Il faudra donc me donner le temps d'en venir à la même conclusion.

La table se volatilisa. Nemeroff se leva et tendit la main à l'élue de son cœur. Charmée, elle l'accepta et le roi l'attira doucement jusqu'à lui en plantant son regard dans le sien. «Il a de si beaux yeux», se surprit à penser sa proie. Sa poitrine toucha la sienne et son cœur se mit à battre à toute volée.

Nemeroff se pencha et embrassa tendrement les lèvres de la jeune déesse. Sentant fondre sa résistance, Kaliska le repoussa en tremblant.

– Ne m'oubliez pas, murmura-t-il avant de disparaître avec le reste du mobilier.

Elle recula jusqu'à ce qu'elle heurte le tronc d'arbre et y tomba assise. «Je suis beaucoup trop jeune pour éprouver une émotion aussi intense», paniqua-t-elle intérieurement.

– Kaliska?

Reconnaissant la voix de Danitza, la guérisseuse essuya vivement ses larmes. Mais la reine était très perspicace.

– Tu es en proie à la nostalgie? demanda-t-elle en s'assoyant près d'elle.

– Si ce n'était que ça...

– Je ne te forcerai pas à m'en parler si tu n'en as pas envie, mon amie.

– J'ai besoin de me confier à quelqu'un...

– Je doute d'être d'aussi bon conseil que ta mère, mais je veux bien t'écouter. Dis-moi ce qui te rend aussi triste.

– C'est le Roi Nemeroff. Il est venu me redemander en mariage.

— T'a-t-il fait des menaces à toi aussi ? se hérissa Danitza.

— Non... Avec moi, il est tout miel...

— Alors ?

— Je ne sais plus ce que je ressens pour lui...

Danitza prit la main de son amie et la serra avec affection.

— C'est le lot des femmes de succomber à la séduction des hommes, Kaliska. C'est ainsi depuis la nuit des temps.

— J'ai répondu que je voulais terminer ma mission auprès des Elfes avant de prendre cette importante décision.

— Tu as bien fait.

La reine raccompagna Kaliska à sa pirogue.

— Fais-le attendre, ma chérie. S'il t'aime vraiment, il ne s'en plaindra pas.

— Merci de m'avoir écoutée, Danitza.

— Essaie de dormir un peu. Nous partons à l'aube.

Kaliska ramena les rebords de sa précieuse couette sur sa poitrine et tenta de fermer l'œil, mais le baiser de son prétendant continuait de la hanter. « Est-ce ainsi que papa a conquis le cœur de maman ? » se demanda-t-elle.

Ce ne furent pas les rayons du soleil qui tirèrent la déesse de son court sommeil, mais des cris stridents. Elle se redressa et tendit l'oreille, puis utilisa ses sens invisibles pour scruter la région, mais ne détecta aucun signe de détresse. Elle s'extirpa donc de la pirogue et courut en direction de l'agitation. Tout le village s'était rassemblé au pied d'un arbre géant et regardait vers le ciel. Intriguée, Kaliska en fit autant. Quelle ne fut pas sa surprise d'apercevoir une première hutte solidement fixée au large tronc, plusieurs mètres au-dessus du sol !

– Mais comment est-ce possible ? lâcha-t-elle.

– Nous pensions que c'était ta magie, avoua Cameron, confus.

– Je vous jure que je n'y suis pour rien.

Kaliska examina l'échelle de corde, puis en escalada les montants, malgré sa longue robe qui gênait ses mouvements. Elle poussa la trappe qui protégeait l'entrée de la hutte et se hissa à l'intérieur. Elle marcha autour du large tronc en examinant les murs assemblés à la perfection. Les artisans avaient même ajouté des volets pour boucher les fenêtres en cas d'intempéries.

– Ils ont certainement battu un record de construction, estima Cameron en entrant à son tour dans le logis.

La guérisseuse caressa la douce surface des planches.

– Ils ne peuvent pas avoir installé cette hutte durant la nuit sans l'aide d'un magicien, murmura-t-elle, étonnée.

D'autres cris ramenèrent le roi et la déesse vers l'ouverture dans le plancher, où ils passèrent la tête avec inquiétude.

– Venez ! réclama Danitza.

Cameron et Kaliska s'empressèrent de redescendre dans l'échelle.

– Que se passe-t-il ? s'alarma le roi.

– Regardez par là ! indiqua sa femme en pointant un arbre plus loin.

Une autre habitation circulaire, en tous points semblable à la première, venait d'apparaître.

– Mais... s'étrangla Cameron, sidéré.

Kaliska n'eut pas le temps de chercher une explication que les huttes se mirent à apparaître dans les arbres marqués par les rubans comme des champignons après une forte pluie !

* * *

Au même moment, au Royaume de Rubis, les menuisiers avaient quitté leurs chaumières afin de se rendre dans la grande clairière qui leur servait de chantier de construction. Ils avaient abattu les arbres, scié les planches, équarri les poutres et ils s'apprêtaient à les trier afin de les transporter chez les Elfes. Ils s'immobilisèrent brusquement, stupéfaits. Là où ils avaient entassé des centaines de pièces de bois, il y en avait maintenant des milliers ! Mais ce qu'ils découvrirent plus loin dans l'échappée leur coupa le souffle. Mus par des mains invisibles, les planchers s'assemblaient à la vitesse de l'éclair. Dès que l'un d'eux était complet, des planches venaient se clouer sur sa circonférence pour former le mur. Puis, les fenêtres s'y perçaient d'un seul coup, comme si une armée de pics-bois venait de les marteler avec leur bec. Enfin, le toit de tuiles d'ardoise circulaire tombait du ciel quelques secondes avant que la hutte disparaisse et qu'un autre plancher vienne prendre sa place.

– Personne ne voudra croire ce qui se passe ici ! lança l'un des ouvriers.

– La petite a dit qu'elle était magicienne, lui rappela son voisin.

– Dans ce cas, pourquoi a-t-elle requis nos services si elle est capable de tout faire elle-même ?

N'osant pas se mettre sur la route qu'empruntaient les morceaux de bois, les charpentiers demeurèrent groupés à l'entrée du chantier à se demander quoi faire.

✳ ✳ ✳

Sous l'une des tours du Château d'Émeraude, le Roi Nemeroff, ayant repris sa forme de dragon, était couché sur son trésor, la tête relevée et le regard immobile tandis qu'il supervisait magiquement les travaux au Royaume de Rubis.

3

LE DERNIER ORACLE

Avant leur anéantissement par le sorcier Asbeth, les moines de Shola avaient été de douces créatures qui vivaient en perpétuel état de contemplation. Puisque le climat de leur pays était inhospitalier, ils avaient creusé d'innombrables galeries souterraines, tant à Shola qu'à Alombria, que le reste du continent appelait le Royaume des Ombres.

Pendant des milliers d'années, les cénobites avaient médité dans leurs cellules à peine éclairées par des pierres enchantées et certains d'entre eux avaient même possédé le don de voir l'avenir. C'est pour cette raison qu'ils avaient façonné plusieurs boules de cristal renfermant suffisamment d'énergie pour les ramener à la vie, car ils savaient qu'un jour, ils seraient trahis.

Hawke était le seul moine du sanctuaire qui n'avait pas fait partie des premiers mages de Shola. Il était né dans un petit village du Royaume des Elfes et son étonnante prédisposition pour les arts occultes avait poussé ses parents à le conduire à Émeraude pour qu'il puisse développer davantage ses pouvoirs. Il avait étudié avec les autres enfants appelés à devenir Chevaliers et s'était montré si doué pour la magie qu'Élund l'avait gardé auprès de lui plutôt que de le confier à Wellan.

Toutefois, ce fut surtout au contact de son propre apprenti, Farrell d'Émeraude, que Hawke avait enfin compris ce qu'était la magie. Il avait cessé de se reporter constamment aux recueils d'incantations et avait plutôt appris à utiliser sa propre force vitale pour accomplir des miracles. Depuis, il n'avait arrêté de progresser.

C'est lorsqu'il était devenu le précepteur du jeune Prince Kirsan à Zénor que le destin de Hawke avait basculé. L'enfant lui avait raconté que, dans un de ses songes, il avait vu une grotte magique. Il lui avait même indiqué l'emplacement de cette caverne. En l'explorant, non seulement l'Elfe avait trouvé une des boules de cristal des Sholiens, mais il avait également reçu les directives requises pour l'utiliser. Grâce à lui, les moines lâchement assassinés à Alombria étaient revenus à la vie. Puisqu'ils étaient pour la plupart désorientés et encore sous le choc de leur mort brutale, Hawke était resté auprès d'eux pour les réconforter et répondre à leurs questions. Isarn lui avait alors parlé des tunnels de Shola, alors l'Elfe s'était porté volontaire pour y conduire les ressuscités.

Une fois installés dans ce sanctuaire, les cénobites avaient repris leur aplomb et restauré leurs anciennes coutumes. Hawke était de nouveau redevenu un apprenti. Sous la gouverne du hiérophante, il avait adopté la routine de ces sages à la peau blanche comme de la neige. En peu de temps, il avait appris à lire, à écrire et à parler leur langue et avait aussi reçu les enseignements collectifs dispensés par Isarn. Jadis, les Sholiens n'admettaient aucun étranger dans leur communauté, mais puisque l'Elfe les avait ramenés des grandes plaines de lumière, ils avaient accepté de faire une exception dans son cas, une décision qu'ils n'avaient jamais regrettée.

Le dévouement de Hawke était admirable. Il participait à toutes les activités des moines, des plus exigeantes aux plus triviales. Il n'hésitait jamais à venir en aide aux plus jeunes Sholiens, même s'ils étaient âgés de centaines d'années de plus que lui. C'est ainsi qu'il s'était lié d'amitié avec Briag.

Isarn avait encore une fois assoupli les règles lorsque l'Elfe lui avait demandé d'accueillir sa famille au sanctuaire. Il avait accepté à la condition que ses deux fils deviennent moines et que sa femme ne leur cause aucun ennui.

Élizabelle, Meallan et Jaheda s'étaient volontiers pliés à la discipline du sanctuaire et, au bout de quelques années, n'avaient plus ressenti de malaise à vivre dans le roc. L'épouse de Hawke avait également persuadé les Sholiens de lui procurer des plantes et des lumières plus intenses afin de faire pousser des légumes et des fruits pour toute la colonie. Étant des descendants lointains des Fées, les moines à la peau blême se nourrissaient depuis toujours de leur pain magique, mais de l'avis d'Élizabelle, quelques carottes leur redonneraient éventuellement du teint.

Puisque les habitudes de son mari elfe étaient réglées comme une horloge, l'Émérienne se faisait un devoir de toujours être un pas devant lui. Lorsqu'il se levait, Hawke prenait une douche dans la salle de bain aménagée dans leurs appartements, puis venait boire un jus de légumes en compagnie de ses fils. Tout était toujours prêt lorsqu'il entrait dans la pièce qui servait de cuisine à la famille. Mais, ce matin-là, il ne trouva que sa femme assise à la table de bois.

— Où sont les garçons ? s'étonna Hawke.

— Artan leur a offert de l'accompagner à l'extérieur du sanctuaire, répondit Élizabelle après avoir planté un baiser sur sa joue.

— À l'extérieur ? Pour quoi faire ?

— Il a parlé d'étude de climat ou quelque chose du genre. Je lui ai demandé de me rapporter de la nouvelle terre pour mes semences.

— Tu as laissé partir Meallan et Jaheda juste avant les prières ?

— Je me suis dit que si Artan en était dispensé aujourd'hui, personne n'en voudrait aux jumeaux de ne pas y assister. Je sais que c'est une dérogation à notre horaire, mon amour, mais à mon avis, nos fils méritaient cette petite récompense. Ne reste pas là et viens t'asseoir.

Hawke fit ce qu'elle demandait et, tout en scrutant le sanctuaire, but le gobelet de liquide verdâtre que sa femme lui tendait.

— En vieillissant, tu deviens aussi possessif que mon père, le taquina Élizabelle.

— Ce n'est pas un compliment.

— Justement, en parlant de Morrison, ça fait des années que je ne l'ai pas vu.

– Es-tu en train de me dire que tu veux sortir d'ici, toi aussi ?

– Tu le fais souvent en compagnie de Briag.

– Parce que le hiérophante nous envoie en mission.

– Donc, si je demande à Isarn la permission d'aller rendre visite à mon père, tu accepterais de nous laisser partir quelques jours, les garçons et moi ?

– Je n'ai pas dit ça.

– Hawke, je t'en prie. J'ai besoin de revoir ma famille.

– S'il accepte, alors soit, grommela-t-il, mécontent.

L'idée ne l'enchantait guère, mais Élizabelle n'était ni elfe, ni sholienne. Malgré son sang humain, elle avait volontiers partagé la vie souterraine de son mari pendant des années. Un peu de soleil lui permettrait sans doute de continuer à le faire sans se lamenter. Hawke termina sa portion de jus et soupira avec résignation.

– Je savais que tu comprendrais, fit sa femme avec un sourire reconnaissant.

N'ayant nulle envie de s'engager dans une discussion qui n'en finirait plus sur l'importance des liens familiaux, Hawke quitta ses appartements et se rendit à la salle de prière. Il chassa toutes ses pensées obsédantes afin de se consacrer entièrement à cette heure de recueillement profond en compagnie des cénobites.

Lorsque la période de méditation fut terminée, Isarn se leva et fit discrètement signe à l'Elfe de le suivre. C'est à ce moment que Hawke constata que Briag était absent. En silence, il suivit le hiérophante jusqu'à la section des cellules particulières.

— Mann est mourant, murmura Isarn en lui faisant signe d'entrer dans la pièce où le pauvre augure était allongé.

Il refusait de manger depuis plusieurs jours et son corps était squelettique. Seul Briag arrivait à lui faire boire un peu d'eau de temps en temps. Pour cette raison, le chef des Sholiens lui avait demandé de rester auprès de Mann et l'avait aussi exempté de ses corvées. Hawke capta le regard infiniment triste de Briag.

— Aucune de mes tentatives de guérison n'a fonctionné, vénérable maître, s'excusa-t-il.

— Il arrive un moment où toute intervention est futile, lui dit Isarn. Je sais que tu as fait tout ce que tu pouvais, mais il semble qu'Abussos réclame maintenant la présence de Mann.

Hawke s'agenouilla de l'autre côté de l'ancien Chevalier d'Émeraude à l'agonie.

— Une grande guerre se prépare... murmura Mann, les yeux entrouverts.

— Nous le savons déjà, mon frère. Je t'en prie, conserve tes forces.

– Non... écoutez-moi... que ma mort serve à quelque chose...

Briag et Hawke levèrent les yeux vers leur chef spirituel pour lui demander conseil.

– Laissez-le parler, décida Isarn.

– Le provocateur n'est pas un étranger... c'est l'un des nôtres...

– Un Sholien ? s'étonna Briag.

Hawke lui fit signe de se taire, car l'augure n'en avait plus pour longtemps.

– Seule une enfant pourra empêcher le conflit... mais elle a tellement d'ennemis... elle doit être protégée...

Mann haleta, s'accrochant désespérément à la vie pour livrer son dernier oracle.

– Le monde sera anéanti par l'empereur ambitieux... à moins que vous trouviez l'enfant... elle saura l'arrêter...

– Qui est-elle ? le pressa Briag.

Les yeux pâles de Mann s'immobilisèrent.

– Son âme l'a quitté, annonça Isarn.

– En ne nous laissant aucune indication qui nous permettrait de retrouver la petite, se désola Hawke.

– Lorsque nous aurons achevé les rites funéraires, nous nous pencherons ensemble sur les indices qu'il nous a laissés. Maintenant, laissez vos frères préparer son corps pour l'ascension.

L'Elfe et le Sholien baissèrent la tête pour signifier leur soumission. Ils quittèrent la petite chambre et se dirigèrent en silence vers le réfectoire, la seule pièce où les moines étaient libres de discuter. Étant donné que les corvées étaient commencées, ils s'y retrouvèrent seuls.

– Une petite qui a des ennemis, répéta Briag, découragé. Ça peut être n'importe qui.

– Nous ne savons même pas si nous devons chercher une gamine ou une adolescente, ajouta Hawke.

– Comment arrêterons-nous la destruction du continent sans ces renseignements cruciaux ?

– Mann n'est certainement pas le seul augure d'Enkidiev.

Le visage de Briag s'illumina.

– Le fils de Kira n'a-t-il pas mentionné en être un, lui aussi ?

– À quel point les paroles d'un devin de cet âge sont-elles fiables ?

– N'as-tu pas été le professeur d'un jeune prophète à Zénor, jadis ?

– Kirsan...

– Il doit être devenu un homme, depuis.

– C'est une bonne piste de départ, Briag. Dès que l'âme de Mann aura été admise sur les plaines, nous demanderons à Isarn la permission de nous rendre à Zénor. Acquittons-nous d'abord de nos corvées.

Les amis se séparèrent pour vaquer à leurs occupations quotidiennes.

Le sanctuaire ressemblait en fait à une grande ruche où chacun avait une tâche à accomplir. Sans cette division essentielle du travail, la vie méditative n'aurait pas été possible pour la communauté.

Hawke se dirigea vers la salle de prières, où son rôle était de voir à ce qu'il y ait suffisamment d'encens au pied de la statue du dieu-hippocampe. Il devait aussi s'assurer que les lampions, la seule source de véritable feu dans leur monde souterrain, continuent de brûler sans interruption. Il retira ensuite du bac de sable blanc les baguettes aromatiques qui s'étaient consumées durant la nuit et y en planta de nouvelles avant de les allumer. Puis, il se retourna afin d'épousseter les énormes cristaux disposés sur le pourtour de la pièce et arriva face à face avec un homme musclé qui ne portait qu'un pagne. Le reconnaissant aussitôt, Hawke se prosterna.

— La mort fait partie de la vie, fils de la forêt, lui dit la divinité d'une voix caverneuse. Pourquoi celle de l'augure te bouleverse-t-elle autant ?

— Isarn nous a enseigné que chaque homme jouit d'un temps limité en ce monde. Cela je le comprends, vénérable Abussos. Ce sont les dernières paroles de Mann qui me troublent.

— Relève-toi, Hawke.

L'Elfe lui obéit sur-le-champ. Les yeux sombres du dieu fondateur l'observaient avec curiosité et bonté à la fois.

— Il a parlé d'une guerre dévastatrice, que seule une fillette pouvait faire échouer, mais il est mort avant de nous révéler son identité. Si vous savez qui elle est, cela permettrait à votre humble serviteur d'éviter la destruction de ce monde.

— Contrairement à ce que pensent les humains, et certains Elfes, je ne possède pas le pouvoir de prédire les événements à venir. Ce don appartient à des êtres exceptionnels comme Mann.

— Je vous croyais omniscient.

Le sourire d'Abussos montra son amusement.

— Mon rôle est de tenir l'univers en équilibre avec le concours de ma compagne.

— Dans ce cas, un autre dieu pourrait-il nous aider ?

– Mes petits-enfants ont oublié pourquoi ils ont été créés, mais il y a parmi mes enfants de bons sujets qui ont la survie des humains à cœur.

– Naalnish et Nahélé...

– C'est exact. Cependant, ni l'un ni l'autre n'a encore reconnu sa véritable nature. Je verrai ce que je peux faire.

– Savez-vous s'il existe d'autres augures ?

– Il y en a plusieurs, certains encore très jeunes et d'autres d'âge mûr.

– Où pourrions-nous les trouver ?

– La plupart sont ressakans, mais deux des prêtresses d'Adoradéa possèdent la faculté de deviner l'avenir.

– Ressakans ? répéta Hawke, intrigué.

– Le peuple dont sont issus les Enkievs. Il existe toujours, de l'autre côté des volcans.

Hawke ne cacha pas son découragement, car jamais Isarn ne le laisserait s'aventurer aussi loin du sanctuaire.

– Il n'y en a vraiment aucun à Enkidiev ? osa-t-il demander.

– Seulement un garçon d'ascendance féline, mais il se méfie des adultes.

– Marek ?

– C'est bien son nom. Je doute qu'il puisse vous renseigner sur cette mystérieuse enfant. Si je réussis à en apprendre davantage, je reviendrai vers vous.

Abussos s'estompa comme un mirage, sans se rendre compte qu'il laissait le pauvre Elfe dans le plus grand désarroi. Afin de calmer ses angoisses, Hawke s'empressa de terminer ses corvées, puis alla se recueillir dans la salle de méditation jusqu'à ce que le hiérophante rappelle tous les moines dans la salle de prières pour la cérémonie d'ascension. En silence, l'Elfe se joignit à eux, mais il n'arrivait tout simplement pas à calmer son esprit. Comment pouvait-il faire le vide dans sa tête alors que l'univers était en péril ?

Élizabelle avait également été conviée à l'importante cérémonie. Toutefois, elle préféra se poster près de la sortie et l'observer aussi discrètement que possible. Puisque les Sholiens étaient des créatures qui vivaient très longtemps, ils ne procédaient pas souvent à de tels rites funéraires. Le corps de Mann reposait sur un catafalque tout simple en bois, au milieu de la pièce. Sa peau, plus blanche que celle des moines, était presque transparente. Ses cheveux blond clair bouclés étaient étalés autour de son visage désormais paisible.

Isarn procéda à la cérémonie en sholien. Il commença par rappeler les accomplissements de l'augure, qui avait vraisemblablement reçu ses extraordinaires pouvoirs le jour où il avait manipulé un objet magique au Château d'Émeraude. Par la suite, un vieux maître jadois l'avait aidé à maîtriser son don. Il recommanda ensuite son âme à Abussos, que leur communauté adorait depuis ses tout débuts. Les cénobites se mirent alors à psalmodier la prière des morts dans leur langue mélodieuse. De petites étoiles se mirent à apparaître sur le corps de Mann jusqu'à le recouvrir complètement. Lorsqu'elles s'élevèrent finalement vers le plafond de la grande salle, l'augure avait disparu.

Les moines quittèrent les lieux en petits groupes. Ils n'exprimaient ni joie, ni tristesse. Élizabelle attendit patiemment que son mari se décide à les suivre.

— Tu tiens le coup ? chuchota-t-elle lorsqu'il arriva devant elle.

Hawke hocha vivement la tête et l'entraîna dans le couloir.

— Si je m'absentais plusieurs jours, pourrais-tu attendre mon retour avant d'aller rendre visite à ton père ?

— Combien de temps serais-tu parti ?

— Je n'en sais rien. Je dois retrouver une fillette qui a le potentiel d'empêcher une guerre.

— Moi, tant que tu joues au héros, ça me plaît, le taquina-t-elle.

— Je ne plaisante pas, Élizabelle.

— Je sais, mais quand je suis morte de peur, j'ai tendance à faire de l'humour pour me rassurer.

Elle se faufila dans les bras de son mari et le serra très fort.

– Dis-moi que tu n'entreprends pas cette quête seul.

– Je demanderai à Isarn de laisser Briag m'accompagner.

– C'est censé me rassurer ? Il est cent fois moins débrouillard que toi !

– Je ne l'emmène pas à la guerre, mais à la recherche d'une petite fille.

– Allons ailleurs... murmura-t-elle en apercevant les regards désapprobateurs des moines qui passaient près d'eux.

Elle saisit son mari par la manche et le tira vers leur logis, où elle lui fit jurer de ne pas mettre sa vie en danger. Hawke lui promit tout ce qu'elle voulait et parvint enfin à calmer ses craintes.

4

LE DAUPHIN AILÉ

Dès que la construction du toit du Château de Shola fut terminée, Kira et Myrialuna organisèrent le déplacement du mobilier entassé dans ses nombreuses caves. Fous de joie, les enfants ajoutèrent leur magie à celle de leurs parents et accompagnèrent les malles, les meubles et la vaisselle dans l'escalier qui donnait accès au rez-de-chaussée. Ne sachant pas où les deux sœurs avaient l'intention de ranger toutes ces choses, ils les abandonnaient dans le hall et retournaient en chercher d'autres en riant.

Voyant que les femmes avaient la situation bien en main et ne voulant pour rien au monde gêner cette dense circulation dans le palais, Lassa avait jeté une chaude cape sur ses épaules et était sorti prendre l'air. Dès qu'il eut refermé la grande porte de bois derrière lui, il fut accueilli par le silence et le vent glacé de ce pays désertique. Aucune tempête ne s'était abattue sur la région depuis que son fils Marek avait fait fondre les dizaines de mètres de glace et de neige qui recouvraient Shola depuis la nuit des temps. Autour de la belle forteresse de verre coiffée de rose s'étendaient des kilomètres de monticules de pierres grises et ternes. Aucune végétation n'y poussait et aucun animal n'osait s'y aventurer.

Marek, Lazuli et les six filles de Myrialuna s'étaient employés à concasser méthodiquement les rochers à proximité du château, dans le but d'obtenir une surface plane de gravier où ils pourraient s'amuser sans risquer de se blesser. Lassa avait approuvé cette initiative, qui les occupait et leur permettait de prendre l'air. Une nouvelle rivière alimentait désormais le château. Lassa alla s'asseoir sur une roche plate près du cours d'eau. Il serra les pans de fourrure autour lui pour se protéger du froid et observa au loin la falaise en forme d'escalier, qui grimpait vers Alombria, où Nomar avait abrité les enfants hybrides d'Amecareth.

Lassa avait participé tardivement aux batailles de la deuxième invasion, car il était né plusieurs années après les premières escarmouches. Il en avait toutefois entendu les innombrables récits, chantés par le Chevalier Santo. C'était également à Alombria que Kira avait rencontré son premier mari, un descendant d'Onyx. Même si Sage avait survécu à ses blessures lors du dernier affrontement à Irianeth, Lassa ne considérait pas cet homme déifié comme un rival. De toute façon, Kira n'éprouvait plus d'amour pour Sage. Au contraire, elle lui en voulait encore d'avoir tenté de lui arracher leur fils Lazuli pour le remettre au chef du panthéon aviaire.

«Il s'est passé tellement de choses depuis la fin de la guerre...» soupira intérieurement Lassa. Il avait épousé la Sholienne alors qu'elle était enceinte de Wellan et n'avait jamais regretté sa décision de la chérir et de fonder une famille avec elle. Il adorait tous leurs enfants, même l'imprévisible Marek, qui ne cessait de leur donner des inquiétudes. Lassa avait été fier de voir Wellan, puis Kaliska, quitter le nid afin de suivre leurs rêves. Il savait qu'ils reviendraient un jour leur raconter leurs aventures devant un bon feu.

Revigoré par l'air nordique, Lassa, dont les distractions préférées étaient la musique et la poésie, décrocha sa flûte de sa ceinture. Inspiré par la vastitude des plaines de Shola, il composa spontanément une douce mélodie qui rappelait le murmure du vent dans les rochers. Il joua pendant de longues minutes, les yeux rivés sur les petites vagues qui se formaient à la surface de la rivière, puis crut entendre quelque chose d'inhabituel.

Il arrêta de souffler dans son instrument et tendit l'oreille. Reconnaissant les lignes musicales qu'il venait tout juste d'imaginer, il crut d'abord que c'était un effet d'écho. Toutefois, lorsque les notes se poursuivirent au-delà de ce qu'il avait joué, Lassa se redressa avec inquiétude. Ne désirant pas être leurré dans un piège magique, Lassa scruta l'horizon en se levant. Ses yeux ne captèrent rien, alors il utilisa ses sens invisibles. La puissante énergie qu'il détecta, quelques kilomètres devant lui, lui donna le vertige.

– Mais qu'est-ce que ça peut bien être ? murmura-t-il, angoissé.

Il vit alors se matérialiser un homme qui avançait vers lui au milieu des rochers. Combattant son envie de fuir, Lassa attendit que l'inconnu se soit suffisamment rapproché pour qu'il puisse l'identifier.

Quelle ne fut pas sa surprise de constater qu'il marchait sans toucher à terre, comme si une passerelle invisible avait été tendue devant lui. Plus étonnant encore, l'étranger ne portait pour tout vêtement qu'un léger pagne ! Il ne semblait nullement importuné par le vent glacial qui balayait la plaine. Ses longs cheveux noirs flottaient dans son dos tandis qu'il continuait de produire sur une grosse flûte en bois les notes que Lassa avait jouées quelques minutes plus tôt.

Myrialuna et Abnar avaient pourtant été catégoriques : personne ne vivait sur leurs terres ! Cet homme avait sans doute fait partie d'une expédition à Alombria et il s'était égaré...

— Vous allez mourir de froid ! cria Lassa, lorsque le colosse s'arrêta enfin de l'autre côté de la rivière.

— Je suis Abussos : rien ne m'atteint, Nahélé, lui dit le colosse avec un sourire aimable.

— Mais n'êtes-vous pas censé être un hippocampe ?

— Si j'avais surgi de cette rivière sous cette apparence, serais-tu resté ici pour m'écouter ?

— Certainement pas ! Je me serais enfui en direction du château.

— C'est pour cette raison que je choisis ma forme humaine quand je désire m'adresser aux hommes.

— Vous êtes venu jusqu'ici pour me parler ?

— Je voulais aussi voir ton visage.

— Mon fils Wellan, ainsi que le dieu Solis, prétendent que vous êtes mon père et, pourtant, je ne vous ressemble pas du tout.

— Tu tiens de ta mère.

— J'ai encore de la difficulté à croire ce que mon aîné a lu dans de vieux livres des Sholiens.

— Ces mages ont pourtant été très proches de moi pendant des siècles. Ce qu'ils ont écrit, c'est ce que je leur ai appris.

— Je ne vous manquerais pas de respect au point de mettre votre parole en doute, mais c'est difficile d'accepter qu'on puisse être autre chose que ce qu'on a toujours cru être.

Abussos marcha par-dessus la rivière sans même en effleurer la surface. Il glissa sa flûte dans la ceinture de son pagne et tendit la main à son fils divin.

— Je n'ai pas vraiment envie d'aller vivre au ciel... se rebiffa Lassa. J'ai une femme et des enfants.

— Je te ramènerai ici même.

Malgré la crampe qui lui tordait l'estomac, Lassa décida de lui faire confiance. Dès que sa paume entra en contact avec celle d'Abussos, il fut transporté dans un tourbillon de petites étoiles bleues. Lorsque les astres se dispersèrent, Lassa se trouvait sur la rive d'un grand océan. Jamais il n'avait vu de l'eau aussi limpide.

– Où sommes-nous ?

– À l'endroit où ta mère et moi avons conçu tous nos enfants.

– Admettons que vous m'ayez vraiment engendré ici, pourquoi suis-je né à Zénor ?

Abussos invita Lassa à s'asseoir sur le sable. Le temps était si doux que ce dernier détacha sa cape et la laissa retomber derrière lui.

– Nous façonnons l'âme de nos petits à notre image, puis nous la plaçons dans une source lumineuse qui la transporte là où elle doit se développer. Seuls Aiapaec et Aufaniae sont nés dans l'Éther. Lazuli, Nayati, Nashoba, Napashni, Naalnish et toi avez vu le jour dans le monde des humains, à des moments différents de leur histoire. Toutefois, vous avez tous joué un grand rôle dans leur évolution.

Lassa se rappela ce que Kira lui avait jadis raconté.

– Lazuli a guidé les Enkievs hors de leurs refuges après la disparition des dragons et leur a permis de prospérer.

– C'est exact, Nahélé. Et tu as vaincu un puissant ennemi, permettant aux hommes de continuer de vivre en paix.

– Et les autres ?

– Naalnish est en train d'accomplir son destin de guérison en ce moment même.

– C'est ma fille, n'est-ce pas ?

– Nous trouvons très approprié qu'elle soit née dans ta maison.

– Et les trois autres ?

– Nous avons malheureusement découvert que pour chaque petit gorgé de lumière, il en naissait un autre aux prises avec l'obscurité.

– Ce qui revient à dire que leurs plans sont funestes pour les humains, c'est bien ça ?

La profonde tristesse qu'il vit apparaître dans les yeux sombres du dieu fondateur fit comprendre à Lassa que c'était en effet une de ses craintes.

– Pour éviter le pire, nous avons enfermé le plus sombre des trois dans le hall des disparus après sa mort prématurée alors qu'il n'était encore qu'un enfant dans votre monde.

– Nemeroff... que vous appelez Nayati.

Abussos hocha doucement la tête pour le confirmer.

– Saviez-vous que quelqu'un se fait passer pour lui à Émeraude ?

– Je crains que ce soit vraiment lui, car il s'est évadé du grand hall. J'ai pourtant parcouru tous vos royaumes à sa recherche sans capter sa présence.

– Je vous confirme qu'il est toujours à Émeraude et que s'il est aussi dangereux que vous semblez le croire, je vous aiderai à le capturer.

– Même si tu le voulais, porteur de lumière, tu ne ferais pas de mal à une mouche.

– Détrompez-vous. J'ai été soldat et j'ai défendu Enkidiev contre ses ennemis.

– Avec un petit coup de pouce...

Abussos avait raison : c'était Kira qui avait déclenché en lui ses pouvoirs de destruction.

– Nayati est mon fils et ma responsabilité, Nahélé. C'est à moi de le neutraliser. En ce qui concerne Nashoba et Napashni, je les garde à l'œil, mais ils n'ont encore rien fait qui m'alarme.

– S'il est vrai que je suis un dieu, pourquoi est-ce que j'ignore toutes ces choses ?

– Pour une raison qui nous échappe, votre mémoire n'accompagne pas vos pouvoirs à votre naissance. De plus, tu as perdu une grande partie de tes forces le jour où tu as terrassé le dieu Amecareth.

– Le dieu Amecareth ? répéta Lassa, incrédule.

– Cet insecte était une divinité qui s'était échappée d'un autre univers.

– C'est donc pour cette raison qu'il ne pouvait être détruit que par un de vos enfants...

– En effet.

– Et de quel autre univers parlez-vous ?

– Nous avons eu la confirmation de l'existence d'un monde parallèle lors de la disparition de Lazuli, mon fils aîné.

– Lors de son suicide, vous voulez dire ?

– Non... Aucun dieu ne ferait un geste pareil. Seul un de nos semblables peut nous enlever la vie. Autrement, nous sommes éternels.

– Il a donc été assassiné.

– C'est ce que nous croyons et, puisqu'il était notre seul représentant à Enkidiev, à cette époque, nous avons raison de croire qu'il a été tué par une divinité étrangère.

– Là, vous commencez à me faire peur.

– Nous avons créé nos derniers enfants afin qu'ils s'assurent que cela ne se reproduira plus.

– Mais ils ne savent pas qui ils sont et ils ignorent tout de ce monde parallèle dont vous parlez !

– Idril et moi sommes en train de remédier à cette lacune.

Abussos plaça une de ses paumes au milieu de la poitrine de Lassa, qui ressentit aussitôt une grande chaleur.

– Je te rends la force divine que tu as perdue en anéantissant le seigneur des insectes.

Le dieu-hippocampe retira sa main.

– Est-ce que cette énergie me changera ?

– J'espère bien que non, répondit Abussos avec un sourire rassurant. Toutefois, si jamais tu as besoin d'un surplus de pouvoir, tu pourras y avoir recours.

– Est-ce que je deviendrai éternel, comme vous ?

– Mais tu l'es déjà, mon enfant. Maintenant, accompagne-moi dans ton élément.

– Quel élément ?

Le dieu fondateur se leva et marcha en direction de l'océan. Dès que l'eau lui atteignit les genoux, il se retourna.

– Viens.

Lassa ne savait pas ce qui l'attendait, mais il ne captait aucune mauvaise intention dans le cœur de cet homme qui disait être son véritable père.

Il enleva ses bottes et se leva à son tour.

— Tu peux garder tes vêtements, Nahélé. Ils font partie de ta magie.

— N'allez pas croire que je comprends tout ce que vous me dites, père.

— Fais-moi confiance.

Le porteur de lumière marcha sur le sable fin et doux et entra dans l'eau chaude.

— À l'intérieur de toi se trouve ta véritable forme, lui révéla Abussos. Laisse-la te parler.

Sous les yeux de son fils, il se transforma en un hippocampe géant dont les écailles brillaient de mille feux. Le poisson plongea dans les flots.

— Mais... s'étrangla Lassa.

Quelques secondes plus tard, la tête de l'animal mythique émergea à quelques mètres devant le pauvre homme étonné.

— Viens.

Même s'il craignait de décevoir Abussos, car il ne savait pas nager, Lassa avança résolument vers lui. Il sentit alors sa peau vibrer et baissa les yeux sur ses mains. Ses doigts s'étaient soudés entre eux et son bras était devenu une nageoire ! Ses pieds se changèrent en appendice caudal. Lassa perdit l'équilibre et tomba face première dans l'eau.

– Tu es magnifique, le complimenta Abussos.

Le jeune dieu se tortilla dans son nouveau corps et finit par comprendre comment se déplacer à l'aide de ses nouveaux membres. Il n'avait jamais vu de dauphins de sa vie, mais instinctivement, il se mit à respirer par son évent et à faire des vrilles au-dessus des vagues. Puis, il revint nager en poussant des sifflements aigus autour de l'hippocampe et l'accompagna vers le large.

– Maintenant, ouvre tes ailes ! lui ordonna Abussos.

Lassa sentit une curieuse sensation sur son dos. Il bondit vers le ciel, déployant de grandes ailes couvertes de plumes blanches. «Je vole!» s'étonna-t-il. Abussos le laissa explorer les fonctions de ses nouveaux membres puis le rappela à ses côtés. Le dauphin ferma ses ailes et nagea près de l'hippocampe. Dès qu'ils touchèrent le sable, les deux divinités reprirent leur forme humaine. Déséquilibré, Lassa tomba sur ses genoux et éclata de rire.

– C'était incroyable ! Pourrai-je recommencer aussi souvent que je le voudrai ?

– Pas au début, mais ça viendra. Viens, il y a quelqu'un que tu dois rencontrer.

En remettant ses bottes, Lassa s'aperçut que ses vêtements n'étaient pas trempés ! Il suivit Abussos sur un sentier qui pénétrait dans une forêt aux arbres immenses. Tout à coup, ses sens étaient plus aiguisés. Il entendait le frémissement des feuilles sur les branches, le passage des oiseaux au-dessus de sa tête, le crissement de ses pas sur les petites roches.

Ils arrivèrent sur le bord d'une rivière, où s'élevait une immense tente conique blanche décorée de symboles de couleur noire. Une femme aux longs cheveux blonds était assise devant un feu magique et semblait occupée à coudre de petites perles sur un vêtement.

— Idril, j'ai une surprise pour toi, annonça Abussos.

La déesse déposa son ouvrage et se leva, intriguée.

— J'ai retrouvé Nahélé.

Un large sourire éclata sur le visage de la femme. Elle contourna les flammes et alla serrer Lassa dans ses bras avec amour.

— Tu es encore plus beau que je l'avais imaginé, murmura-t-elle, en proie à une vive émotion.

— Vous êtes ma mère?

— C'est exact, confirma Abussos. Elle s'appelle Lessien Idril, c'est la déesse-louve.

— Alors, l'union d'un hippocampe et d'une louve donne un dauphin ailé? se découragea Lassa.

— Trois dragons, un phénix, un loup, un griffon, une licorne et un dauphin ailé, précisa-t-elle.

– Oh...

Elle l'emmena s'asseoir près du feu.

– Qu'en est-il des félins, des rapaces et des alligators ?
demanda Lassa.

– Ce sont nos petits-enfants.

Pendant que sa femme examinait son seul fils qui était
blond comme elle, Abussos alluma sa pipe et s'installa de
l'autre côté des flammes.

– Avant que je te ramène dans ton pays de neige, j'aimerais que tu te penches sur un mystère, fit-il.

– Oui, bien sûr, accepta Lassa.

– Un augure a prédit à l'un de mes plus fidèles serviteurs
que seule une enfant pourra éviter une guerre qui se prépare,
mais il n'a pas eu le temps de lui dire où la trouver. Pourrais-
tu le seconder ?

– Avec plaisir. Et qui dois-je aider ?

– Il s'appelle Hawke et il habite chez les Sholiens.

– Ce sont mes plus proches voisins, affirma Lassa. J'irai
les rencontrer dès mon retour.

Lessien Idril avertit Abussos qu'il n'était pas question
qu'il lui enlève Nahélé avant de lui faire partager leur repas.

Plus heureuse que jamais, elle se mit à faire apparaître devant Lassa des mets familiers, s'inspirant de ceux que l'on préparait au Royaume d'Émeraude, et l'encouragea à manger de tout tandis qu'elle lui parlait de Lazuli et de Naalnish, qui jouissaient tout comme lui d'une âme lumineuse.

5

EN TANDEM

andis que son mari folâtrait dans l'océan des dieux fondateurs, Kira supervisait le déplacement du mobilier et des accessoires découverts dans les étages souterrains du Château de Shola. Une fois le tout transporté aux bons endroits, elle dut en venir à l'évidence qu'il n'y avait pas suffisamment de meubles pour garnir toutes les chambres à coucher. Elle se résolut donc à subtiliser les lits de son ancien appartement, où dormaient ses enfants avant que sa famille soit chassée d'Émeraude, ignorant que les princes s'étaient installés de ce côté du palais. Elle rapporta aussi toutes les couvertures qu'elle avait lavées et entreposées là-bas ainsi que les jouets que les jumeaux avaient dû abandonner à regret.

Elle inspecta ensuite les chambres de Marek et de Lazuli. L'isolement de Shola semblait avoir rapproché les deux frères, qui s'entraidaient sans se chamailler. « C'est sans doute parce qu'ils ont le même âge, maintenant », songea Kira. Ils pliaient leurs vêtements en parlant des héros et des grands exploits de la dernière invasion.

Kira se rendit plutôt auprès de Maélys et de Kylian. Elle leur avait offert chacun leur chambre, mais ils avaient refusé d'une même voix. Comme le découvrait de plus en plus la

Sholienne, les jumeaux menaient une vie bien différente de celle des autres enfants. Ils ne se sentaient pas complets l'un sans l'autre. Il arrivait qu'ils ne soient pas d'accord, mais au lieu de se quereller pour avoir raison, ils passaient d'incalculables heures à s'expliquer leur point de vue respectif, jusqu'à ce qu'ils en arrivent à une solution médiane.

Puisque leurs petits avaient vieilli de plusieurs années d'un seul coup, Kira et Lassa n'avaient plus besoin d'accorder autant d'attention aux aînés et s'occupaient davantage des jumeaux. Depuis qu'ils s'étaient installés à Shola, ils avaient établi un horaire strict auquel leurs enfants devaient s'astreindre. La journée était donc divisée en périodes de jeux et en périodes d'apprentissage de la lecture et de l'écriture.

Kira s'immobilisa sur le seuil de la chambre des jumeaux, découragée de voir le désordre qui y régnait.

– N'étiez-vous pas censés ranger vos affaires ?

– On ne sait pas où, répondit Maélys, d'une voix plaintive.

– Alors, laissez-moi vous aider.

Elle incita les enfants à choisir un coin pour les jouets et fit apparaître un grand coffre, emprunté au grenier d'Émeraude. En poussant des cris de plaisir, les jumeaux y jetèrent les objets pêle-mêle.

– Chaque soir, avant de vous coucher, tous vos jouets devront être revenus dans cette boîte, recommanda Kira.

– Oui, maman, firent les jumeaux en chœur.

– Maintenant, vos vêtements.

– On ne sait pas ce qui est à qui, se désola Kylian.

– Ne vous en faites pas, moi, je le sais.

Elle tria la montagne de tuniques longues et courtes, de braies, de chaussettes et de souliers qu'ils avaient dressée entre leurs lits.

– Marek dit que dans un autre pays, il y a comme un grand lac où on peut se baigner, indiqua Maélys en retirant les bas de laine de la pile.

– Il dit qu'il est si immense qu'on ne peut pas en voir l'autre rive, ajouta Kylian.

– On l'appelle l'océan et si vous êtes sages, peut-être irons-nous y passer quelques jours.

– Que doit-on faire pour être sages ?

– Il faut obéir à vos parents sans vous lamenter, garder votre chambre propre, manger ce qu'on vous donne sans faire de caprices et terminer vos devoirs.

Les jumeaux échangèrent un regard dépité.

– Est-ce bon aussi pour Marek et Lazuli ? demanda Maélys.

– Ces conditions s'adressent à toute la famille, ma chérie.

– Même à papa ?

– Oui, d'une certaine façon.

Kira déposa les vêtements bien pliés sur les deux commodes en indiquant à chacun laquelle était la sienne, puis admira les beaux visages de ses jumeaux. Elle était fière que sa fille ait hérité de ses cheveux violets et non de sa peau mauve. Toutefois, ses petites griffes ne semblaient pas vouloir se transformer en ongles. Kylian ressemblait davantage aux humains. Un étranger n'aurait jamais pu deviner que sa mère était à moitié insecte.

– Est-ce qu'on pourra aller casser des pierres, aujourd'hui ? demanda le petit garçon.

– Seulement après le repas du midi.

– Mais...

Maélys serra le bras de son frère pour le faire taire, lui rappelant ainsi que toute plainte de sa part pourrait les empêcher d'aller nager dans le grand lac.

– Allez vous laver les mains dans vos cuvettes et n'oubliez pas de bien les essuyer, ordonna Kira en se levant. Nous mangeons pour la première fois dans le grand hall dans quelques minutes.

Satisfaite de l'état de la chambre, la mère retourna dans le couloir, descendit le grand escalier de verre, dont les marches étaient tapissées d'une belle descente en laine rouge vif et arriva au rez-de-chaussée au moment même où Lassa rentrait au palais.

– On dirait que tu viens d'apprendre une bonne nouvelle, remarqua Kira en apercevant l'air épanoui de son mari.

– C'est une véritable révélation !

– Mais où étais-tu passé ?

– Je suis allé jouer de la flûte sur le bord de la rivière et je crois m'être endormi, parce que j'ai fait un rêve vraiment étrange.

– Veux-tu m'en parler ?

– Oui, mais pas devant les enfants. Ils poseraient trop de questions.

– Parce que tu penses que moi, je ne te harcèlerai pas ? le taquina Kira.

– Pas de la même façon, c'est certain.

– Alors, viens me raconter ton songe dans la cuisine, pendant que je commence à préparer le repas.

Lassa l'accompagna dans la grande pièce où les femmes avaient installé la longue table en bois et les nombreuses armoires dont elles se servaient lorsque les deux familles vivaient sous l'édifice. Enthousiaste, il raconta à Kira qu'un homme d'apparence enkiev lui était apparu.

– Il jouait de la flûte aussi bien que moi ! affirma Lassa.

– Alors, déjà là, c'est impossible.

Kira passa derrière lui pour aller déposer le pot de dattes sur la table.

– Mais d'où viennent ces plumes ? s'étonna-t-elle en les extirpant de sa cape.

– Ça fait partie de mon rêve.

– En général, on ne rapporte pas de souvenirs du monde onirique.

– Laisse-moi terminer mon récit, puis tu me diras ce que tu en penses.

La Sholienne grimpa sur un tabouret et se mit à effeuiller la laitue.

– Cet homme ne touchait pas à terre, continua Lassa. Il marchait dans le vide. Il a pris ma main et il m'a transporté dans son univers.

– Un endroit qui existe pour vrai ?

– Théoriquement, mais les humains n'y ont pas accès. C'était le monde des dieux fondateurs.

– Es-tu en train de me dire que tu as rêvé à Abussos ?

– Oui, c'était lui ! Il ressemble à Onyx, sauf que sa peau est dorée et que ses yeux sont noirs. Il ne porte qu'un pagne comme seul vêtement, même à Shola.

– Le pauvre... À quoi ressemble ce lieu magique ?

– Ses paysages sont pareils à ceux d'Enkidiev, sauf qu'ils sont inhabités et mille fois plus paisibles. Même l'air qu'on y respire tranquillise notre âme.

– J'ai comme l'impression que tu vas nous écrire une chanson là-dessus.

– Quelle merveilleuse idée...

– Et ensuite ? le pressa Kira.

Pour aider sa femme, Lassa se mit à couper les légumes en dés.

– Il m'a dit que j'étais son fils Nahélé et que je faisais partie de ses enfants lumineux. Puis, il m'a fait entrer dans l'océan et je me suis transformé en dauphin !

– J'en ai vu qui nageaient devant la proue du bateau lorsque nous sommes partis à la recherche de la fleur bleue. Ce sont de magnifiques animaux.

– Non seulement j'en étais un, mais j'avais aussi des ailes.

— Il va vraiment falloir nous débarrasser des vieux champignons, se découragea Kira.

— Tu crois que c'est une hallucination ?

— Depuis le temps que je dors avec toi, tu ne t'es jamais changé en animal, Lassa.

— Merci de me le confirmer.

— C'est tout ce qu'Abussos voulait de toi ?

Lassa déposa les légumes hachés dans un grand bol.

— Il m'a demandé d'aider Hawke à retrouver une fillette.

— C'est plutôt spécifique pour un rêve...

— Pour en avoir le cœur net, je vais me rendre au sanctuaire et demander à Hawke si c'est vrai.

Kira arrêta son travail et fixa son mari dans les yeux avec inquiétude.

— Quelquefois, les dieux se servent de notre sommeil pour nous faire connaître leur volonté, poursuivit-il. Je veux juste le vérifier.

— Et que feras-tu si Hawke a vraiment besoin de toi ?

— Je mettrai toutes mes connaissances à son service.

La Sholienne conserva le silence jusqu'à ce que tous les plats soient prêts et que son mari ait convié les habitants du château à s'asseoir dans le hall. Les deux familles prirent place des deux côtés de la longue table, devant l'âtre géant, où brûlait un feu magique. Les enfants étaient visiblement émerveillés d'être réunis dans les lueurs orangées du couchant qui illuminaient l'intérieur du palais, plutôt qu'à la lumière des flambeaux du soubassement.

– Vous n'avez pas faim? s'étonna Myrialuna.

– C'est juste trop beau, ici, expliqua Maélys.

Assis au bout de la table, Abnar avait commencé à manger, refermé sur lui-même. Malgré tous les efforts de sa femme pour le rassurer, il continuait d'être la proie d'horribles cauchemars. Kira s'en était aussi mêlée et lui avait expliqué que les images des rêves ne devaient pas être prises au pied de la lettre. La plupart du temps, elles représentaient un concept abstrait ou tentaient d'attirer l'attention du dormeur sur un aspect de sa vie dont il devait se préoccuper. Selon elle, l'ancien Immortel se sentait fautif à la suite d'un acte commis dans le passé et son rêve lui recommandait de se débarrasser une fois pour toutes de cette culpabilité qui empoisonnait son existence. Mais Abnar s'était contenté de hausser les épaules.

En déposant les légumes dans les assiettes des jumeaux, Kira se mit à réfléchir à ce que Lassa lui avait raconté quelques minutes plus tôt.

Durant les premières années de sa vie, le porteur de lumière n'avait pas été le plus brave des Chevaliers d'Émeraude, mais en vieillissant, il avait pris beaucoup d'assurance. Il était devenu un mari dévoué, un père aimant et un puissant protecteur.

«Et si son aventure n'était pas un rêve?» se demanda-t-elle. Une fois les enfants couchés et bordés, elle se glissa dans son lit et se colla contre Lassa.

— Je suis la fille d'une déesse, murmura-t-elle. Est-ce suffisant pour que je me change en animal?

— Justement, Abussos m'a fait une autre confidence à ton sujet.

— Mais parle, voyons!

— Apparemment, Amecareth n'était pas seulement l'empereur des insectes. Il était également un dieu en provenance d'un monde parallèle.

— Quoi?

— Je ne fais que répéter ses paroles.

— Ma mère m'a déjà mentionné l'existence d'un autre univers, mais elle ne m'en a jamais donné de détails, regretta Kira. Et si c'était vrai, pourquoi certains de ses habitants auraient-ils abouti ici?

— Je ne lui ai pas posé la question, mais après, je me suis rappelé que Wellan m'a déjà dit que seul un dieu peut en détruire un autre. Alors, si Amecareth n'avait été qu'un vulgaire scarabée, il n'aurait pas pu tuer Nemeroff, qui est en réalité Nayati.

– Tu as raison.

– Je commence à croire que ma rencontre avec Abussos a bel et bien eu lieu. Ce n'était pas un rêve, en fin de compte.

– Je trouve étrange que tu sois un dieu et que tu n'en saches rien.

– Je me suis apparemment vidé de mon énergie divine en anéantissant Amecareth.

– Et tu n'y serais pas parvenu si tu n'avais pas été un dieu toi-même.

– Exactement.

– Considérons donc que ce contact avec Abussos s'est réellement produit. Ce qui doit retenir notre attention, à mon avis, c'est la mission qu'il t'a confiée. Tu as certainement les ressources nécessaires à la résolution du mystère, sinon Abussos ne se serait pas tourné vers toi, mais j'aimerais y participer, moi aussi.

– Je n'osais pas te le demander.

– Pourquoi ? s'étonna Kira.

– Parce que tu prends ton rôle de mère tellement au sérieux que j'ai cru que ça ne t'intéresserait pas.

– Le fait d'élever des enfants ne m'empêche pas de continuer d'être au service du peuple, Lassa. Et à quoi cela servirait-il de les éduquer si quelqu'un menace de détruire le monde dans lequel ils grandissent ?

– C'est un bon point.

– Au fond de ma poitrine bat toujours le cœur d'une guerrière. J'ai remisé mon armure en me doutant qu'un jour, je la remettrais.

– Abussos ne nous envoie pas guerroyer, ma chérie.

– C'est vrai, mais si nous n'arrivons pas à trouver la petite assez rapidement, c'est ce qui nous attend.

– Pour tout te dire, je n'ai plus envie de me battre, alors je suggère que nous employions toute notre ingéniosité à découvrir son identité.

Alors, le lendemain, ils se joignirent à Myrialuna, qui lavait la vaisselle dans la cuisine, afin de lui parler de leurs intentions loin des oreilles des enfants.

– Tu sais bien que je prendrai soin de vos petits ! s'exclama-t-elle. Surtout si c'est important pour notre survie à tous !

– Les jumeaux sont dociles, mais Lazuli et Marek nécessiteront plus de surveillance, indiqua Kira.

– Ne vous inquiétez pas, je mettrai mes filles dans le coup. Mais avant que je vous laisse partir, je veux que vous me promettiez d'enquêter en même temps sur ces dieux venus d'ailleurs, surtout si Kimaati en fait partie. J'aimerais en savoir davantage à son sujet.

– C'est promis, petite sœur, fit Kira en la serrant dans ses bras.

Il fallait maintenant annoncer la nouvelle aux enfants, qui n'avaient pas été séparés de leurs deux parents depuis la fin de la dernière invasion des Tanieths. En voyant Kira et Lassa s'asseoir en même temps sur le sofa de la salle de jeux, les petits froncèrent les sourcils.

– Papa et moi avons une nouvelle à vous annoncer, déclara la Sholienne pour briser la glace.

– Vous partez ? demanda Marek.

– C'est exact, confirma Lassa.

Aucun des enfants ne réagit.

– Nous reviendrons en un rien de temps, les rassura Kira.

– Marek dit qu'il neigera quand vous serez de retour, laissa tomber Maélys.

Les yeux violets de la mère plongèrent dans ceux de son fils rebelle.

– Je l'ai rêvé hier et j'ai dû le mentionner... balbutia-t-il.

– Nous t'avons pourtant demandé de nous en parler d'abord, lui rappela Lassa.

– Il ne s'agissait pas de malheurs, alors je n'y ai pas vu de mal.

– Nous aimerions quand même que tu nous obéisses.

Marek baissa la tête, mécontent.

– Myrialuna et Abnar veilleront sur vous en notre absence, indiqua Kira. Vous devrez leur obéir et leur témoigner du respect. Compris?

– Oui, maman! firent-ils en chœur.

– Soyez sages, recommanda Lassa en se levant.

Il prit la main de Kira et l'entraîna à l'extérieur de la pièce avant qu'elle n'ajoute quelque chose.

– Ça s'est trop bien passé, chuchota le père.

– On dirait qu'ils ont envie de nous voir partir.

– Arrêtons d'y penser. Ils sont en sûreté, ici. Il n'y a plus rien que Marek puisse faire fondre.

– Heureusement que le nouveau château n'est plus en glace comme lorsque j'étais petite.

– Apportons-nous des vivres?

– Non. Je nous trouverai à manger en temps et lieu, affirma Kira.

– Des vêtements ?

– Une tunique ou deux de rechange ?

Dès qu'ils eurent rassemblé leurs affaires, ils se dirigèrent vers le vestibule. Lassa mit la main sur le gros anneau qui permettait d'ouvrir la porte.

– Attendez !

Le couple se retourna et vit Abnar qui descendait le grand escalier rouge.

– Si je n'ai qu'un seul conseil à vous donner : ne vous mêlez pas des affaires des dieux, les avertit-il. Ça se termine toujours mal pour les humains.

– Il s'agit d'empêcher une autre guerre, répliqua Kira. D'ailleurs, la requête ne provient pas d'un des trois panthéons, mais d'Abussos lui-même. Je nous vois mal refuser. Même toi, lorsque tu servais Parandar, tu n'aurais jamais osé lui désobéir.

– C'est justement ma longue expérience en la matière qui me pousse à vous mettre en garde.

– Si nous avons accepté cette mission, c'est pour sauver nos enfants, plaida Lassa. Tu devrais aussi penser aux tiens.

– Les desseins des dieux ne sont jamais aussi simples qu'ils vous le laissent croire.

– Si nous venions à découvrir que c'est le cas, alors nous nous retirerons, tenta de le rassurer Kira. Mais nous devons savoir de quoi il retourne pour commencer.

– Nous serons prudents, promit son mari.

L'air sombre, l'ancien Immortel tourna les talons et marcha vers la trappe menant à la crypte.

– Nous ne pouvons pas lui faire oublier son passé, se désola Lassa, mais nous pouvons encore assurer l'avenir des prochaines générations.

– Je sais... Utiliserons-nous ton vortex ou le mien ?

– Certainement pas le tien. Nous pourrions nous retrouver sur Irianeth !

– Pardon ? s'insulta Kira.

– Tu n'as jamais pris le temps d'apprendre à maîtriser cette énergie.

– D'accord, nous prendrons le tien, cette fois-ci, mais je vais te faire regretter tes paroles.

Lassa prit la main de la Sholienne et l'entraîna dans son maelstrom.

6

LES FÉLINS

Forts de leur triomphe chez les Tepecoalts, Onyx et Napashni avaient piqué vers l'ouest dans les denses forêts d'Enlilkisar. Tout à fait par hasard, ils étaient tombés sur Wellan, qui remontait un des nombreux sentiers creusés au fil du temps par les guerriers lors de leurs raids.

Le Roi d'Émeraude et le commandant des Chevaliers avaient été de bons amis durant la première vie de ce dernier. Ils avaient souvent combattu ensemble et Onyx avait trouvé beaucoup de réconfort auprès de cet homme qui lui rappelait le Hadrian de ses belles années. Le séjour de l'ancien Roi d'Argent sur les plaines de lumière l'avait beaucoup aigri. Au lieu de se préoccuper du sort du monde, comme jadis, Hadrian ne se souciait plus que de son propre nombril.

Pour que Wellan ne poursuive pas seul sa route jusqu'à la cité des Tepecoalts, Onyx avait utilisé un soupçon de magie, le privant temporairement de sa volonté.

– Pourquoi veux-tu étudier ces peuples ? demanda l'empereur.

– Pour écrire de nouveaux livres d'histoire et de géographie, répondit Wellan en marchant entre Napashni et lui. On nous a caché tant de choses.

– Excellente initiative, surtout si tu m'accompagnes, car j'ai l'intention de visiter tous les peuples de ce continent.

– Mais j'ai déjà tout ce dont j'ai besoin sur les Itzamans. C'est chez leurs voisins que je veux aller.

– Les Tepecoalts sont en train de réorganiser leur société. Crois-moi, ce n'est pas le moment de les accabler de questions.

– Mais...

– Il est plus important en ce moment de persuader les Itzamans de détruire leur pyramide.

– Détruire leur pyramide ? Pourquoi ?

– Pour mettre fin aux sacrifices.

– Mais ça fait partie de leurs coutumes.

– Plus maintenant.

– Nous n'avons pas le droit d'interférer dans la vie des autres peuples.

– Je suis un conquérant, rappelle-toi.

Napashni, qui écoutait leur conversation, aperçut la confusion sur le visage de Wellan.

– Son désir est d'unifier toutes les nations sous sa protection, expliqua-t-elle.

– Par la force ?

– S'il le faut, affirma Onyx avec un sourire persuasif.

Malgré tous ses efforts, Wellan n'arrivait pas à s'immobiliser afin de tourner les talons. Il se sentait soudé à ses compagnons, comme s'ils l'avaient attaché pour l'obliger à les suivre.

Ils arrivèrent enfin sur les terres cultivées des Itzamans, qui s'étendaient jusqu'aux volcans. Onyx fit quelques pas et s'arrêta net.

– Qu'y a-t-il ? s'inquiéta Napashni.

– Je capte de la panique. Quelqu'un attaque les sujets de Juguarete.

– Pas les Tepecoalts, au moins ?

– Je dirais plutôt que ce sont des créatures magiques.

Onyx mit la main sur les épaules de ses amis, les transportant instantanément au pied de la pyramide du soleil, au milieu des hurlements de terreur de la population. Sous leur forme animale, les dieux félins poursuivaient les villageois et les plaquaient au sol avant d'enfoncer leurs dents dans leur nuque. Affolés, les habitants fuyaient en tous sens en implorant leur pitié tandis que les guerriers tentaient de les défendre, javelots en main.

– Pourquoi s'en prennent-ils à leurs propres adorateurs ? s'étonna Wellan.

– Ils ont dû les offenser, présuma Napashni.

– Mettons fin à ce carnage, ordonna Onyx.

– Comment ? demanda Wellan. Ce sont des dieux.

– Nous aussi !

Onyx se jeta dans la mêlée en chargeant ses paumes d'énergie lumineuse. Ayant juré de ne plus se mêler des conflits armés du continent et de se contenter d'être un simple observateur, Wellan demeura indécis. Napashni, par contre, n'hésita pas une seule seconde à obéir aux ordres de son amant. Puisqu'elle n'était pas aussi habile qu'Onyx avec la puissance de ses mains, elle jugea préférable d'utiliser les méthodes de combat qu'elle avait apprises chez les Mixilzins. C'était, selon elle, la meilleure façon de ne pas blesser d'Itzamans.

La déesse-griffon sauta sur le dos du premier félin qui passa près d'elle : Enderah, un lynx duveteux, pourchassait une femme qui abritait son bébé dans ses bras. Le fauve fit volte-face, toutes griffes dehors, décrochant son agresseur d'un seul coup. Ne sachant pas trop comment neutraliser un membre de la famille d'Étanna, Napashni sortit son poignard de son étui et fonça sur la bête. Son geste soudain prit le lynx par surprise et lui permit de lui enfoncer la lame dans l'épaule. Il poussa un terrible rugissement et, de l'autre patte, frappa durement son assaillante, la faisant rouler plus loin.

Tandis qu'elle reprenait son équilibre, Napashni vit le fauve se transformer en une belle femme aux longs cheveux châtains, vêtue d'une tunique courte en fourrure roussâtre. Celle-ci arracha la dague qui lui avait transpercé le bras et la jeta sur le sol avant de s'avancer vers la responsable de ses souffrances. «Les dieux saignent!» découvrit Napashni avec stupeur.

Les pas d'abord assurés d'Enderah en direction de sa nouvelle proie devinrent rapidement incertains, car elle perdait des forces. Au moment où elle allait atteindre la prêtresse, Enderah reprit sa forme animale et bondit une dernière fois avec l'intention de tuer. Un bolide, sorti de nulle part, frappa le lynx dans son flanc et le catapulta plus loin. Napashni reconnut alors son sauveur.

– Merci, Wellan, fit-elle en l'aidant à se relever.

– Je ne pouvais plus rester à rien faire cette fois-ci, même si je me suis promis de mener une vie pacifique.

Un jaguar passa en trombe près d'eux.

– Tes tirs sont-ils précis? demanda Napashni à son compagnon.

En guise de réponse, Wellan lança un rayon ardent sur le postérieur de l'animal et frappa sa cuisse.

– Lequel des dieux félins est un jaguar? voulut savoir Napashni alors que le fauve tacheté se retournait vivement vers eux.

– Étanna ou Solis...

Ses crocs étincelants bien en évidence, le grand chat revint sur eux.

– Je n'ai plus d'arme! s'alarma la déesse-griffon.

Elle n'avait pas terminé sa phrase que son poignard volait dans les airs et atterrissait dans sa main. « Je n'ai qu'à le désirer », se rappela-t-elle. Elle se plaça immédiatement en position défensive, en se demandant comment se débrouillait son amant.

Avec l'intention de protéger le Prince Féliss, dont il voulait faire son régent chez les Itzamans, Onyx avait couru vers le palais, mais voyant les grands chats s'attaquer surtout à des enfants sans défense, il avait aussitôt changé ses plans. Ce que le renégat avait le plus aimé depuis le début de sa vie, c'étaient ses petits.

Étant donné que ces félins étaient en réalité des dieux, Onyx utilisa ses pouvoirs magiques plutôt que ses armes pour mettre fin à leurs attaques. Il multiplia les faisceaux enflammés pour détourner les prédateurs de leurs proies, espérant attirer en même temps l'attention de leur déesse suprême. Il blessa un puma, un léopard et un serval avant qu'un formidable lion se dresse devant lui.

Onyx n'avait pas perdu son temps à apprendre par cœur tous les noms des membres des différents panthéons célestes et encore moins les animaux dont ils prenaient la forme.

Toutefois, il était certain que le grand fauve qui le menaçait n'était pas le chef des félins.

– Quittez immédiatement ces terres ! tonna le nouvel empereur en amplifiant sa voix pour que tous puissent l'entendre.

– Voyez-vous ça ! répliqua le lion en se métamorphosant en un formidable colosse aux cheveux blond-roux. Depuis quand les humains donnent-ils des ordres à leurs dieux ?

– Je ne sais même pas qui tu es.

– Ahuratar, fils d'Étanna ! Et toi, insolent ?

– Nashoba, fils d'Abussos.

Le lion ne dissimula pas sa perplexité.

– Tu as besoin de preuves ? le piqua Onyx.

Le dieu-loup fit appel à toute sa puissance et lança une sphère électrifiée au centre de la pyramide du soleil, à l'autre bout de la piazza. L'explosion secoua toute la cité, projetant les fuyards sur le sol. Les félins interrompirent leur chasse et se tournèrent vers le lieu de la déflagration. Les débris volèrent au-dessus d'eux. Napashni et Wellan s'étaient jetés à plat ventre et avaient protégé leurs têtes. Le seul qui était resté debout, c'était Onyx, car il avait créé un bouclier invisible autour de lui.

– Qui a commis ce sacrilège ? s'écria une femme.

– Moi, répondit Onyx en allant à sa rencontre.

– Comment as-tu osé ?

Le jaguar que Wellan avait blessé s'était transformé en une belle femme aux cheveux bruns striés de mèches blondes. Elle portait un corsage beige sans manches et une jupe à pointes brûlée sur le côté droit par le tir qu'elle avait essuyé. Toutefois, la douleur ne semblait pas atténuer sa colère.

– Les sacrifices sont terminés, laissa tomber Onyx sur un ton de commandement.

– Si les rapaces peuvent continuer d'en faire, alors nous aussi !

– Plus aucun dieu ne malmènera les habitants de ce monde pour obtenir leur soumission.

– Ce royaume nous appartient. Nous l'avons arraché aux Ghariyals il y a des milliers d'années.

– Les humains ne sont pas un butin que vous pouvez vous disputer. Ils ont le droit d'adorer le dieu de leur choix.

– Qui es-tu pour me tenir un langage semblable ?

– Je suis Nashoba, fils d'Abussos.

– Votre oncle, si vous préférez, souligna Wellan.

– Les dragons dorés n'ont eu ni frères, ni sœurs, cracha Étanna.

– Vous êtes dans l'erreur, rétorqua Onyx. Les dieux fondateurs ont eu huit enfants.

– C'est l'hippocampe qui t'envoie ?

– Mon rôle est de libérer tous les peuples du joug de dieux présomptueux qui n'ont jamais voulu leur bien.

– Personne ne nous prendra ce que nous avons acquis.

– C'est la dernière fois que je vous l'ordonne : partez avec votre panthéon ou vous le regretterez amèrement.

Ivre de colère, Étanna se métamorphosa en jaguar. Onyx soupira et se changea en énorme loup tout noir. Napashni et Wellan virent alors tous les félins se rassembler derrière leur dirigeante.

– Seul un dieu peut en tuer un autre ! lança l'ancien commandant des Chevaliers afin d'éviter un combat qui risquait de mal se terminer. N'avez-vous pas conscience de la puissance qu'Abussos a donnée à ses enfants ? Tenez-vous à ce point à être anéantis ?

Napashni sut alors ce qu'elle devait faire. Elle alla se placer dans le dos d'Onyx. « Je désire adopter mon apparence animale », souhaita-t-elle intérieurement. En voyant les félins lever les yeux au-dessus de sa tête, l'Empereur d'Enlilkisar se demanda si ce n'était pas Abussos lui-même qui venait de descendre du ciel derrière lui. Il risqua un œil par-dessus son épaule et aperçut le griffon, dix fois plus gros que lui. L'animal fabuleux avait déployé ses ailes pour se rendre encore plus impressionnant. *Bien joué,* fit Onyx à l'intention de sa maîtresse.

Toutefois, les grands chats ne bronchaient pas. Leurs muscles étaient toujours tendus comme s'ils allaient tous bondir à la fois. «Comment vais-je parvenir à les convaincre de capituler?» se demanda Onyx. Cette diversion avait au moins permis au peuple de se barricader dans les maisons. Wellan, qui n'avait jamais tenté de transformation divine, préféra s'abstenir, surtout qu'il aurait davantage ressemblé à un reptile au long museau, recouvert de plumes écarlates et aux doigts reliés par une membrane lui permettant de voler.

C'est alors qu'une panthère noire arriva de la plage. Tandis qu'elle marchait, elle se métamorphosa en une belle femme aux traits jadois. Ses longs cheveux noirs lui atteignaient presque la taille et ses yeux étaient bridés. Elle portait un vêtement qui ressemblait beaucoup aux tenues madidjin de la Princesse Aydine : un balconnet de métal doré et une culotte bleu saphir par-dessus laquelle pendait une longue jupe diaphane fendue le long de ses jambes.

Au lieu de s'attaquer au loup qui menaçait sa famille, Anyaguara se tourna vers sa mère jaguar.

– Les enfants d'Abussos sont mille fois plus puissants que vous tous, les avertit-elle. Si vous voulez survivre, je vous conseille de vous incliner devant Nashoba et Napashni.

– Jamais ! gronda Étanna.

– Alors, préparez-vous à mourir.

Anyaguara alla se poster près de Wellan.

– Ce serait le moment de leur montrer à quoi vous ressemblez, petit-fils d'Abussos, murmura-t-elle à son oreille.

– D'une part, je ne possède pas d'amulette et, d'autre part, si je ressemble à la description que vous m'avez déjà faite de mon avatar, je ferais mourir tout le monde de peur.

– L'idée, c'est justement de les faire fuir.

La déesse-panthère glissa doucement ses doigts entre ceux de Wellan.

– Je vous en conjure, ne faites pas ça, la supplia-t-il.

Wellan sentit d'abord s'opérer la mutation à l'intérieur de son corps. Le groupe de félins se mit à rapetisser devant lui, comme si on venait de le hisser au sommet d'un arbre. Effrayé, il voulut réclamer l'aide de ses amis, mais tout ce qui sortit de sa gorge fut un cri strident. Il tenta de reprendre la main de la sorcière, mais s'aperçut que les mouvements de son bras étaient restreints par la peau qui partait de ses doigts et s'attachait à son corps. Il se mit alors à sautiller en protestant. Les battements de ses ailes produisirent un vent si violent que les félidés durent planter leurs griffes dans le sol pour ne pas être projetés vers l'arrière.

Voyant que son jeune ami n'avait pas l'intention d'utiliser autre chose que son apparence pour faire fuir leurs agresseurs, Onyx décida d'intervenir. Au moyen d'une illusion plus que convaincante, il créa une auréole de flammes autour du ptérodactyle, puis lança certaines d'entre elles en direction d'Étanna. D'un seul coup, tout le panthéon se volatilisa.

Anyaguara libéra aussitôt Wellan de son supplice. Le pauvre homme tomba sur ses genoux, haletant.

– Très frappant, avoua Onyx.

– C'est l'effet que cause généralement la vue d'un monstre, répliqua Wellan, dépité.

– Je sais ce que c'est, soupira Napashni, qui avait également mis fin à sa métamorphose. Mais on s'y habitue.

Onyx s'inclina devant la sorcière de Jade.

– C'est moi qui vous dois le respect, Nashoba, fit-elle avec un sourire.

– Pourquoi avez-vous mis votre propre panthéon en déroute?

– Nous ne voyons plus les choses de la même façon. J'aime bien les humains et je considère qu'ils ont le droit de s'autogérer.

– Les félins reviendront à la charge, n'est-ce pas?

– C'est plus que probable, car Étanna est mauvaise perdante. Mais vous avez une arme puissante à votre disposition. Servez-vous-en.

Anyaguara disparut dans un tourbillon d'étoiles noires.

– Comment te sens-tu ? demanda Onyx en se penchant sur Wellan.

– Comme si un des dragons de l'Empereur Noir m'était passé sur le corps. Et je t'avertis tout de suite que je ne retenterai pas cette désastreuse expérience.

– Elle a au moins persuadé Étanna de rentrer dans son monde.

– Je réfléchirai à d'autres façons d'arriver au même résultat.

Napashni et son amant remirent Wellan sur pied. Les guerriers Itzamans s'approchèrent alors avec prudence des êtres surnaturels. Leur chef, Sévétouaca, reconnut alors les deux hommes.

– Vous ne pouviez pas choisir un meilleur moment pour revenir parmi nous ! s'exclama-t-il, fou de joie. Venez, venez. Le Prince sera content de vous voir.

Onyx et Napashni aidèrent Wellan à marcher jusqu'au palais. Ils auraient certes pu le transporter magiquement, mais il était préférable qu'il retrouve rapidement l'usage de ses membres humains. Sévétouaca avait pris les devants pour prévenir la famille royale. Juguarete et son fils Féliss se précipitèrent sans hésitation à la rencontre de ces sauveurs inespérés. Ils se courbèrent devant Onyx et Wellan et examinèrent leur compagne.

– Ma femme, Napashni, la présenta l'empereur.

C'était la première fois qu'Onyx parlait d'elle en ces termes et elle se sentit rougir jusqu'aux oreilles.

– Vous serez honorés comme des héros ! s'écria Féliss.

– Avant de célébrer votre délivrance du joug d'Étanna, rassemblez les blessés et les morts, ordonna Onyx.

Le prince jeta un coup d'œil à Sévétouaca, qui relaya cet ordre à sa troupe. Un grand feu fut allumé au milieu de la piazza et tous les habitants de la cité y furent conviés. Un à un, les corps de ceux qui avaient succombé sous les crocs des félins furent alignés devant le palais. Ceux qui n'avaient subi que des blessures furent regroupés près des flammes. Onyx se mit immédiatement à les soigner. « Je désire en faire autant », se dit Napashni en s'approchant d'un enfant dont le dos était couvert de lacérations. Malgré sa grande faiblesse, Wellan se fit un devoir de refermer les petites plaies de ceux qui s'adressaient à lui.

Lorsque tous furent traités, Onyx s'approcha des cadavres. Féliss s'empressa de l'accompagner.

– Quels sont vos rites funéraires ? demanda l'empereur.

– Nous demandons aux familles de bâtir des bûchers et nous implorons Solis de conduire les défunts sur les plaines de lumière, répondit le prince. Mais je ne crois pas que ce soit approprié, en ce moment.

Onyx se tourna alors vers les milliers de regards posés sur lui.

– Ces Itzamans ont perdu la vie pour que vous soyez désormais libérés des dieux félins, déclara-t-il. Il n'y aura plus jamais de sacrifices. La pyramide de la lune a été détruite tout comme celle du soleil. Sachez que les Tepecoalts, les Itzamans et les Mixilzins ont jadis fait partie d'un seul et même peuple, les Nacalts. Si j'ai une seule chose à vous demander en retour de notre intervention aujourd'hui, c'est que vous vous unissiez de nouveau afin de ne faire plus qu'un. Maintenant, je recommande leurs âmes à Abussos !

Il leva la main et incinéra tous les corps en quelques secondes.

– Ils sont auprès de lui, affirma-t-il.

Féliss fit asseoir Onyx à côté de son père, Juguarete, qui ne se remettait pas de l'attaque sournoise de ces dieux que les siens vénéraient depuis des générations. Napashni et Wellan se trouvaient déjà parmi les conseillers. À l'autre bout du cercle, Karacoual, le grand prêtre, les observait avec rancune.

– Qu'avez-vous fait pour vous attirer les foudres d'Étanna ? s'enquit Wellan.

– Nous ne faisions plus de sacrifices, avança Féliss.

– Alors, vous accomplissez déjà la volonté d'Abussos, se réjouit Onyx.

Puisque le vent frais venait de se lever de la mer, des femmes couvrirent les épaules des héros de chaudes couvertures et d'autres leur apportèrent des écuelles remplies de maïs et de cassaves. Onyx avala un peu de nourriture pour leur faire plaisir, mais il n'avait pas faim. Dans sa tête, des plans de conquête n'arrêtaient pas de se former.

– Où est Cherrval ? demanda Féliss.

– Il est resté au château, où il veille sur notre fillette, expliqua Onyx.

– Est-ce une punition ?

Napashni répondit « oui » en même temps que son amant prétendit que « non », ce qui fit rire le jeune prince. Onyx grignota une galette en écoutant les propos de Juguarete, qui avait décidé de lui raconter comment les grands chats étaient tombés du ciel. Le débit monotone du chef des Itzamans lui fit perdre momentanément sa vigilance et il ne ressentit le nouveau danger que lorsqu'il se planta directement devant lui.

– Traîtresse ! s'écria un homme recouvert de peinture de guerre.

Onyx reconnut son armure comme étant celle de Cuzpanki, un des maris de Napashni. Il ouvrit la bouche pour lui demander ce qu'il voulait, mais le Mixilzin pointa sa lance vers la gorge de sa femme.

– Napalhuaca, tu as proféré une malédiction contre notre peuple !

Obéissant à son réflexe de protéger celle qui partageait maintenant sa vie, Onyx fit un geste pour se lever.

– Non ! l'avertit Napashni. C'est à moi de régler ce problème.

Onyx obtempéra, mais libéra ses mains afin d'intervenir, au besoin. La prêtresse Mixilzin se leva sans perdre de vue la pointe acérée de l'arme pointée sur elle.

– Vous m'avez ostracisée, Cuzpanki, répliqua-t-elle en se tenant fièrement devant lui.

– Et pour te venger, tu as décimé les Mixilzins !

Le guerrier fonça sur la prêtresse.

– C'est toi qui as créé le torrent qui a anéanti tous les villages sur le flanc des volcans !

Napashni n'eut pas le temps de saisir son poignard qu'une épée double apparut entre ses mains. Se promettant de remercier Onyx plus tard, elle para les furieux coups de lance de Cuzpanki.

– Je n'ai rien fait de tel ! se défendit-elle.

– Elle dit la vérité, l'appuya son amant, qui avait lui-même fait couler le large fleuve à l'est de son territoire pour le séparer d'Enlilkisar.

– Tu as assassiné tous tes enfants ! hurla Cuzpanki en frappant de plus belle.

– Vous êtes les seuls responsables de ce qui vous est arrivé ! se fâcha Napashni. Ce sont votre étroitesse d'esprit, votre hypocrisie et votre bigoterie qui ont causé votre perte !

Elle passa à l'attaque, mais ce n'était plus la même femme que Cuzpanki avait si souvent affrontée en combats amicaux et moins amicaux. Elle avait grandement affiné sa technique et elle avait décuplé ses forces en développant son potentiel magique. Manipulant l'épée double à la vitesse de l'éclair, elle entailla le bras de son ancien mari, puis sa cuisse, puis ses mains. Cuzpanki refusait de lâcher prise, même s'il perdait de plus en plus de sang.

– Meurs, sorcière ! hurla le guerrier en se servant de son corps pour heurter violemment son adversaire et la faire chuter.

Napashni l'évita, mais n'attendit pas de se retrouver en position désavantageuse. Elle accéléra le mouvement de moulin de ses lames et sectionna net le cou de Cuzpanki. Sa tête se détacha et roula dans la poussière tandis que son corps s'effondrait comme un pantin privé de ficelles.

La Mixilzin demeura immobile pendant quelques secondes, haletante et tremblant de tous ses membres.

– Y a-t-il d'autres survivants qui m'accusent de leurs malheurs ? hurla-t-elle, en colère.

Personne n'osa répondre. Subtilement, Onyx transmit une vague d'apaisement à la redoutable guerrière et lui fit signe de revenir s'asseoir avec lui. L'épée disparut des mains de Napashni, qui se mit à respirer profondément pour se calmer. Elle se laissa tomber près d'Onyx et s'appuya la tête contre son épaule.

– Tu commences un peu trop à me ressembler, murmura-t-il.

– Je ne veux aucun compliment pour ce que je viens de faire.

Féliss offrit aux héros de dormir dans le palais, ce qu'ils acceptèrent volontiers. Pour s'assurer que sa compagne fermerait l'œil, Onyx lui communiqua un baume anesthésiant. Wellan n'en eut aucun besoin. Dès qu'il se fut allongé sur sa paillasse, il sombra dans le sommeil. Onyx profita de la soudaine quiétude de la cité pour en scruter les alentours, tant dans les forêts qu'en direction du ciel. Il ressentit la tristesse des familles qui avaient perdu des êtres chers lors de l'attaque, mais aussi la reconnaissance de toutes les autres.

L'empereur commençait à s'assoupir lorsque le médaillon qu'il portait se mit à vibrer. Sans réveiller Napashni, il se redressa et le sortit de sa cuirasse. L'hippocampe en métal brillait d'une étrange lueur turquoise. Plutôt que d'enjamber tous les dormeurs dans la grande maison, il se dématérialisa et réapparut à l'extérieur. Le chant des grillons était assourdissant, alors il se fia à ses sens magiques plutôt qu'à ses oreilles pour repérer celui qui faisait reluire son talisman. Il capta une énergie amicale sur le bord de la mer.

Onyx serpenta entre les débris de la pyramide qui s'étendaient jusqu'à la plage. Il distingua alors la silhouette d'un Ipocan, debout dans l'eau jusqu'aux genoux.

— Merci d'avoir répondu à notre appel, fils d'Abussos.

— C'est tout naturel, Prince Skalja.

— Mon père désire savoir pourquoi les grands monuments des dieux ont été détruits un après l'autre. Il veut aussi savoir si vous êtes en danger.

— Je le remercie de se soucier de moi, mais dites-lui que rien ne me menace. C'est moi qui ai mis fin aux sacrifices humains en démolissant les pyramides. Abussos n'en a nul besoin.

— Ce que vous dites est vrai. Sachez que vous pouvez faire appel à nous à n'importe quel moment du jour ou de la nuit.

— Je connais votre loyauté et elle me réjouit le cœur.

— Tous les Ipocans sont à votre service, Nashoba. Ne l'oubliez jamais. Longue vie.

Le prince s'inclina devant Onyx, puis se retourna pour rejoindre le groupe de guerriers qui l'attendaient plus loin.

Il remonta sur son destrier marin et plongea dans les eaux sombres. Aussitôt, le talisman d'Onyx cessa de briller.

L'empereur s'assit sur un gros bloc de pierre et leva les yeux vers les étoiles. Le vent frais qui jouait dans ses cheveux noirs et qui transperçait ses vêtements ne l'empêcha pas de réfléchir à tout le chemin qu'il avait parcouru depuis sa naissance, un soir d'orage, dans une chaumière d'Émeraude. « Je suis né pour unifier tous les peuples et instaurer le culte d'Abussos », conclut-il au bout d'un moment. Un Immortel et même un dieu déchu avaient tenté de l'écraser afin de l'empêcher d'accomplir son destin. Onyx avait toujours ressenti le besoin de régner, mais lorsqu'il était jeune, il ignorait que c'était dans un but beaucoup plus important que le simple fait d'être roi.

Ses pensées dérivèrent ensuite vers ses épouses. Il les avait toutes aimées, chacune à sa façon. L'échec de son mariage avec Swan l'attristait beaucoup, mais il comprenait pourquoi elle l'avait chassé du château. Il décida toutefois, après avoir conquis le nouveau monde, d'aller chercher Jaspe et le bébé qui naîtrait durant la saison froide. Il voulait les voir grandir et leur transmettre ses propres valeurs. Une nouvelle vie se développait aussi dans le ventre de Napashni. Il se transporta près d'elle et se blottit dans son dos, à la recherche de la force vitale de l'embryon. Il était encore minuscule, mais Onyx sentit que ce serait une fille. Heureux, il s'endormit avec le sourire.

Au matin, il embrassa Napashni, qui venait tout juste d'ouvrir l'œil, et lui annonça qu'il allait se purifier. Elle le retint quelques minutes de plus en multipliant les baisers, puis le laissa partir. Onyx se rendit à la grande piscine creusée dans le roc entourée d'une palissade, s'attendant à y rencontrer des membres de la famille royale, mais le seul qui s'y trouvait, c'était Wellan. Il était assis sur le bord du bassin et observait sa réflexion à la surface de l'eau.

– C'est déroutant de ne pas se reconnaître, n'est-ce pas ? fit Onyx en s'accroupissant près de lui.

Wellan leva sur lui un regard triste.

– Lorsque mon âme a enfin été libérée de l'épée où je l'avais cachée, mon corps avait été depuis longtemps réduit en cendres, poursuivit l'empereur. Il m'a fallu trouver un autre corps et m'y habituer. Mais cette apparence n'est pas celle que les dieux m'ont donnée à la naissance.

– Pourtant tes descendants te ressemblent, alors elle doit quand même s'en approcher.

– J'avoue que j'ai les yeux et les cheveux de la même couleur, mais j'étais plus grand et plus costaud.

D'un geste de la main, Onyx transforma sur l'eau le visage de Wellan en celui qu'il avait eu lors de sa première vie : blond plutôt que noir et avec des oreilles normales plutôt que pointues.

– Préférais-tu cette apparence ?

Des larmes se mirent à couler sur les joues de l'ancien chef des Chevaliers d'Émeraude.

– Il suffisait de me le dire...

Onyx le poussa dans le bassin, où l'eau se mit à bouillonner furieusement. Wellan en émergea en cherchant son souffle. Ce n'était plus le jeune homme délicat qui ressemblait à Atlance, mais l'imposant soldat qu'il avait jadis été.

– Que m'as-tu fait ? s'exclama-t-il.

– À toi de le découvrir.

Pendant que son compagnon enlevait ses vêtements, Wellan chercha à se voir une fois de plus à la surface du bassin.

– Mais comment est-ce possible ? balbutia-t-il.

– Je suis un dieu, mon cher ami.

Onyx sauta dans la piscine et s'approcha de Wellan.

– Tu devrais voir ta tête ! se moqua-t-il.

– Est-ce une illusion ?

– Non. Mais si tu préfères ton apparence de maigrelet à oreilles d'Elfe, je peux tout aussi facilement te la redonner.

– Pourrais-je conserver celle-ci jusqu'à ma mort ?

– Certainement. Mais pour ça, tu devras rester à mes côtés et devenir mon lieutenant.

– Je ne veux plus faire la guerre.

– Si tu sais te montrer convaincant avec les peuples que nous approcherons, il n'y en aura pas. Prends le temps de réfléchir.

Wellan sortit du bassin, se sécha et s'aperçut que sa tunique était désormais trop petite pour lui. En riant, Onyx fit apparaître sur ses bras des vêtements qu'il venait de trouver dans la commode du Roi Hadrian, qui faisait la même taille que l'ancien soldat.

7

UNE NOUVELLE ALLIANCE

Pour éviter d'être égorgée par les membres de son panthéon, Anyaguara ne retourna pas dans son monde après son intervention chez les Itzamans. Elle réapparut plutôt sur le flanc d'un des volcans, près d'un Immortel qui tentait de minimiser les dommages causés par la soudaine apparition d'un fleuve là où il n'y en avait jamais eu. Danalieth s'était mis en tête de purifier grâce à sa magie l'eau boueuse en éliminant les sédiments qu'elle charriait.

Anyaguara marcha derrière le demi-dieu et lui entoura la taille avec ses bras, appuyant son menton sur son épaule.

— J'ai suivi les événements à partir d'ici, avoua Danalieth. Intervention très convaincante, ma chère.

— Malgré tout, je ne crois pas que mes paroles aient suffi à décourager Étanna de ses intentions funestes. Lorsqu'elle plante ses crocs dans une proie, elle ne la lâche plus.

— Sauf si les chefs des autres panthéons apprennent ce qu'elle vient de faire. C'est évidemment mon rôle de tenir Parandar informé de ce qui se passe dans le monde des humains.

– Vous savez aussi bien que moi qu'il n'existe plus aucun respect entre les dieux. Une guerre céleste est imminente et s'ils s'entredéchirent, tout ce que les dragons dorés ont créé cessera d'exister, y compris notre merveilleux fils.

– Je vois mal comment une déesse féline et un demi-dieu reptilien pourraient y changer quoi que ce soit, Anya.

– Nous devons pourtant trouver la façon d'empêcher une telle catastrophe.

La sorcière ajouta sa magie à celle de Danalieth et en très peu de temps, l'eau de la nouvelle rivière devint si claire qu'on pouvait voir son lit.

– Il y a d'autres forces en jeu dans la région, indiqua alors l'Immortel en se retournant pour se tenir face à la panthère.

– Faites-vous référence à Onyx?

– Non. Je connais bien l'énergie du dieu-loup et ce n'est pas celle que je flaire.

– D'autres divinités vivent parmi les hommes, dont le jeune Wellan.

– C'est exact. La plupart sont bienveillantes, mais quelques-unes n'ont pas le bien-être de la population à cœur. Leur emprise est de plus en plus évidente tant à Enkidiev qu'à Enlilkisar.

Le silence étonné d'Anyaguara indiqua à l'Immortel qu'elle ne comprenait pas ce qu'il tentait de lui expliquer. Danalieth lui prit donc les mains et la transporta sur la corniche de la montagne de Cristal, qui surplombait le Royaume d'Émeraude.

– Un dieu-dragon s'est emparé du château, constata alors la panthère.

– Depuis le retour de Nemeroff, ramené du hall des disparus par Onyx, ajouta Danalieth. Toutefois, la pierre d'Abussos, enfoncée dans le balcon royal par les Sholiens, diminue considérablement sa puissance. Maintenant, fermez les paupières.

La déesse féline s'exécuta. Elle ne perçut rien d'autre pendant plusieurs minutes, puis détecta une force étrangère dans l'Éther.

– Qu'est-ce que c'est? s'alarma-t-elle en écarquillant les yeux.

– Je n'en sais rien.

– C'est comme si un autre monde tentait d'engouffrer le nôtre...

– Exactement.

Anyaguara se concentra davantage.

– Le jeune Marek pourrait-il être responsable de cette perturbation? demanda-t-elle.

– J'en doute. Il possède le don de voir l'avenir, pas de le modifier.

– Il a pourtant inondé de nombreux royaumes en faisant fondre toute la neige de Shola.

– La petite enquête que j'ai menée à ce sujet me laisse plutôt croire qu'il n'y est pour rien. Un magicien épiait ses gestes et il en a profité pour amplifier l'incantation que l'enfant a utilisée pour se réchauffer les pieds.

– Dans quel but ?

– Mettre le petit dans l'embarras et faire exiler les siens à l'autre bout du continent, avança Danalieth. N'oublions pas qu'il y a plusieurs dieux dans la famille de Marek.

– Vous avez raison : deux enfants d'Abussos, la fille de Fan, le fils de Lazuli, celui de Sage, la fille et les jumeaux de Nahélé.

– Sans oublier Marek, lui-même fils de Solis.

– Ce sont tous de fiers représentants du bien.

– Ce qui me porte à croire qu'ils sont la cible d'un partisan du mal.

– Avez-vous informé Parandar de tout ceci ?

– Je m'apprêtais à le faire.

Anyaguara se tourna brusquement vers l'est.

– L'avez-vous senti? murmura-t-elle. On dirait un serpent qui tente de passer inaperçu.

– Oui, au Royaume de Jade.

– Mahito...

Sans échanger un mot de plus, les créatures divines foncèrent vers le pays d'adoption de leur fils et se matérialisèrent sur la berge de la rivière Sérida. Ils flairèrent le passage de la sombre force qui se dirigeait maintenant au-dessus du cours d'eau.

– Je comprends la raison de votre inquiétude, avoua la panthère. Devrions-nous suivre sa trace?

Ils entendirent craquer des branches derrière eux et firent volte-face. Un magnifique tigre les observait à travers le feuillage. Il se métamorphosa aussitôt en un beau jeune homme aux longs cheveux noirs.

– Mère... père?

Mahito n'avait jamais vu ses parents ensemble. Il ne savait plus comment réagir.

– Que fais-tu ici, mon garçon? le questionna Danalieth.

– J'habite tout près de la rivière et j'ai capté un danger. Il est impossible que ce soit vous.

– Tu as raison, Mahito, le rassura Anyaguara. Une entité magique est passée à cet endroit.

– Vous la poursuivez ?

– Nous étions en train de prendre cette décision, répondit l'Immortel.

– Vous hésitez ?

– Nous ne savons pas à qui nous avons affaire.

Mahito reprit sa forme animale et s'approcha d'eux en reniflant le sol.

– Ce n'est pas un membre de vos panthéons, affirma-t-il. Mais j'ai déjà discerné cette odeur de l'autre côté des volcans.

Le dieu-tigre redevint humain.

– Il n'y a aucune magie à Enlilkisar, lui rappela Anyaguara.

– C'est pour cette raison que la présence de cette énergie m'a étonné.

– Sais-tu de qui il s'agit ? s'enquit Danalieth.

– La première fois que j'ai isolé cette odeur, une image s'est formée dans mon esprit, soit celle des sorciers dont vous m'avez raconté si souvent la défaite.

– Le problème, c'est qu'il n'en reste plus aucun, Mahito.

– Il y a peut-être des sorciers ailleurs qu'à Irianeth.

– Un autre peuple aurait-il des vues sur la terre des hommes ? s'inquiéta Anyaguara.

– Ce n'est pas impossible.

L'amulette en forme de feuille de chêne que portait Danalieth à son cou se mit à briller.

– On requiert ma présence, s'excusa-t-il.

– Allez, le pressa la déesse-panthère. Peut-être nous ramènerez-vous d'autres informations.

Intimidé par la présence de son fils, Danalieth se contenta d'embrasser la main de sa maîtresse, puis se volatilisa. En quelques secondes, il réapparut à l'extérieur de l'immense rotonde immaculée d'où les Ghariyals dirigeaient leur panthéon. Il grimpa les marches en relevant les pans de sa longue toge blanche et passa entre les colonnes qui donnaient accès à la pièce principale. Parandar marchait en rond sur le plancher de marbre où étaient incrustées les étoiles de la première des constellations créées par Aufaniae et Aiapaec.

– Enfin !

– Je suis venu dès que j'ai reçu votre appel, vénérable Parandar, affirma Danalieth.

Theandras et Fan étaient assises sur leur trône, silencieuses, mais tout aussi inquiètes que le dieu suprême.

– Quelque chose ne tourne pas rond dans l'univers, poursuivit Parandar.

– Nous pouvons aussi le sentir à Enkidiev.

– Abussos en est-il responsable?

– Je ne le crois pas. Il s'agit d'une énergie qui m'est inconnue.

– Pourrait-elle émaner des rapaces ou des félins?

– Non. Elle est étrangère à tous nos mondes.

– Menace-t-elle les humains?

– Il est trop tôt pour l'affirmer, mais elle donne l'impression qu'elle se prépare sournoisement à s'emparer de leur continent.

– Comme Amecareth, laissa tomber Fan.

– Il est mort! tonna Parandar. Et le portail par lequel il a réussi à s'infiltrer ici a été refermé!

– Et si Akuretari l'avait percé avant de perdre la vie? fit Theandras, à son tour.

De petites étoiles se mirent à exploser autour de Parandar, en train de perdre la maîtrise de ses émotions.

– Capéré, Vatacoalt, Ialonus, Nadian et Liam! hurla le chef du panthéon.

Les dieux de la chasse, des vents, de la mer, des forges et des tempêtes se matérialisèrent presque en même temps devant Parandar. Ils portaient tous des toges qui descendaient jusqu'aux genoux, mais de couleurs différentes : dorée pour Capéré, vert céladon pour Vatacoalt, bleu pervenche pour Ialonus, bronze pour Nadian et écarlate pour Liam.

— Suivez-moi, ordonna Parandar.

Les six divinités disparurent en même temps.

— Pourquoi ne pas nous avoir emmenées ? s'étonna Fan.

— Parce que nous sommes trop clémentes, répondit Theandras.

— Il est parti à la guerre ?

— À mon avis, il est allé s'assurer que le passage entre les mondes est toujours scellé et il s'attend à ce qu'il soit gardé par des représentants de l'autre univers.

— Vous n'avez jamais abordé ce sujet avec moi.

— Seul Parandar connaît ce grand secret. Il m'en a glissé un mot il y a fort longtemps, lorsque nous avons été menacés la première fois.

Immobile, Danalieth écoutait la conversation des déesses avec grand intérêt.

– Menacés ? répéta Fan, stupéfaite. Par les enfants d'Abussos ?

– Non. Jamais ils ne s'en prendraient à nous. Il y a des milliers d'années, alors que nous étions encore de jeunes dieux sans expérience, une déchirure s'est produite dans la membrane invisible de l'espace. Une créature venue d'un autre monde l'a franchie et s'est posée sur la planète créée par Parandar. Nous n'avons capté sa présence que lorsqu'elle s'en est prise aux humains pour la première fois.

– Amecareth...

– Parandar a refermé la brèche avec l'aide des dieux-dragons, mais il semblerait bien qu'elle se soit de nouveau ouverte.

– Devrons-nous affronter un nouvel empereur insecte ?

– Il est impossible de le savoir avant que la créature en question ne se manifeste.

Tandis que Fan en apprenait davantage sur l'immonde scarabée qu'elle avait combattu si longtemps, Parandar filait avec ses enfants jusqu'aux confins de l'espace. Ils ne s'arrêtèrent que lorsqu'ils atteignirent le voile gazeux qui retenait toutes les galaxies à l'intérieur d'un immense filet d'énergie. Tout comme il s'y attendait, le dieu suprême constata qu'il s'était désagrégé au même endroit. L'ouverture n'était pas assez large pour laisser passer une armée, mais tout juste assez grande pour qu'un dieu habile puisse s'y faufiler.

– Placez-vous de chaque côté, ordonna Parandar.

Le groupe se divisa en deux et, au signal de leur chef, tous laissèrent partir de leurs paumes une vapeur bouillante qu'ils dirigèrent vers les bords de la fente, la recollant avec beaucoup de soin. Lorsque l'opération fut terminée, ils continuèrent de flotter dans le vide pendant quelque temps pour voir si le nouveau calfeutrage tiendrait le coup.

❋ ❋ ❋

Tandis que son amant répondait à l'appel de ses maîtres divins, Anyaguara insista pour que son fils unique n'essaie pas de pister la créature inconnue qu'il avait flairée.

– De tous les demi-dieux qui vivent parmi les humains, je suis le seul qui puisse arriver à la retrouver ! protesta Mahito.

– Je n'en doute pas un seul instant, mon petit, mais nous ne savons pas encore de qui il s'agit.

– N'ai-je pas déjà prouvé que je sais me défendre ?

– C'est ta jeunesse qui te rend aussi téméraire, Mahito. Je t'en conjure, fais confiance à la sagesse de tes parents. Si nous sommes toujours en vie, c'est que nous avons appris la prudence. Transforme-toi en messager, cette fois. Avec Jenifael, va prévenir les gens de ne faire confiance à personne jusqu'à ce que l'intrus ait été identifié.

– Je préférerais de loin participer à sa capture.

– Dans ce cas, je m'engage à te convier à cette chasse dès que nous saurons à qui nous nous mesurons.

Cette promesse sembla modérer les ardeurs du jeune tigre.

– Maintenant, va et fais ce que je te demande.

Anyaguara embrassa son enfant sur le front et se volatilisa en lui cachant habilement ses pensées, pour qu'il ne soit pas tenté de la suivre. La déesse-panthère regagna la corniche sur la montagne de Cristal afin de réfléchir. Il était inutile d'interroger les dieux sur l'avenir, car la prescience n'était pas un pouvoir qu'Abussos leur avait accordé. Toutefois, certains humains étaient nés avec le don de prédire les événements à venir avec une certaine justesse. Elle savait aussi que plus les augures étaient jeunes, moins ils arrivaient à interpréter ce qu'ils voyaient dans leurs songes. Le plus fort d'entre eux venait de s'éteindre chez les Sholiens, mais il n'était pas le seul.

Le plus âgé des fils de Solis avait aussi hérité de cette faculté. Anyaguara se mit donc à sa recherche avec son esprit et s'étonna de ne pas le trouver à Zénor. Elle élargit donc son investigation plus loin et le repéra à Ipoca. Elle s'y transporta sur-le-champ par magie et se matérialisa au milieu d'un grand escalier de marbre, qui descendait jusqu'au dans la mer. En la voyant ainsi apparaître de nulle part, les Ipocans qui se réchauffaient au soleil plongèrent dans l'eau. «Je ne suis pourtant pas sous ma forme féline», s'étonna Anyaguara. Elle descendit les marches en se demandant pourquoi les battements de cœur du jeune prince l'avaient conduite à cet endroit.

Kirsan! l'appela-t-elle mentalement. Sans doute était-il quelque part sur l'île. Elle en scruta donc tous les recoins et sursauta en voyant sortir de l'eau la tête d'un hippocampe géant. Sur son dos était assis un Ipocan aux écailles tachetées qui rappelaient la robe d'un léopard.

– Kirsan ? s'étonna-t-elle.

– C'est bien moi.

– Pardonnez-moi. L'homme que je cherche est un humain de descendance céleste.

– Je l'ai été, mais j'ai choisi de devenir Ipocan afin de partager un jour la vie de la femme que j'aime.

– Es-tu le Prince de Zénor ?

– Oui, je suis bien le fils du Prince Zach, mais j'ai renoncé à mon héritage. Je suis désormais Kirsan, gardien novice de la grande nation ipocane.

– As-tu conservé ton don de prophétie ?

– Je n'ai fait aucun rêve depuis ma transformation et, de toute façon, si vous aviez l'intention de faire appel à mes services, sachez que mes visions ne se manifestent qu'au gré du hasard et non lorsque j'ai en besoin.

– Avant ta métamorphose permanente, as-tu pressenti l'avenir d'Enkidiev ?

– J'ai vu certains événements, mais ils n'étaient nullement menaçants. Je suis désolé de ne pouvoir vous aider davantage.

– Ne t'en fais pas, je trouverai mes réponses ailleurs.

Anyaguara disparut sous les yeux du jeune Ipocan. Découragée, elle retourna sur la montagne de Cristal. Danalieth n'était pas encore de retour. Assise en tailleur sur la pierre, la sorcière tenta de se rappeler tout ce qu'elle avait appris sur les humains depuis qu'elle les fréquentait. Lorsqu'elle vivait au Royaume de Jade, elle avait entendu parler d'un vieux sage qui avait acquis son don au contact d'un mystérieux coffre. Par la suite, le Chevalier Mann avait vécu la même expérience, mais il n'avait pas eu le bonheur de vivre aussi longtemps que son mentor. « Pourquoi est-il parti aussi rapidement ? » se désola Anyaguara. Quelqu'un avait-il entaché ce cadeau divin en intervenant lorsqu'il avait lui aussi découvert le coffret ?

Elle se rendit donc sous le Château d'Émeraude et laissa ses sens invisibles la guider jusqu'à la grande salle où les rois et même les premiers Chevaliers avaient tenu des réunions secrètes. L'énergie de Nayati était palpable dans tous les replis de la forteresse, mais Anyaguara ne la laissa pas la distraire. Elle découvrit bientôt la cachette de l'objet magique, mais ne l'en retira pas. Elle se contenta plutôt de lire son histoire à travers le mur de pierres.

– Wanda... murmura la sorcière.

En touchant Mann tout de suite après qu'il eut mis la main sur le coffre, la femme Chevalier l'avait privé d'une partie de son don. La déesse féline se rendit immédiatement sur la ferme où Wanda vivait avec son mari et sa fille Aurélys. La nuit tombait, mais il y avait encore de la lumière aux fenêtres. Anyaguara s'approcha de la porte, mais ne frappa pas, préférant appeler l'augure à l'aide de sa magie. Au bout de quelques secondes, la guerrière lui ouvrit.

– Puis-je vous aider ? s'informa Wanda.

Il n'y avait pas une seule once de malice dans l'âme de cette femme soldat qui avait combattu les forces de l'Empereur Noir.

– Peut-être bien, répondit Anyaguara.

– Entrez, je vous prie. Il fait froid et vous n'êtes pas très chaudement vêtue.

La déesse passa devant Wanda et arriva devant la table, où la famille partageait le repas du soir. Falcon lui offrit immédiatement un siège près de l'âtre, ignorant que les dieux ne souffraient pas des éléments comme les humains.

– Savez-vous qui je suis ? demanda Anyaguara.

– Vous êtes la sorcière de Jade, la reconnut Aurélys. Je vous ai déjà vue entrer au palais et personne ne s'habille comme vous, de toute façon. J'espère que vous n'êtes pas ici pour moi, car j'ai déjà eu mon lot de mésaventures.

– Ne crains rien, ma chérie. C'est ta maman que je suis venue voir.

— Ah oui ? s'étonna Wanda.

— J'aimerais savoir si vous faites des rêves étranges depuis que vous êtes venue en aide au Chevalier Mann dans les caves du Château d'Émeraude.

Le sourire de Wanda s'effaça d'un seul coup.

— Je n'en ai pourtant jamais parlé à personne... balbutia-t-elle.

Falcon glissa ses doigts entre ceux de sa femme pour la réconforter.

— Avez-vous eu des visions d'un important conflit qui ne s'est pas encore produit ?

— Je ne veux pas en discuter devant ma fille.

— Mais je ne suis plus un bébé ! s'exclama Aurélys.

— L'avenir concerne également nos enfants, Wanda, lui rappela Anyaguara. J'ai un fils, moi aussi, et c'est pour lui que je veux agir maintenant.

Wanda s'accouda à la table et cacha son visage dans ses mains pendant quelques minutes.

— J'ai fait plusieurs cauchemars, avoua-t-elle finalement. Dans la plupart, je suis sur le bord d'une rivière avec mes compagnons d'armes et un immense nuage noir se forme au-dessus des volcans pendant que des milliers de créatures se mettent à en descendre les flancs comme une marée de four-mis. Les plus troublants de mes rêves ont cependant lieu dans les couloirs d'un château que je ne reconnais pas. Dans l'ombre, j'aperçois une silhouette immobile. Je ne sais pas de qui il s'agit, mais je suis morte de peur.

– Est-ce tout ?

– J'ai vu une toute petite fille habillée en rouge. Elle ne devait pas avoir plus de deux ans et, debout sur l'autre berge de la rivière, elle nous souriait, tout à fait inconsciente du danger qu'elle courait.

– Vous ne la connaissez pas ?

– Non. Je ne l'avais jamais vue auparavant.

– Vos rêves se terminent-ils mal ?

Des larmes coulèrent en silence sur les joues de Wanda, qui revivait toute l'horreur de ces scènes de destruction.

– N'ayez crainte, nous empêcherons cette guerre, affirma Anyaguara avec un sourire rassurant.

Falcon serra les doigts de sa femme pour la rassurer da-vantage. La sorcière les remercia de l'avoir reçue dans leur chaumière et s'évapora comme un mirage.

8

EN DÉSESPOIR DE CAUSE

a conversation qu'avaient eue les Princes Fabian et Maximilien avec l'ancien souverain d'Argent les avait plutôt démoralisés. Le vieil ami de leur père était certes en mesure de retrouver ce dernier dans le nouveau monde, mais le persuaderait-il de revenir à Émeraude ? Et si Onyx décidait de rentrer au bercail, chasserait-il Nemeroff du trône ? Rien ne prouvait qu'il mettrait fin aux tourments du reste de la famille.

Fabian était toutefois plus optimiste que son frère Maximilien. Selon lui, Onyx aimait encore son pays natal et il ne laisserait pas tomber ses fils, même si ses relations avec eux étaient tendues. Shvara écoutait les deux frères discuter de leurs angoisses respectives en tentant de comprendre leurs émotions. Lui-même n'avait jamais eu de différends avec ses parents. En fait, le seul rapace qui exaspérait son panthéon, c'était Azcatchi.

– Vous détestez ou pas votre père ? s'enquit-il enfin, tandis que le trio buvait de la bière dans une auberge à plusieurs kilomètres du château.

– Au fond, nous l'aimons beaucoup, répondit Maximilien, mais certaines de ses décisions nous ont éloignés de lui.

Personnellement, je me suis querellé avec Onyx parce qu'il n'a pas cru important de me dire qu'il m'avait adopté à ma naissance.

– C'est curieux, répliqua Shvara en penchant la tête de côté. Moi, j'aurais plutôt été content de ne pas avoir été abandonné à mon sort.

– Ce n'est qu'en vieillissant qu'on se rend finalement compte de la chance que nous avons.

– Et moi, je me suis brouillé avec lui parce qu'il m'a recommandé de ne pas me frotter à Aquilée, expliqua Fabian.

– Sur ce point, il avait raison.

– Si je l'avais écouté, j'aurais certainement moins souffert.

– Moi de même, renchérit Maximilien.

– Lui, est-il fâché contre vous ? demanda le dieu-busard.

– Je n'en sais franchement rien, avoua Fabian. Mais la dernière fois qu'il s'est présenté au château, il n'a pas voulu nous parler.

– Il n'avait peut-être pas envie d'entendre vos doléances.

– Shvara, tais-toi et bois, lui recommanda son ami milan.

– Ce qui importe, maintenant, c'est de détrôner Nemeroff, leur rappela Maximilien.

– Un humain et deux dieux rapaces contre un formidable dragon qui tient directement ses pouvoirs d'Abussos et de Lessien Idril, soupira Fabian. Ça ne te semble pas un peu inégal?

– Pas si vous vous faites des alliés.

– L'oiseau a raison, admit Maximilien. Ou bien nous rallions les gens à notre cause, ou bien nous disparaissons dans la nature.

Il déposa sa chope et lança une pièce d'or sur la table pour payer la bière.

– Continuez de conférer si vous le voulez, moi, j'ai besoin d'une porte de sortie.

Maximilien les salua et s'éloigna de la table.

– Mais il y a déjà une porte dans cette auberge, s'étonna Shvara.

– C'est une expression qui veut dire qu'il cherche une autre solution, expliqua Fabian.

– Ah...

Ils terminèrent leurs consommations quelques minutes plus tard et sortirent de l'établissement. Il faisait beau et le ciel était sans nuages. Pour ne pas rentrer trop vite au château, les deux divinités avaient choisi de laisser leurs chevaux à l'écurie royale. Si l'aller avait été fort agréable, le retour leur semblait moins attirant.

– Ce serait le moment idéal de recouvrer tes facultés de falconiforme, tu ne crois pas ? suggéra Shvara tandis qu'ils marchaient sur la route de terre qui menait à la forteresse.

– J'essaie tous les jours de me transformer, mais je n'y parviens tout simplement pas.

– Je ne ressens aucune anomalie dans tes pouvoirs, Albalys... euh, pardon, Fabian. Je pense que le problème est dans ta tête.

– Vraiment ?

Shvara saisit le bras de son ami et l'entraîna dans une clairière, derrière une rangée de sapins.

– Mais qu'est-ce que tu fais là ?

– Je vais te prouver que j'ai raison.

Le dieu-busard planta Fabian au milieu de la trouée et recula de quelques pas.

– Tu crois que parce que je suis ici, loin du château, je vais y arriver ? douta le milan royal.

– En fait, je vais te remettre en contexte.

– Tu commences à me faire peur, Shvara.

— J'aimerais que tu reviennes mentalement au jour où tu t'es transformé pour la première fois.

Fabian plissa le front en fouillant dans sa mémoire.

— J'étais avec Aquilée... ça n'a pas du tout été plaisant.

— Rien ne l'est avec elle, se moqua Shvara.

— Tout mon corps s'est mis à me faire mal, comme si mes os étaient en train de changer de place.

— Ressens-le.

— Mais si Nemeroff capte ma transformation, il ne fera qu'une bouchée de moi.

— C'est justement parce que vous lui donnez trop d'importance qu'il vous scie les jambes.

Fabian dut avouer que le rescapé occupait toutes les pensées de ses frères et de sa sœur.

— Chasse-le de ta tête et songe à Aquilée.

— Ce n'est guère mieux.

— Elle ne t'a pas bien traité récemment, mais reviens en arrière, au moment où elle faisait grand étalage de ses plus beaux atours.

Fabian se rappela la belle paysanne qu'il avait rencontrée dans un boisé, ses yeux doux, son décolleté plongeant...

– Ça fonctionne ! s'exclama Shvara.

Les bras de son ami venaient de se couvrir de plumes.

– Continue !

Le prince sentit une fois de plus sa physionomie changer jusqu'à ce qu'il se transforme entièrement en milan royal.

– Il y a une chose qu'Aquilée ne t'a pas enseignée, soit modifier ta taille.

Shvara se métamorphosa en busard cendré et se retrouva face à face avec son compagnon ailé.

– Tu dois voir ton cœur deux fois plus gros qu'il ne l'est en réalité, expliqua-t-il. C'est un commandement qui doit venir de l'intérieur.

D'un seul coup, Fabian doubla son envergure.

– Encore !

Quelques essais plus tard, le rapace atteignait la hauteur d'un homme.

– Magnifique ! Je suis vraiment fier de toi.

– Ce n'est donc pas la magie de Nemeroff ou la mort de Lycaon qui m'empêchait de reprendre mon apparence d'oiseau de proie.

– Tu étais déjà un dieu quand Aquilée t'a capturé dans ses filets. Tu avais déjà la faculté de passer d'une forme à une autre.

– Alors, celle-ci n'est peut-être pas la vraie ?

– Si tu es le fils de Lycaon, alors je ne vois pas comment tu pourrais être un hérisson.

– En espérant que je puisse conserver cette apparence encore quelques minutes, que dirais-tu d'en profiter pour rentrer au château ?

– Commence par rapetisser, sinon tu attireras bien trop l'attention.

Fabian effectua l'opération contraire et fut bientôt de la même taille que Shvara. Ils décollèrent tous les deux vers le ciel, profitant de ces instants de pure liberté.

※ ※ ※

Maximilien qui, contrairement à ses frères et à sa sœur, ne possédait aucun pouvoir magique, fut contraint de retourner chez lui à pied. Toutefois, il profita de sa solitude pour réfléchir. Sa femme était enceinte et, tout comme le bébé d'Atlance, le sien serait en lice pour le trône d'Émeraude si Nemeroff s'avérait stérile. Maximilien était convaincu que celui-ci n'hésiterait pas à les éliminer pour conserver ses droits. Puisque rien ne prouvait que Hadrian réussirait sa mission, le mieux c'était d'éloigner sa famille d'Émeraude. Finalement, Atlance avait choisi la meilleure solution.

En se rapprochant de la forteresse, Maximilien passa devant la ferme des Chevaliers Bailey et Volpel. Au lieu de cultiver leurs terres, ils les avaient divisées en une centaine de pacages pour les chevaux qu'ils élevaient. Le prince se rappela que c'était jadis sa propre passion. Alors, au lieu de poursuivre sa route vers le château, il obliqua dans l'allée qui menait à l'écurie. Il ne manqua pas d'admirer les magnifiques bêtes qui paissaient dans les pâturages.

Lorsqu'il arriva devant la maison, il entendit le choc familier des sabots d'un cheval qui se débattait. Quelqu'un était en train de le dresser. Il se hâta vers l'enclos et grimpa sur la clôture. Sur le dos de la bête insoumise, Bailey se faisait secouer comme un vieux prunier. Maximilien observa son travail. Il ne douta pas un instant qu'il viendrait à bout de l'indocilité de la jument louvette, mais sa méthode risquait de lui infliger de sérieuses blessures et d'effaroucher inutilement l'animal. Lorsque le Chevalier se fit finalement éjecter de la selle, Maximilien sauta dans l'enceinte afin de calmer l'animal et l'éloigner du cavalier au sol.

– Tout doux, ma belle... murmura le prince.

La jument recula en renâclant son mécontentement. Maximilien continua d'avancer lentement jusqu'à ce qu'elle finisse par s'immobiliser en roulant des yeux.

– Éloignez-vous, recommanda Bailey en se relevant avec difficulté.

– Il y a plusieurs façons de persuader un cheval de devenir le meilleur ami de l'homme, répliqua son visiteur.

– J'en mate depuis bien des années.

– Tu ne sais pas ce que tu fais ici, n'est-ce pas, ma jolie ? fit Maximilien à l'intention du cheval. Tu étais libre comme le vent dans les grandes plaines, puis tu t'es retrouvée coincée entre ces barrières.

Immobile, la jument regardait fixement l'humain qui s'approchait d'elle. Elle avait cessé de se lamenter, mais cela ne voulait pas dire pour autant qu'elle ne représentait pas un danger pour le dresseur.

– Je vous en prie, sortez de l'enclos, lui conseilla Bailey.

Maximilien tendit la main et l'animal avança le cou pour la sentir.

– L'homme et le cheval sont faits pour travailler ensemble, répliqua le prince.

La bête se mit à flairer les vêtements de l'étranger. Avec beaucoup de douceur, celui-ci caressa ses naseaux, puis son encolure, tout en s'assurant que le licol ne la blessait pas. Il s'appuya légèrement contre son épaule en continuant de lui parler. Au bout d'un moment, Maximilien détacha la sangle de la selle et alla la porter sur la clôture. Le cheval le suivit en reniflant ses cheveux bruns. Le dresseur continua de marcher sur le pourtour de l'enceinte, l'animal sur les talons. Intrigué, Bailey se contenta d'observer sa stratégie.

Avant longtemps, Maximilien se mit courir en zigzag. Amusée, la jument se plia au jeu et finit par le coincer contre la barrière.

– Tu gagnes ! lui dit l'humain en riant.

Il caressa son chanfrein en soufflant dans ses oreilles.

– Tu vois bien que nous ne sommes pas des monstres...

Maximilien empoigna la base de sa crinière et, d'un bond, se retrouva sur le dos de la bête. Elle releva vivement la tête, mais ne chercha pas à le désarçonner. Le dresseur se laissa donc glisser sur le sol et la récompensa par des caresses. Après avoir répété le geste plusieurs fois, il parvint à lui faire faire un tour de piste au pas, puis au trot et, finalement, au galop. Lorsqu'il fut bien certain que le cheval avait capitulé, le jeune homme redescendit sur le sol.

– Je crois qu'elle mérite un seau d'eau fraîche et une bonne ration d'avoine, déclara Maximilien en ramenant la bête à Bailey.

– Prince Maximilien ? le reconnut alors le Chevalier.

– Vous pouvez laisser tomber le titre. Depuis le retour de notre frère à Émeraude, nous marchons dans son ombre et nous ne sommes plus rien.

— Je suis désolé de l'apprendre.

— Puisque Nemeroff entend régner seul, nous nous voyons dans l'obligation de chercher une occupation loin du château. Autrefois, j'étais dresseur de chevaux.

— Je n'ai jamais vu qui que ce soit en dompter un de cette façon.

— J'ai commencé comme tous les autres dresseurs avant moi, mais j'ai vite compris que je ne ferais pas de vieux os si je continuais ainsi. Alors, j'ai observé ces magnifiques animaux et je les ai compris.

— Allez-vous me faire concurrence ?

— En fait, j'aimerais plutôt travailler pour vous.

— Mais vous faites partie d'une famille riche, Maximilien. Vous pourriez acheter tout mon haras si vous le vouliez.

— Mes frères et moi n'avons plus accès au trésor. Nous sommes forcés de gagner notre vie.

— Le repas est prêt ! fit une voix en provenance de la maison.

— Nous ferez-vous l'honneur de le partager avec nous ?

Puisqu'il était encore loin de chez lui, Maximilien accepta volontiers. Un peu de nourriture lui redonnerait la force de poursuivre le reste du chemin jusqu'au château à pied. Il conduisit la jument dans un pacage, lui puisa de l'eau, puis suivit le maître des lieux jusqu'à la table dressée en plein air. Tenant un enfant de deux ans assis sur sa hanche, Volpel déposait de sa main libre une miche de pain chaud entre un bol de légumes crus et un gros fromage odorant.

– Mais qui nous amènes-tu? se réjouit-il.

– Le Prince Maximilien, qui ne veut plus qu'on l'appelle Altesse.

– C'est tout un honneur.

– En fait, il mérite ce repas parce qu'il vient de dompter ma petite Rayon de miel.

– Vraiment? s'étonna Volpel. Ça fait des semaines que tu essaies. Je vous en prie, assoyez-vous.

Volpel déposa le petit garçon tout blond dans une chaise haute en bois.

– Maximilien, je vous présente notre fils, Izsak.

La stupéfaction sur le visage du prince fit rire les deux hommes.

– Nous l'avons adopté, évidemment, ajouta Volpel.

– Manger! hurla l'enfant.

Pendant que Volpel découpait du pain, du fromage et choisissait des légumes pour le petit, Bailey expliqua qu'un homme qui lui avait acheté un cheval, deux ans auparavant, leur avait demandé de trouver une bonne famille pour son bébé. Sa femme était morte en couches et il avait déjà cinq bouches à nourrir.

— Nous avons décidé de le garder, conclut Volpel en s'assoyant.

— Je vais moi aussi bientôt être père, leur apprit leur invité.

— Maximilien veut travailler pour moi, annonça Bailey.

— Quoi ?

— Tout comme mon frère Atlance, je veux gagner ma vie afin de m'acheter un coin de terre loin d'ici.

— Vous fuyez tous Émeraude ?

Maximilien lui expliqua ce qui se passait chez lui.

— C'est inacceptable, lâcha Volpel, outré.

— Nous devons partir si nous voulons voir grandir nos enfants, se désola le prince.

— Et où iras-tu ?

— Au Royaume de Perle, sans doute. Il y a beaucoup de chevaux là-bas et je serai plus près de mon frère qui vit à Zénor.

— Mais le Prince Fabian et la Princesse Cornéliane ?

— Je ne connais pas les plans de mon frère, mais ma petite sœur s'est mis dans la tête de déposséder Nemeroff de la couronne. Elle n'est évidemment pas assez forte pour y arriver, alors je m'attends à ce qu'elle s'exile elle aussi.

— Vous ne méritez certainement pas de vivre ainsi.

Maximilien le savait bien, mais sans appui, il ne pouvait rien faire pour changer sa situation. Il se mit à manger en dissimulant sa tristesse de son mieux.

— Saviez-vous que cette maison a appartenu jadis à vos parents ? fit alors Bailey pour lui changer les idées.

— J'ignorais qu'ils avaient vécu ailleurs qu'au palais.

— Le Roi d'Émeraude a donné cette ferme au Chevalier Swan lorsqu'elle a épousé Farrell. Votre frère Nemeroff a vu le jour ici.

— Nous l'avons rachetée au Roi Onyx, qui nous a fait un très bon prix, ajouta Volpel. Il y en a d'autres qui sont libres un peu plus loin, si ça vous intéresse.

— Sincèrement, j'aimerais ne plus être à Émeraude lorsque mon enfant sera sur le point de naître, et je ne veux pas soumettre ma femme à deux déménagements.

Les trois hommes bavardèrent pendant un long moment, puis Bailey offrit de reconduire le prince à cheval. Fier comme tous les fils d'Onyx, Maximilien refusa. Alors, le dresseur proposa de lui prêter une monture en lui disant de la lui rendre lorsqu'il viendrait travailler chez lui.

— Vous pouvez emmener votre femme, si vous voulez, ajouta Volpel. Je pourrais sans doute lui donner de précieux conseils sur les poupons.

— Je vous remercie de votre générosité. Je vous promets d'être ici dès demain.

Maximilien arriva à la forteresse juste avant que les sentinelles relèvent le pont-levis. Il conduisit son cheval à l'écurie et l'installa lui-même dans une stalle avant de monter à l'étage royal. À l'affût du moindre bruit, il grimpa l'escalier et entra dans les anciens appartements de Kira et Lassa. Pour éviter de croiser Nemeroff, Fabian, Shvara, Cornéliane et lui s'y étaient installés.

Aydine vint immédiatement à sa rencontre et l'enlaça. Elle le plaqua contre la porte, où ils échangèrent de longs baisers.

— Il fait presque nuit, gémit-elle en se réfugiant contre sa poitrine. J'ai eu peur qu'il te soit arrivé malheur.

— J'avais besoin de penser à notre avenir.

— En es-tu venu à une décision ?

— Oui, mais je veux d'abord t'en parler.

— Avant, viens voir ce que j'ai fait, aujourd'hui.

Elle prit la main de son mari et l'entraîna dans le couloir jusqu'à l'ancienne chambre de Kaliska, qu'elle avait transformée en pouponnière à la façon des Madidjins.

– Mais où as-tu trouvé tous ces voiles ? s'étonna Maximilien.

– Le grenier est rempli de malles qui contiennent de véritables trésors.

– Tu n'es pas allée là toute seule, au moins ?

– Bien sûr que non. J'ai emmené des servantes. Il fallait bien fouiller un peu, puisque plusieurs couvertures sont disparues comme par enchantement dans notre penderie.

Maximilien l'emmena ensuite dans leur chambre, attenante à celle du bébé, et la fit asseoir sur le lit.

– On dirait que tu vas m'annoncer une mauvaise nouvelle... s'attrista Aydine.

– Ma chérie, je sais à quel point tu aimes ta vie dans ce château. Tu as aussi la remarquable faculté de ne pas discerner les mauvaises pensées des gens.

– Tu fais référence à ton frère, n'est-ce pas ?

– Nemeroff n'est pas la gentille personne qu'il s'efforce de paraître. Puisqu'il est un mort vivant, rien ne prouve qu'il pourra avoir des enfants. De toute façon, il est presque certain qu'il ne voudra pas partager le pouvoir avec qui que ce soit.

Alors, Atlance et moi craignons qu'il fasse du mal à nos descendants.

– Il n'oserait jamais !

– Je sais que tu refuses de me croire, mais fais-moi confiance. Si je nous emmène vivre loin d'ici, ce sera pour nous protéger du mal.

– Et j'imagine que ce ne sera pas dans un autre château...

– Je nous bâtirai une maison digne d'un palais, je te le promets. Moi, ce n'est pas de vieillir dans la forteresse de mon enfance qui m'importe. C'est de vous savoir en sûreté, le bébé et toi.

Aydine se réfugia dans ses bras.

– Je gagnerai ma vie, tout comme le fait Atlance. Il est d'ailleurs bien plus heureux depuis qu'il habite Zénor.

– Tant que tu m'aimeras, je te suivrai où tu voudras, murmura-t-elle.

– Je te promets que si Nemeroff est enfin rappelé sur les grandes plaines de lumière, qu'il n'aurait jamais dû quitter pour commencer, nous reviendrons vivre ici.

– Serre-moi fort.

Maximilien comprenait ses craintes, mais il savait que l'exil était leur seule planche de salut.

9

LE TRAÎTRE

Dans le grand nid royal des rapaces, Aquilée était entrée dans une rage folle. À l'autre extrémité de la pièce, Angaro, Izana, Leproca, Matsa, Métarassou, Ninoushi, Nochto, Risha, Séléna, Sila et Orlare l'observaient en silence. De toute façon, ils avaient leurs propres blessures à soigner, autant physiques que morales. À coups de bec et de serres, la déesse-aigle était en train de démolir son trône de branches en poussant des cris aigus.

— Si tu continues ainsi, tu vas finir par te blesser, ma chérie, l'avertit Séléna, la déesse-harpie.

Aquilée s'arrêta net et se tourna vers les membres de son panthéon. Par précaution, ils reculèrent tous d'un pas.

— Nous avons perdu la face devant les Tepecoalts ! s'écria-t-elle. S'ils se mettent à adorer d'autres dieux, ce sera notre faute !

— Ce n'est pas en détruisant le palais que tu arriveras à redresser la situation.

— Ça me fait du bien !

— Je vous en prie, retournez tous chez vous, fit Séléna, qui préférait régler ce conflit avec sa fille.

Les rapaces ne se firent pas prier. Ils foncèrent tous ensemble vers les tunnels qui menaient vers l'extérieur. Seules Orlare et Séléna osèrent rester dans la même pièce que l'aigle déchaîné.

— Mère a raison, Aquilée, l'appuya la déesse-harfang.

— Ne te mêle pas de ça, Orlare, ou je ne donne pas cher de tes plumes !

— La colère ne règle jamais rien.

— Es-tu sourde ?

— Non, elle est raisonnable, intervint la déesse-harpie. Au lieu de laisser libre cours à tes impulsions dévastatrices, tu devrais te calmer et analyser calmement ce qui s'est passé.

— Calmement ?

Les ailes déployées et le bec ouvert, l'aigle royal semblait encore plus menaçant.

— Vous voulez vraiment parler de ce qui s'est passé ? poursuivit Aquilée. Je me suis fait rouer de coups pendant que vous restiez là à ne rien faire !

— Un mur invisible nous bloquait le passage, ma sœur. Plus encore, des éclairs enflammés nous brûlaient la peau.

Aquilée reprit sa forme humaine et se mit à faire les cent pas devant sa mère et sa sœur.

— Tu n'as qu'à regarder nos blessures, ajouta Orlare.

— Elles ne m'intéressent pas.

— Nous avons été empêchées d'obéir à ton commandement, renchérit Séléna.

— Et c'est quoi cette histoire de fils d'Abussos ?

— Commence par boire un peu d'eau et je vais tout te raconter, offrit la mère.

Un chardonneret poussa une cruche jusqu'à l'aigle et se sauva à la hâte. Aquilée se désaltéra et se laissa tomber assise dans ce qui restait du trône.

— Les parents de Lycaon, ton père, ne sont pas les seuls enfants des dieux fondateurs, ma belle petite boule de plumes. En réalité, Aufaniae et Aiapaec ont trois frères et trois sœurs.

— Tant que ça ! s'exclama l'aigle, prête à se battre.

— C'est ce que Lycaon m'a raconté.

— Que sais-tu à leur sujet ?

— Apparemment, trois sont lumineux et trois sont obscurs.

— Lequel est un loup ?

– Malheureusement, je ne me rappelle pas leurs noms.

Aquilée avala le restant de la cruche.

– Je suis certaine que c'est Étanna qui l'a supplié de nous tendre un piège, grommela-t-elle, les joues écarlates.

«Ce n'est pas impossible», songea Orlare, mais elle se promit de le vérifier.

– Je les détruirai tous! déclara Aquilée. Les reptiliens autant que les félins! C'est la seule façon de mettre fin à leur fourberie!

– Puis-je te rappeler que si un panthéon disparaît, cela mettra notre propre existence en péril? intervint la déesse-harfang.

– Ça n'a aucune importance! Je suis prête à mourir pour tous leur arracher le cœur!

– Ma chérie, il ne sert à rien de t'énerver ainsi, tenta une fois de plus de la calmer sa mère.

– Allez-vous-en! Laissez-moi tranquille! Vous ne comprenez rien au pouvoir et à l'amour-propre! Vous n'êtes que des mauviettes incapables de chasser pour assurer votre propre subsistance!

En voyant que la déesse-aigle reprenait sa forme animale pour s'en prendre à nouveau à son trône, la harpie poussa sa fille harfang dans un tunnel. Elles débouchèrent sur une grosse branche.

— Merci d'être si rationnelle, fit Séléna.

— Vous n'avez pas à me complimenter sur une qualité qui est mienne depuis la naissance, mère. Je suis comme ça.

— C'est toi qui aurais dû prendre la relève de ton père.

— Si telle avait été sa décision, Aquilée m'aurait déjà tuée pour prendre ma place, et vous le savez bien.

— Nous allons laisser sa fureur se refroidir, puis nous tenterons de la raisonner.

— Oui, bien sûr.

La harpie serra sa fille dans ses bras et s'envola vers son propre nid. Quant à elle, Orlare resta un moment sur place à se demander ce qu'elle pouvait faire pour empêcher sa sœur de causer leur perte. Depuis qu'Azcatchi avait disparu, les rapaces avaient recommencé à se sentir en sûreté dans leurs immenses forêts. Elle s'éleva donc vers le ciel et se rendit jusqu'à un des nombreux étangs de son monde, alimenté par une jolie cascatelle. Elle se posa sur le tronc d'un arbre déraciné et ferma les yeux afin d'utiliser son don. Depuis qu'elle était sortie de l'œuf, Orlare entendait ce qui se passait dans l'Éther et parfois même dans les pensées d'autres dieux.

Elle dirigea d'abord ses sens subtils vers la section de l'univers qu'habitaient les Ghariyals. La panique qu'elle capta dans leur cœur lui donna le vertige. Ce n'étaient pas les enfants d'Abussos que craignait Parandar, mais un péril beaucoup plus grand encore ! Et selon lui, il n'émanait pas des trois panthéons, mais plutôt d'un monde parallèle au leur. Elle s'enfonça davantage dans la tête des reptiliens et découvrit qu'ils ne savaient rien de l'attaque que le dieu-loup avait repoussée au pays des Tepecoalts.

Orlare décida donc de poursuivre son enquête chez les félidés et s'étonna de constater qu'ils avaient été eux aussi victimes de la puissance d'un dieu qui portait le nom de Nashoba. Elle tenta d'en apprendre plus, mais les félins étaient la proie de la même fureur qu'Aquilée.

Puisqu'elle était dans un état méditatif profond, Orlare se mit à chercher ce monde parallèle dont se méfiait Parandar. Elle aperçut alors un globe transparent qui flottait au milieu de nulle part et s'en approcha en utilisant sa seule volonté. À l'intérieur, elle distingua les contours de ce qui ressemblait à un grand continent, mais la paroi fluide de la bulle géante ne lui permettait pas d'en saisir les détails. Elle tenta donc de la percer, mais sa conscience fut violemment rejetée dans son propre corps et elle tomba à la renverse dans la mousse qui tapissait le bord de l'étang.

Elle se releva en titubant et secoua la tête. Pour son deuxième essai, il lui faudrait un perchoir moins élevé. Elle se mit donc à la recherche d'une clairière et en trouva une au bout de quelques minutes. Se campant sur ses pattes, elle utilisa de nouveau son don, mais au lieu de se rendre à la frontière de cet univers inconnu, son attention fut attirée par de sombres

pensées. Curieuse, elle se laissa plutôt guider de ce côté, persuadée qu'il s'agissait de son frère Azcatchi.

Elle causera notre perte si elle continue ainsi, disait la voix
d'un homme. Orlare se concentra davantage afin de connaître
son identité. Quelle ne fut pas sa surprise de découvrir qu'il
s'agissait d'un félin ! *Qui tente de s'infiltrer dans mon crâne ?*
Le harfang n'avait jamais discuté avec qui que ce soit de cette
façon...

Quelqu'un qui ne vous veut aucun mal, affirma Orlare sans
savoir si son interlocuteur pouvait l'entendre. *Ceux qui essaient
de deviner les pensées des autres ne leur veulent jamais de
bien,* répondit le fauve. Le harfang poussa l'audace jusqu'à lui
demander son nom. *Pourquoi ne me questionnez-vous pas en
personne ?*

Orlare chercha à localiser l'inconnu. Il n'était pas dans
le monde des félidés, mais dans celui des humains ! Elle prit
son envol et se rendit à la cascade qui permettait aux siens
de quitter leur univers. Elle plongea dans le bassin et se retrouva dans le firmament, au-dessus des volcans. Il était facile
pour un dieu de repérer un de ses semblables, surtout sur un
continent où ils n'étaient pas censés habiter.

L'énergie du félidé mena Orlare au nord d'Enlilkisar
jusqu'à un pic si élevé que sa tête se perdait dans les nuages.
Elle arriva devant un paysage plat, comme si Abussos avait
coupé la tête de la montagne avec un couteau. Sur le pourtour
de l'immense plateforme s'élevaient des milliers de maisons
cubiques empilées les unes par-dessus les autres, autour d'un
grand espace couvert de cultures diverses. «Mais qui habite

à une telle altitude ?» s'étonna le rapace. Orlare aperçut alors un homme assis sur une des branches du plus grand des rares arbres de l'île.

Orlare se posa plus loin, à la même hauteur que le félin, et pencha la tête pour l'examiner. Il ne ressemblait pas à Étanna, mais plutôt à Anyaguara, sauf qu'il avait les yeux aussi bleus que le ciel.

— Tiens donc, un oiseau, fit-il platement.

Le harfang reprit sa forme humaine et s'assit sur sa propre branche.

— Vous vous attendiez à quoi ?

— Un dieu de la hiérarchie supérieure.

— Êtes-vous si important qu'ils vous auraient accordé un regard ?

— En fait, j'espérais plutôt qu'ils se portent à mon secours.

— Vous ne me semblez pourtant pas en difficulté.

— Dans le monde des hommes, il m'est possible de rêver sans que les miens épient mes pensées.

— Vous aimeriez donc changer de panthéon ?

— Je me contenterais simplement de fuir le mien, comme Solis et Anyaguara l'ont fait, mais Étanna me tient solidement en laisse.

– N'agit-elle pas ainsi avec tous ses enfants ?

Le félin détourna le regard.

– Qui êtes-vous ? demanda la déesse-harfang.

– Je m'appelle Corindon. Je suis le fils de Solis et le petit-fils d'Étanna.

– Je suis Orlare, fille du regretté Lycaon.

– On dit qu'il est mort de la main d'un de ses enfants.

– C'est exact.

– Laissez-moi deviner... Azcatchi ?

– Je suis étonnée que vous ayez entendu parler de lui jusque dans votre monde.

– Nous savons qui il est et nous le redoutons tout autant que vous.

Orlare profita de la conversation pour sonder l'âme du jeune dieu. Elle n'y trouva que de l'insatisfaction et du chagrin. « Comme dans mon propre cœur », se désola-t-elle.

– Qui causera votre perte ? s'enquit-elle.

– Étanna, bien sûr. Elle n'est jamais contente, même quand on fait exactement ce qu'elle demande. J'aimerais tellement lui donner une bonne leçon.

– Nous ne sommes pas toujours d'accord avec nos parents, Corindon, mais ils ont plus de vécu que nous et ils sont là pour nous apprendre la vie.

– Il y a d'autres façons de se renseigner, comme l'expérience directe, par exemple. Je rêve de pouvoir lui échapper.

– Vous devriez plutôt lui faire connaître vos sentiments.

– Étanna s'en moque. J'imagine que votre défunt père vous traitait différemment.

– Il était intransigeant, mais tendre à la fois. Il ne voulait que notre bonheur, et ça, Azcatchi ne l'a jamais compris.

– Je suis ravi d'avoir fait votre connaissance, mais il est évident que vous ne m'aiderez pas à soulager ma peine.

– Avant que je parte, dites-moi où nous sommes.

– Sur le dernier bastion de la grande nation des insectes, depuis l'annihilation de la population d'Irianeth.

– Ont-ils été placés ici par les dieux-dragons ?

– Il existe d'autres univers que le nôtre, Orlare. Les araignées et les scarabées sont leurs créatures.

– Un monde parallèle ?

Corindon la salua de la tête et se dématérialisa.

– Non, attendez !

Orlare retint son souffle, mais le félidé ne revint pas. Elle reprit donc sa forme aviaire et se laissa tomber dans le vide pour voir les habitants du plateau de plus près. En apercevant les énormes tégénaires qui le peuplaient, elle fut saisie d'effroi. Ces bêtes étaient aussi grosses que les châteaux des humains !

Sans perdre de temps, elle remonta vers le ciel et traversa le morceau d'arc-en-ciel qui servait d'entrée aux royaumes célestes. Elle pénétra dans son nid, encore troublée par ce qu'elle venait d'apprendre.

– Où étais-tu ? tonna une voix qu'elle ne reconnut que trop bien.

– J'avais besoin de me changer les idées, répondit-elle en s'approchant d'Aquilée. Que fais-tu chez moi ?

– Je voulais te parler.

«Elle doit être au bord du désespoir», songea Orlare en s'arrêtant devant elle.

– J'ai besoin de ton aide, lança la déesse-aigle.

– Mon aide ? Depuis quand ?

– Je veux détruire le panthéon félin.

– Tu sais pourtant que je ne prône pas la violence, Aquilée.

– C'est justement la raison qui me pousse à faire appel à toi. Je veux que tu m'organises une rencontre secrète avec un de ses membres les plus désabusés. Puisque tu es la tendresse incarnée, tu seras certainement en mesure d'approcher ces chats.

– Je trouve curieux que tu me fasses une telle requête maintenant, puisque j'ai fait la connaissance d'une telle personne il y a quelques minutes à peine.

– Où ça ?

– Dans un étrange pays où vivent des araignées géantes.

– As-tu encore mangé des bolets dans la forêt ?

– C'est arrivé par erreur quand je n'étais qu'un poussin, Aquilée. Je n'y ai jamais retouché. Ce que je te dis maintenant est vrai. Je le jure sur la tête de Lycaon. J'ai rencontré un félin qui s'appelle Corindon dans les hautes branches d'un arbre de cette contrée où il n'y a aucun humain. Il m'a dit qu'il en avait assez d'Étanna et qu'il voulait être libre.

– C'est une drôle de coïncidence, mais j'avoue qu'elle me plaît. Tu dois me le présenter, mais ailleurs que dans un arbre. L'agora me semble plus appropriée.

– Je ferai ce que je peux.

– Je te le conseille fortement.

Aquilée quitta le nid de sa sœur, avec un air de victoire. Orlare se sustenta, puis se reposa pendant quelques heures avant de tenter un nouveau contact avec Corindon.

Étonnamment, elle établit tout de suite la communication avec le dieu-caracal et lui demanda de la retrouver sur la grande place des trois panthéons. Elle se rendit ensuite au palais afin d'avertir Aquilée que le félin l'y attendait.

— Puis-je y aller avec toi ? demanda la déesse-harfang.

— Il est préférable que tu ne saches pas ce que j'ai l'intention de faire.

— Je veux simplement m'assurer que tout se passera bien.

— Je n'ai plus besoin de toi, Orlare.

Aquilée se volatilisa sous le regard attristé de sa sœur et réapparut sur le balcon des rapaces. À sa droite, un jeune homme était assis sur la balustrade des félidés, les pieds pendant au-dessus de la cour centrale. Après le monde des humains, l'agora était le second endroit où tous les dieux, peu importe leur provenance, pouvaient se réunir.

— C'est toi, Corindon ? s'enquit la déesse-aigle en s'approchant le plus possible de l'espace du panthéon félin.

— Oui, c'est bien moi. Toutefois, c'est Orlare qui m'a convié ici.

– Elle a obéi à mes ordres. C'est moi le nouveau chef de mon panthéon.

– Si vous avez l'intention de me tuer, vous avez mal choisi l'endroit.

– Loin de moi cette pensée. Je suis plutôt venue te demander si tu es prêt à trahir les tiens.

– Sans l'ombre d'un remords.

Un large sourire de satisfaction apparut sur le visage d'Aquilée. Elle ignorait si ce jeune chat pouvait tenir ses engagements, mais elle n'avait pas le choix : c'était la seule façon de frapper cruellement ses rivaux.

– Comment pourrions-nous les attaquer dans leurs terriers ? s'enquit la déesse-aigle.

– À moins de pouvoir retenir votre souffle pendant des heures, je crains que ce ne soit pas possible. Étanna les a creusés très loin des frontières de notre monde.

– Il me faudrait donc les appâter quelque part où nous pouvons tous respirer.

– Puis-je suggérer un territoire dans le monde des humains, préférablement où les félins sont vénérés ? Au solstice de la saison chaude, chez les Hidatsas, les félidés font souvent une apparition à la grande fête donnée en l'honneur d'Ahuratar.

— Je pourrais aussi attirer un seul d'entre vous dans un endroit où les rapaces sont rois et le faire souffrir jusqu'à ce que ses cris de détresse mettent tout votre panthéon en émoi. Quelqu'un comme Ahuratar, par exemple.

— Très mauvais choix. C'est le plus fort d'entre nous. Vous ne pourriez pas le retenir contre son gré.

— Qui est la préférée d'Étanna ?

— Rogva, mais je ne sais pas si tout le groupe se déplacerait pour se porter à son secours.

— Toi ?

— Je ne suis rien pour elle.

— Alors, ce sera au solstice, décida la déesse. Fais en sorte que tous y soient, Corindon, mais je te suggère de te mettre à l'abri.

— J'y avais déjà pensé. Que recevrai-je en échange de mes services ?

— Ta liberté.

Corindon s'inclina devant le chef des rapaces. Lorsqu'il se releva, Aquilée avait disparu. Il se dématérialisa à son tour et réapparut dans le terrier royal, où Étanna léchait ses blessures. En voyant arriver le dieu-caracal, elle releva la tête.

– A-t-elle mordu à l'hameçon ? s'empressa de demander la déesse-jaguar.

– Comme un stupide aiglon, vénérable Étanna. Tous les oiseaux de proie fondront sur nous chez les Hidatsas. Il n'en tient qu'à vous de les recevoir avec tous les honneurs qui leur reviennent.

– Tu as bien travaillé, mon petit. Va te reposer.

Corindon prit son congé, mais ne retourna pas dans son terrier. Afin d'éliminer d'un seul coup les membres des deux panthéons, il avait besoin d'un piège magique d'envergure et une seule magicienne dans le monde des humains pouvait le lui fournir.

Il se transporta sur le bord de la rivière Mardall et s'enfonça dans la forêt, à la recherche de l'enchanteresse qui détestait les dieux autant que lui. Il trouva Moérie sur le bord d'un étang magique, où flottaient des centaines de petites étoiles.

– Ne me dis pas que tu as réussi ? s'étonna l'Elfe.

– Elles m'ont cru toutes les deux, déclara-t-il avec un air de triomphe.

– Dans quelques jours, tu seras le seul représentant de ta race, mon beau félin.

Corindon passa le bras autour de la taille de Moérie et l'attira brusquement contre lui. Il plaqua ses lèvres sur celles de l'enchanteresse, mais elle ne se débattit d'aucune façon.

Ils échangèrent des baisers passionnés jusqu'à ce que l'Elfe repousse doucement le dieu-caracal.

— Et Nashoba?

— Je verrai à ce qu'il arrive chez les Hidatsas en même temps que les rapaces. Il achèvera les dieux qui ne se seront pas entretués.

— Tu es presque aussi perfide que moi...

— Parce que, tout comme toi, j'en ai assez de recevoir des ordres.

Moérie prit la main du rebelle et l'entraîna entre les larges troncs, en direction de sa hutte.

10

LA MALÉDICTION

algré l'inquiétude qu'il ressentait à laisser sa mère sous l'emprise de Nemeroff, Atlance avait également éprouvé un grand soulagement en quittant le Royaume d'Émeraude. Son cœur n'appartenait plus à ce pays où il avait vu le jour et où il avait vécu de grands tourments. Enlevé à un tout jeune âge par un dieu déchu qui l'avait terrorisé, il s'était ensuite heurté à la cruauté de son père, qui le croyait inapte et qui ne s'était jamais gêné pour le proclamer haut et fort.

Le destin avait heureusement placé Katil sur la route d'Atlance. L'amour de la jeune magicienne lui avait redonné confiance en lui. Mieux encore, il lui avait fourni une raison de vivre. Fidèle à lui-même, Onyx s'était opposé à son union avec la fille de Jasson, parce qu'elle n'était pas de sang royal, mais Atlance n'avait pas cédé devant l'insistance de son père. Il avait épousé la femme qu'il aimait, sans se soucier de son rang social.

La décision du jeune prince de quitter le château de ses parents pour aller vivre sur le bord de l'océan lui avait procuré davantage d'assurance. Il était désormais chef de famille et il s'était juré de ne pas répéter les erreurs d'Onyx dans sa propre vie.

En entrant dans sa maison de la nouvelle cité de Zénor, le jeune couple la trouva plutôt à l'abandon. Les voisins avaient soigné leurs animaux, mais ils ne s'étaient pas préoccupés de la maison.

– Si tu veux surveiller Luca, je vais la dépoussiérer en un tour de main, offrit Katil à son mari.

– Avec ta magie ?

– Je sais que nous nous sommes promis de ne pas l'utiliser, mais si je me contente des méthodes traditionnelles, nous dormirons à la belle étoile pendant plusieurs jours, et ce n'est pas très bon pour un petit garçon fragile comme le nôtre.

Katil embrassa Atlance sur le nez et entra dans leur logis en se retroussant les manches.

– Quand ta mère prend une décision, il est préférable de ne pas trop protester, déclara le père à Luca.

Le bébé se mordait le poing en observant le visage d'Atlance avec de grands yeux bleus étonnés. Tant qu'il était dans les bras de l'un ou l'autre de ses parents, il était parfaitement heureux. Atlance alla s'asseoir sur le muret qui délimitait sa propriété et lui montra la vaste plage de galets.

– Il s'est produit tellement d'événements décisifs dans ce pays, mon petit pou, mais le plus important, ce fut ta naissance.

Luca se mit à babiller en agitant ses petits membres, comme s'il voulait participer à la conversation.

Le vent salin et le bruit régulier du ressac plongèrent graduellement son père dans une profonde réflexion. Onyx avait quitté trois épouses, jusqu'à présent : la première lorsque le magicien de Cristal l'avait mis en fuite, la deuxième en mourant avant elle et la troisième, après qu'elle l'eut chassé de son lit. Il ne faisait aucun doute dans l'esprit d'Atlance que son père avait déjà pris une quatrième femme. Onyx semblait incapable de vivre seul. Mais comment ses nombreux enfants avaient-ils vécu ces séparations ? S'étaient-ils sentis trahis comme lui ? Abandonnés ?

Atlance avait longtemps envié son ami Cameron, qui entretenait une excellente relation avec son père. «Maintenant, tout cela n'a plus d'importance...» se dit-il. Un claquement sec attira son attention en direction de sa demeure. Il vit alors un nuage de poussière jaillir de toutes les fenêtres et monter vers le ciel où le vent l'éparpilla en un rien de temps.

— Ta mère est une personne particulièrement efficace, petit homme.

Quelques secondes plus tard, il capta l'odeur du feu de bois que Katil venait d'allumer dans la cheminée.

— Si nous allions l'espionner, suggéra Atlance à son fils.

Il fit le tour de la maison avec Luca et s'arrêta net en voyant la literie tourbillonner d'elle-même dans la grande cuvette avant de se tordre dans les airs et d'aller se déposer sur la corde pour sécher.

— Là, elle commence à me faire peur...

Un fracas assourdissant fit sursauter le père et l'enfant.

– Katil, est-ce que ça va ? s'alarma Atlance en courant jusqu'à la porte.

Il surprit sa femme au milieu de la salle principale, debout devant une autre bassine où s'entrechoquaient la vaisselle et les ustensiles.

– Je crois que j'en ai trop mis en même temps, expliqua-t-elle avec un sourire embarrassé.

Les assiettes sortirent de l'eau et furent essuyées par une main invisible avant d'aller reprendre leur place sur le buffet.

– J'ai presque terminé, mon amour.

– Luca, quand tu seras grand, épouse une femme exactement comme elle, chuchota Atlance à l'oreille du bébé.

Les premiers draps à revenir de la cour furent ceux du lit de Luca, bientôt suivis de ceux du lit de ses parents et de tous les vêtements que la famille avait abandonnés sur place en quittant Zénor. Les flammes de l'âtre avaient chassé l'humidité dans le logis, alors Atlance déposa l'enfant sur une couverture. Luca commençait à rester assis sans aide et à saisir les objets qu'on déposait près de lui. Le duvet sur sa tête n'était ni noir comme les cheveux d'Atlance, ni blond comme ceux de Katil, mais brun doré comme ceux de son grand-père Jasson.

Les hochets quittèrent la bassine, furent séchés et atterrirent devant le tout-petit.

— Il est bien plus raisonnable que moi au même âge, confessa le père. Je passais mon temps à réclamer l'attention de mes parents.

— Fais attention à ce que tu dis, Atlance. Bien souvent, les bébés les plus sages deviennent souvent les enfants les plus turbulents.

— C'est ce qu'on verra.

— Ma magie a des limites : je ne suis pas encore capable de faire apparaître de la nourriture et j'ai malheureusement dû détruire tout ce que nous avions laissé derrière nous.

— Dans ce cas, laisse-moi me rendre utile. Je vais aller chercher ce qu'il nous faut au marché avant que les commerçants ne remballent leurs affaires. Es-tu en mesure de poursuivre le nettoyage et de t'occuper de Luca en même temps ?

Pour toute réponse, Katil lui décocha un sourire moqueur.

Atlance embrassa son fils sur le front et se rendit à l'abri de ses deux chevaux. Il les attela à sa charrette et grimpa sur le banc. Heureux de faire un peu d'exercice, les bêtes trottèrent allègrement sur la route de cailloux, en direction de la grande place de la cité.

Avec vaillance, le prince chargea les sacs de farine, les cruches d'huile, les meules de fromage, les paniers de fruits et de légumes dans la voiture, puis revint vers le marchand pour le payer. Celui-ci refusa les pièces d'or que lui tendait Atlance.

– Vous ne voulez pas de mon argent ? s'étonna le jeune homme.

– Je veux te proposer un échange.

– Je ne possède malheureusement pas grand-chose.

– Tu as un don. Tout le monde en parle en ville.

Atlance était venu s'établir à Zénor afin d'y mener une vie tranquille. La dernière chose qu'il désirait, c'était de faire des vagues.

– Il n'y a plus d'orfèvres dans ce pays depuis la première invasion, qui nous a tous forcés à travailler la terre pour survivre, poursuivit l'homme. Or, ma femme a conservé tous les bijoux de ses aïeux, malgré leur état lamentable. Si tu arrives à leur redonner vie, je t'offre toutes ces provisions gratuitement.

– Mes doigts opèrent cette magie quand bon leur semble... protesta Atlance.

– Voyons s'ils ont envie de travailler en ce moment.

Le marchand alla chercher un petit coffre rempli de joailleries qu'il déposa sur son étal.

– Il doit bien y en avoir une centaine, là-dedans, se découragea le prince.

– Tu n'es pas obligé de tout réparer d'un seul coup.

Atlance dégagea une chaîne en or du fouillis et vit qu'elle était cassée à deux endroits de chaque côté du fermoir. Il réunit donc les extrémités du bout des doigts. Elles se soudèrent immédiatement.

– Tu es vraiment aussi fort qu'on le dit ! s'émerveilla le marchand.

– Et je ne sais même pas comment je fais ça, avoua le magicien.

Il saisit ensuite un anneau en argent tout tordu et le glissa au bout de son index. Instantanément, le métal reprit sa rondeur et son éclat d'origine. Procédant au hasard, Atlance en répara ainsi une dizaine, puis ressentit une grande fatigue.

– Je crains d'avoir abusé de mes forces, s'excusa-t-il.

– Tu l'ignores, mais tu as déjà rendu ma femme heureuse juste avec ces quelques bijoux. Il reste une trentaine de pièces dans le coffre. Emporte-le et viens me le rendre quand tu auras tout remis à neuf.

– C'est une petite fortune que vous me confiez là.

– Je te fais confiance, Atlance de Zénor. Et, de toute façon, je sais où tu habites.

N'ayant pas vraiment le choix, le prince cacha le coffre sous le banc de la charrette et reprit le chemin de la maison. Il dételan les chevaux et transporta les vivres dans la cuisine, puis le coffre sur le buffet du salon.

– Pourquoi es-tu si pâle ? s'inquiéta Katil.

– J'ai dû utiliser ma magie, moi aussi, mais je ne semble pas posséder tes pouvoirs de récupération.

Luca était maintenant assis dans sa chaise haute et tapait joyeusement des mains sur la tablette de bois.

– J'ai terminé le grand ménage et j'ai même eu le temps de donner le sein à ce petit chenapan qui réclamait à boire.

– Dans ce cas, je vais t'aider à préparer notre repas.

– Il n'en est pas question. Occupe-toi plutôt du feu.

Atlance était si épuisé qu'il ne chercha même pas à protester. Il ajouta des bûches sur les braises et les taquina avec le tisonnier. Son regard pâle se perdit dans les flammes qui s'étaient mises à lécher l'écorce et il se surprit à songer une fois de plus à Nemeroff. « Pourquoi Onyx est-il allé le chercher dans son repos éternel ? » se demanda-t-il. Il n'était pas facile de comprendre la façon de penser du renégat.

– C'est prêt ! lança Katil.

Son mari sursauta comme si un arbre venait de tomber à côté de lui.

– Je ne voulais pas te faire peur...

– Il semble que je me sois laissé emporter par ma rêverie.

Atlance vint s'asseoir devant sa femme et se mit à manger en silence.

– On dirait que tu n'es pas heureux d'être de retour ici, se désola Katil.

– Au contraire ! Je ne veux plus jamais quitter Zénor.

– Dis-moi ce qui te ronge.

– J'étais en train de réfléchir à la manière de me débarrasser de mon ascendance.

– Renier ta famille ?

– Non, ce n'est pas ce que j'ai voulu dire. J'adore Fabian, Maximilien, Anoki, Jaspe et Cornéliane, mais il semble y avoir une malédiction sur la tête de mon père qui affecte tous ses enfants. Je dois trouver une façon de m'en dégager.

– Mais qu'est-ce qui peut bien te faire croire qu'il en existe une, pour commencer ?

– Les nombreux malheurs qui se sont abattus sur moi. Mon enlèvement et celui de Luca, sans compter tous les revers que j'ai dû subir ma vie durant. Je veux que nous puissions vivre en paix sans toujours craindre le pire.

– Et si c'était seulement ton destin, Atlance ?

– C'est possible, mais rappelle-toi qu'Onyx est un paria, un homme qui refuse de mourir et qui défie constamment les dieux. C'est son statut de hors-la-loi qui nous a tous marqués dès notre naissance. Je crains qu'Abussos ne nous voie comme des rebelles potentiels.

— À mon avis, le seul qu'il punirait pour toutes ces transgressions, ce serait ton père.

— Nemeroff a été tué quand il était enfant. Fabian a été piégé par une déesse-aigle et forcé de quitter notre monde. Maximilien a été battu à mort par son oncle lorsqu'il était à la recherche de sa véritable famille. Cornéliane a été enlevée par Azcatchi et exilée à l'autre bout d'Enlilkisar. En connais-tu beaucoup, des familles où le malheur frappe autant?

— J'avoue que non.

— Nous devons cesser de payer pour les fautes d'Onyx.

— Malgré toutes mes connaissances en magie, je ne sais pas comment tu pourrais y arriver.

— J'ai déjà une petite idée.

— Rien qui mette ta vie en danger, j'espère.

— Je vais consulter Solis.

— Pas ce soir.

— Ne t'inquiète pas. J'irai demain.

Après le repas, Atlance fit chauffer de l'eau et déposa son fils dans une petite cuvette pour le laver. Puis, il attacha des langes propres autour de ses fesses et le berça sur le bord du feu en lui racontant l'histoire de l'exode des Elfes vers la terre des hommes. Luca ne comprenait pas les mots que son père employait, mais il se laissa bercer par ses paroles et bientôt, ferma les yeux. Atlance le déposa dans son berceau. Il se dévêtit et rejoignit sa femme dans leur lit.

Au matin, il prépara un pique-nique avec Katil et emmena sa famille manger le premier repas de la journée près de la mer.

– C'est dommage que la côte soit ainsi couverte de cailloux, déplora le prince. Ce serait tellement plaisant de faire marcher notre petit homme dans le sable.

– Mon père dit qu'il y en a au sud de Zénor, là où commence le Désert. Nous pourrions y faire une petite excursion, un de ces jours, suggéra Katil.

En rentrant à la maison, Atlance s'occupa des animaux, puis ouvrit le coffre de bijoux sur la table de la cuisine. Il démêla les chaînes, les pendants d'oreille, les bracelets et les bagues et commença par redonner à ces dernières leur forme circulaire.

– C'est une bien étrange faculté que la tienne, fit Katil, qui surveillait d'un œil les jeux de son fils assis devant l'âtre.

– Je ne la comprends pas moi-même, avoua Atlance. On dirait que mes doigts sont indépendants de ma volonté. Ils savent quoi faire avec chaque pièce, alors que ma tête l'ignore.

Conscient que chaque opération lui ôtait une partie de ses forces, le jeune homme ne répara que les bagues.

– Tu peux les laisser sur la table, lui dit sa femme. Je n'y toucherai pas.

Et Luca était bien trop petit pour les transformer en jouets.

– Je vais me rendre au château tout de suite, annonça Atlance. Comme ça, je pourrai rentrer plus tôt et poursuivre mon travail.

Katil l'embrassa et le laissa partir. Le jeune homme se hissa en selle et traversa la cité en se félicitant de l'avoir choisie comme domicile. Au loin, il pouvait apercevoir les tours maintenant rénovées du palais de Zénor. Ce château avait été victime de la malédiction des sorciers de l'Empereur Noir pendant de nombreuses années. Ce qui encourageait Atlance, c'était que le mauvais sort semblait avoir disparu. Les fleurs et les plantes avaient recommencé à pousser autour des imposants murs en pierre de la forteresse.

Un palefrenier vint tout de suite à la rencontre du visiteur dès qu'il eut traversé l'arche qui s'ouvrait sur la grande cour, puis un serviteur lui ouvrit la porte du palais.

– Qui dois-je annoncer et qui désirez-vous voir ?

– Atlance de Zénor. J'aimerais m'entretenir avec le Prince Zach.

On lui demanda d'attendre dans la salle où jadis les Chevaliers d'Émeraude avaient pris leur bain, car l'eau de mer y entrait par les interstices entre les pierres. Les Zénorois avaient méthodiquement calfeutré toutes ces ouvertures et transformé la pièce en un confortable salon. Quelques minutes plus tard, Zach s'y présentait, seul.

– Sois le bienvenu chez moi, Prince Atlance.

– Je ne porte plus de titre, Altesse. Je ne suis désormais qu'un de vos nombreux sujets.

– Laissons donc tomber les convenances. Que puis-je faire pour toi ?

Atlance lui parla des malheurs qui avaient affligé Onyx et ses familles depuis près de sept cents ans.

– Il est certain qu'une malédiction est à l'œuvre, affirma le jeune homme, et je veux la faire disparaître.

– Je ne suis pas un sorcier.

– Vous êtes Solis, le dieu-jaguar, alors vous devez savoir comment vous y prendre. Au mieux, vous pouvez m'expliquer quoi faire.

– Pourquoi les enfants ne peuvent-ils pas tout simplement être fiers de leur héritage ? Mon propre fils a choisi de devenir un poisson plutôt que de me succéder à Zénor. Je ne suis pourtant pas aussi intransigeant qu'Onyx.

– En tant que père inflexible, il est dur à battre, en effet.

– Le sortilège que tu cherches n'existe pas, Atlance. Dans cette vie, chaque personne doit vivre ses propres expériences et traverser des souffrances que d'autres ne connaîtront jamais. Ces obstacles sont mis sur sa route afin de lui permettre de développer son courage et son ingéniosité. Et ne va pas croire que les dieux en sont exempts. Ils ont des leçons à apprendre, comme tout le monde.

– Je ne pourrai donc jamais empêcher le mauvais sort de s'abattre sur moi ?

– Probablement pas, mais tu pourrais sans doute apprendre à le déjouer. Un homme vigilant est difficile à piéger.

– Merci pour vos conseils, Majesté.

Solis voyait bien la déception sur le visage du fils d'Onyx, mais il aurait été malhonnête de sa part de lui mentir. Atlance alla chercher son cheval et quitta le château en réfléchissant aux paroles de la divinité. « Même les dieux s'inclinent devant la fatalité », songea-t-il. En y pensant bien, Onyx était la preuve que certains d'entre eux n'acceptaient pas le sort que leur réservait le ciel. Il n'avait pas choisi d'être rebelle pour le simple plaisir de contrarier le panthéon des Ghariyals, mais pour choisir sa propre destinée !

« Au lieu de le détester, je devrais le prendre en exemple et suivre ma propre étoile », décida Atlance en rentrant tranquillement chez lui.

11

ESPÉRITA

orsqu'ils eurent terminé le toit du Château de Shola, Dylan et Dinath s'isolèrent sur le haut balcon qu'ils avaient construit au dernier étage du palais afin de réfléchir à leur prochain projet. Plusieurs royaumes avaient besoin d'aide, dont celui des Elfes, selon Dylan.

– Je suis plutôt d'avis que Kaliska a la situation bien en main, répliqua la jeune Fée.

Dylan continua donc de parcourir le continent avec son esprit, à la recherche d'un autre groupe en détresse, mais n'en trouva pas. Les villages touchés par l'inondation s'entraidaient partout à l'ouest et au centre d'Enkidiev.

– Serons-nous forcés d'aller voir ce qui se passe de l'autre côté des volcans ? se découragea l'ancien Immortel.

– Pas nécessairement, répondit Dinath. Il existe un endroit non loin d'ici qui pourrait être remis en bon état.

– Alors, c'est là que nous irons, décida Dylan.

– Pourrais-je vous y accompagner ?

Les deux bâtisseurs se retournèrent en même temps et aperçurent Lazuli sur le seuil de la porte. Même s'il était le fils de Kira, la ressemblance de l'adolescent avec le Roi Onyx s'accentuait avec l'âge. Lazuli avait de longs cheveux noirs doux comme de la soie et des yeux de la couleur du firmament. Avant sa première transformation en gerfaut, il avait été tout aussi turbulent que son petit frère Marek, mais ses récentes épreuves l'avaient considérablement assagi. En vieillissant, il semblait devenir aussi raisonnable que Sage, son père biologique.

– Il est étrange que tu nous le demandes, car c'est à Espérita que nous allons, lui apprit Dinath.

Le visage de Lazuli s'illumina de joie : c'était le pays de naissance de Sage !

– Mais nous devons d'abord obtenir l'assentiment de Kira et de Lassa, ajouta Dylan.

Le sourire de l'adolescent s'effaça d'un seul coup.

– Ma mère refusera, estima-t-il, dépité. Elle ne veut plus que j'aie de contacts avec mon vrai père.

– Je doute que Sage soit retourné là-bas, affirma Dinath.

– Il serait préférable que ce soit moi qui communique avec mes parents, dans ce cas.

– Fais-le rapidement, car nous désirons partir bientôt.

Lazuli retourna dans sa chambre, s'assit sur son lit et se concentra profondément avant d'appeler Kira et Lassa par télépathie. Contrairement à ce qu'il redoutait, sa mère ne se fâcha pas. Elle écouta plutôt les raisons qui poussaient son fils à accompagner les bâtisseurs à Espérita. *Il n'est pas question que tu t'absentes du château pendant des mois*, l'avertit toutefois Lassa. Lazuli eut beau plaider que son oncle et sa tante pouvaient le protéger, son père ne voulut rien entendre. L'adolescent dut donc lui promettre qu'il rentrerait le plus tôt possible à Shola.

— Tu t'en vas? s'étonna Marek en passant la tête dans l'entrebâillement de la porte.

— J'ai envie de voir le monde. Tu veux venir avec moi?

— Non. Quelqu'un doit rester pour veiller sur les jumeaux.

— Ou sur nos cousines? le taquina Lazuli.

— Sur tout le monde. Mais si jamais vous étiez en difficulté, vous pouvez faire appel à moi.

— Merci, Marek.

Lazuli retourna en courant sur le balcon.

— C'est oui! s'exclama-t-il, fou de joie.

Dylan et Dinath venaient en effet de recevoir eux aussi une communication de la Sholienne, qui voulait vérifier que son fils ne représenterait pas un fardeau pour eux.

– Va chercher ta cape et quelques vêtements de rechange, lui conseilla la Fée.

Pendant que l'adolescent s'empressait de remplir sa besace, les bâtisseurs allèrent retrouver Myrialuna, qui faisait l'inventaire de la nourriture dans ses nouvelles armoires.

– Nous sommes venus te dire au revoir, fit Dylan.

La châtelaine abandonna son travail et vint serrer ses aimables visiteurs dans ses bras.

– Je ne vous remercierai jamais assez pour votre appui...

– Moi, je me reproche de n'y avoir pas pensé avant, avoua l'ancien Immortel. Nous avons aidé des milliers de personnes avant de nous rendre compte que ma propre sœur vivait dans un château à moitié construit.

– Promettez-moi de revenir souvent.

– Nous serons là pour la naissance des triplets.

Myrialuna les embrassa et étreignit son neveu.

– Si Abnar était ici, je suis certaine qu'il vous dirait à quel point vous allez lui manquer.

– Où est-il ? s'étonna Dinath.

– Quelque part dans la crypte. Il nous a dit qu'il voulait être seul. Faites bonne route.

Dylan et Dinath prirent chacun une des mains de Lazuli, disparaissant aussitôt avec lui. En quelques secondes à peine, ils se matérialisèrent au milieu de l'enclave de glace où s'étendait jadis la fertile cité d'Espérita. Ce n'était plus qu'un décor de neige que ses habitants avaient abandonné.

– C'est difficile de croire que mon père a grandi dans un endroit pareil, laissa tomber Lazuli, démoralisé.

– Il faisait chaud, ici, à ce moment-là, l'informa Dylan.

– Avez-vous l'intention de rebâtir Espérita ?

Dylan consulta son épouse du regard.

– Tout à fait, assura-t-elle. Mais pour commencer, il nous faudra faire disparaître tout ce frimas.

– Vous auriez dû emmener Marek, fit moqueusement Lazuli.

– Moi, je sais m'y prendre sans inonder les basses terres, répliqua la Fée, amusée.

– À part Myrialuna, personne ne voudra vivre dans un pays où il neige tout le temps.

– La raison pour laquelle les Espéritiens ont pu défricher ces terres, à part le fait que Nomar les y retenait prisonniers, bien sûr, c'est qu'une puissante magie leur garantissait un climat peu rigoureux. Tout ce que nous avons à faire, c'est de recréer les mêmes conditions.

– Vraiment ? la taquina Dylan.

– J'ai appris une magie très particulière auprès de mon père et je vais vous en démontrer la puissance.

Dinath pivota lentement sur elle-même.

– Localisons d'abord le puits qui alimente tout le village.

Dylan et Lazuli lui prêtèrent main-forte.

– Je crois qu'il se trouve sous cet amas de neige ! s'exclama l'adolescent.

– Il n'y a qu'une façon de le savoir, répliqua la Fée.

Tous les trois se mirent à creuser, d'abord avec leurs mains, puis avec leurs pouvoirs lorsqu'ils eurent trop froid aux doigts.

Lazuli avait raison : le puits se trouvait bel et bien à cet emplacement. Ils dégagèrent la margelle, puis Dinath se mit au travail. Elle tendit la main au-dessus de la cavité, dont l'eau était gelée jusqu'aux entrailles de la terre depuis que les volcans s'étaient refroidis, et se mit à prononcer des paroles qui ressemblaient au frémissement des feuilles d'arbres. Pendant de longues minutes, il ne se produisit rien, puis une pulsation lumineuse de couleur turquoise s'échappa du trou.

Lazuli sentit tout de suite de la chaleur lui chatouiller les pieds. Autour du puits s'était formé un cercle qui s'agrandissait de plus en plus en évaporant la glace et la neige. Il n'était pas inhabituel de voir apparaître d'immenses nuages au nord d'Enkidiev, alors les habitants des basses terres ne s'en inquiéteraient pas outre mesure.

Tandis que le sol se réchauffait, le paysage se transformait peu à peu en une scène macabre. Les villageois et les animaux qui étaient morts de froid avaient été laissés sur place par les survivants. Ils jonchaient le sol.

Lazuli se colla peureusement contre Dylan.

– Que dirais-tu de libérer ces pauvres âmes avec moi ? fit l'ancien Immortel pour raviver son audace.

Sans attendre sa réponse, Dylan lança un rayon enflammé sur les cadavres près de lui.

– Je suis certain que tes parents t'ont montré à en faire autant.

– Non, c'est Wellan qui me l'a enseigné, pour que je puisse me défendre contre les dieux rapaces qui pourraient s'emparer de moi.

Ayant solidement enraciné son sort thermique dans le puits, Dinath commença à imiter son mari. Des émanations pestilentielles en provenance des maisons leur soulevèrent le cœur.

– Nous n'avons pas le choix, ma chérie, indiqua Dylan en mettant la main sur son nez. Il faut tout détruire avant de reconstruire.

Dinath acquiesça d'un mouvement de la tête. Elle ramena Lazuli contre elle et lui demanda de fermer les yeux.

L'adolescent fit ce qu'elle demandait, mais la lumière éblouissante que projeta Dylan dans l'enclave l'aveugla quand même et il dut battre des paupières pendant de longues secondes avant de rétablir sa vue. Il regarda au loin. Les chaumières, les fermes, les enclos et les corps avaient tous disparu !

— Nous avons besoin d'un plan, décida Dinath.

Elle s'assit sur la margelle. Son mari et son neveu en firent autant. Soulevant la poussière sur le sol, la Fée fit apparaître ce qui ressembla d'abord à un bouclier. Grâce à un léger mouvement des doigts, elle créa la maquette du puits où ils étaient installés, puis construisit une grande place publique circulaire dont il était le point central.

— Nous pourrions aligner les nouvelles maisons à la façon des rayons d'une roue de charrette, suggéra Dylan. Ce serait révolutionnaire.

— Tu as raison, mon amour. Je n'ai jamais vu ce type de division ailleurs sur le continent.

D'un seul coup, des centaines de chaumières s'alignèrent perpendiculairement sur le pourtour de la piazza.

— Tout au fond, jusqu'aux grands murs de glace, ce serait des prairies, où les nouveaux Espéritiens pourraient établir des pacages, entrevit Dinath.

– C'est un bon plan, convint Lazuli. Combien de temps vous faudra-t-il pour l'exécuter ?

– Plusieurs jours, sans doute, répondit la Fée. Mais commençons par la grande place. Nous savons déjà où trouver de la pierre.

Elle leva les yeux vers le ciel. Aussitôt, un arc-en-ciel de plusieurs teintes de gris s'y forma.

– Mais qu'est-ce que c'est ? s'étonna Lazuli.

– De la pierre, bien sûr.

– Il serait préférable de s'éloigner du puits, fit Dylan en les entraînant plus loin.

Dès qu'elle fut au-dessus du puits, la colonne rocailleuse se mit à tourbillonner comme une tornade et à descendre vers le sol.

Par milliers, les cailloux se plantèrent dans la terre en créant une immense terrasse et formant un cercle parfait. D'un geste de la main, Dylan en ponça magiquement la surface pour l'aplanir.

– Que dirais-tu de créer tout de suite les rues entre les maisons ? proposa Dinath.

– Êtes-vous en train de débarrasser Shola de ses milliards de roches ? se réjouit Lazuli.

— En fait, je puise dans celles qui se trouvent au nord du château de ta tante et je les concasse dans le ciel avant de les déposer sur le sol, expliqua Dinath.

Plusieurs rubans gris fer se formèrent en même temps dans le firmament et se déposèrent tout autour de la piazza en enrayures d'une dizaine de mètres de largeur parfaitement symétriques.

— Il me reste tout juste assez d'énergie pour nous fournir un abri, annonça la Fée dans un soupir.

— Dans ce cas, c'est à mon tour de jouer, décida Dylan. Un ou deux étages, ma chérie ?

— Deux. Les villageois pourront avoir de plus grosses familles.

Émerveillé, Lazuli vit une demeure se construire pierre par pierre devant lui. Son oncle n'utilisait que son regard pour les diriger au bon endroit et les souder ensemble. Il laissa des ouvertures pour les portes et les fenêtres. Lorsqu'il arriva au toit, il stoppa sa magie.

— Penses-tu la même chose que moi ? s'amusa Dinath.

— Ce serait en effet très joli si les maisons de chaque rue avaient des couvertures de la même couleur.

— Je n'ai plus la force aujourd'hui de tenter un déplacement chez notre ami ardoisier. Je suggère que nous nous reposions, ce soir, et que nous lui rendions visite demain.

– J'approuve.

Lazuli suivit les adultes dans le grand logis. Dylan avait même construit un âtre et un escalier qui grimpait vers l'étage supérieur. Tout était en pierre, absolument tout !

– Si tu pouvais nous procurer quelques meubles, ce serait apprécié, réclama Dinath à son mari.

Dylan s'immobilisa pendant qu'il fouillait les greniers des différents palais d'Enkidiev, puis matérialisa une table, quatre chaises et deux lits près du foyer. Avec un sourire de satisfaction, il fit ensuite apparaître plusieurs plats de fruits et de fromage, ainsi qu'une grande cruche d'eau et des gobelets.

– Tu penses toujours à tout, le félicita Dinath en l'embrassant sur la joue.

Lazuli mangea avec appétit, heureux d'avoir encore vu les bâtisseurs à l'œuvre. Hormis les jumeaux, tous les membres de sa famille savaient ce qu'ils voulaient faire dans la vie, sauf lui. Wellan était parti explorer le monde afin d'écrire de nouveaux traités d'histoire et de géographie. Kaliska faisait usage de son don de guérison chez les Elfes et Marek voulait devenir un puissant magicien depuis que les graves problèmes de santé de Mann l'avaient découragé de développer ses talents d'augure. « Je veux bâtir des cités, moi aussi ! »

Après une bonne nuit de sommeil à Espérita, Lazuli accompagna son oncle et sa tante chez les Fées afin de discuter d'un possible partenariat avec Nartrach. L'adolescent était si heureux de visiter des lieux nouveaux qu'il en était muet.

Il suivit les adultes entre les hautes rangées d'ardoise de toutes les couleurs, sans vraiment écouter ce qu'ils disaient.

– Il me fera plaisir de vous fournir tous les matériaux que vous désirez à une condition, indiqua Nartrach. Vous devrez m'aider à réaliser un projet qui me tient à cœur.

– Avec plaisir, se réjouit Dinath.

– Alors, accompagnez-moi à Irianeth.

– À Irianeth ? s'étonnèrent en chœur les bâtisseurs.

– Nacarat est suffisamment fort pour nous y emmener tous les quatre.

– Dinath et moi y sommes déjà allés, alors nous pouvons tout simplement utiliser notre vortex. Mais je crois que ce jeune homme a soif de nouvelles expériences.

– Nacarat, c'est le dragon rouge ? demanda Lazuli, incertain.

– Allez, viens, l'invita Nartrach.

Malgré ses craintes, Lazuli lui emboîta le pas.

– Ma mère m'a raconté que les dragons arrachaient le cœur des humains.

– Pas le mien, en tout cas. Il est végétarien.

– Il n'aime pas la viande ?

– Lazuli, rappelle-toi que dans la vie, il y a toujours une exception à la règle. Nacarat est né avec des goûts différents des représentants de sa race. Au lieu de décimer les troupeaux, il ravage les jardins. Je sais bien que les villageois ne l'aiment pas plus pour autant, mais au moins, j'ai la conscience tranquille.

En voyant son maître approcher, la formidable bête leva son long cou et le tendit vers lui pour lui lécher le visage.

– Il n'a pas l'air méchant...

– Nacarat, je te présente Lazuli.

Tandis que le dragon était couché, Nartrach s'installa à la base de son cou et tendit la main à l'adolescent. Celui-ci s'en saisit et fut soulevé dans les airs par les bras musclés de l'homme-Fée.

– Ma mère ne voudra jamais croire que j'ai fait ça, se réjouit-il.

L'animal se mit à battre des ailes et, d'une puissante poussée de ses pattes, s'envola vers le ciel. Pendant un instant, Lazuli fut pris de panique car, contrairement à un cheval, le dragon n'avait pas de crinière permettant de s'accrocher. Sentant son malaise, Nartrach passa le bras autour du torse de l'adolescent pour s'assurer qu'il ne basculerait pas dans le vide. En réalité, il fallait avoir de puissantes jambes pour rester assis sur un dragon.

Les deux voyageurs survolèrent l'océan. Puisqu'il se sentait de plus en plus en sûreté, Lazuli se détendit et tourna la tête de tous côtés pour observer la vaste étendue d'eau salée. Il vit même de gros mammifères marins jaillir des flots pour se laisser retomber en formant des jets d'eau autour d'eux.

— Essaient-ils de se saisir de nous ?

— Non, Lazuli. Ils jouent.

— Mon père m'a raconté qu'il y a des bêtes de différentes tailles dans la mer.

— Il dit vrai. Nous n'en connaissons qu'une infime partie.

En peu de temps, le dragon arriva en vue de l'ancien continent de l'Empereur Noir. Il se posa sur le long quai en pierre d'où partaient jadis les effrayants drakkars. Au lieu de l'imposante ruche des Tanieths, au bout de la rade s'élevait une petite maison, que les bâtisseurs étaient d'ailleurs en train d'examiner.

— Ce bâtiment est en parfait état, déclara Dylan en voyant Nartrach et Lazuli approcher.

— Certes, répondit l'ardoisier, mais ce n'est pas un palais digne d'un roi.

— Un palais ? répéta Dinath.

— C'est ici que le Roi Onyx se retire quand il veut avoir la paix. Puisque cet homme a fait preuve d'une grande générosité envers moi lorsque j'ai perdu mon bras, j'aimerais lui offrir un sanctuaire plus digne de lui.

– Tu aimerais que nous transformions cette maison en château ?

– En fait, si vous pouviez en faire une version réduite de celui d'Émeraude, mais avec les pierres noires de ces montagnes là-bas, je vous fournirai toutes les tuiles dont vous aurez besoin pour la cité que vous rebâtissez.

– Voyons voir... fit la Fée en soulevant la poussière de roche pour créer le modèle souhaité.

– Tu as une excellente mémoire, ma chérie, la félicita Dylan en contemplant la maquette. Es-tu prête ?

– Oui. Retournons sur le quai. Ce sera plus prudent.

De retentissants craquements, semblables à des grondements de tonnerre, résonnèrent sur la plage tandis qu'un pan entier des grands pics à l'est venait de se détacher de la falaise. Les blocs se mirent à arriver par la voie des airs, s'enfonçant dans le sol afin de former la fondation des murailles et du palais. Nartrach, qui avait pourtant souvent assisté à des démonstrations de la magie des Fées, n'en croyait pas ses yeux. En à peine six heures, la forteresse fut terminée. Même si elle ne faisait que la moitié de la taille de celle du Roi Nemeroff, elle imposait le respect. Il ne restait plus qu'à lui ajouter un toit.

– C'est ce que tu avais en tête ? demanda Dinath avec un sourire moqueur.

– Tout à fait, approuva Nartrach. Demain, je commencerai à livrer votre matériel à Espérita.

Il serra les mains des bâtisseurs pour sceller le marché.

12

HYPOTHÈSES

Main dans la main, Lassa et Kira apparurent au pied de la falaise de Shola, à la limite septentrionale du Royaume des Elfes. Le sentier creusé au fil des ans par les Anciens menait directement sur le haut plateau et ne donnait accès à aucune entrée, visible ou non. Il y avait des centaines de corniches naturelles dans le roc, mais pas de trace de portail. Le couple eut beau scruter toute la surface de l'impressionnant mur, il ne trouva pas d'accès au sanctuaire des Sholiens.

– Les livres de géographie prétendent que c'est l'activité volcanique qui a sculpté les paysages d'Enkidiev, laissa tomber Kira. Je me demande si c'est Shola et les autres royaumes du nord qui se sont élevés vers le ciel ou si c'est le reste d'Enkidiev qui s'est affaissé ?

– Si tu veux mon avis, c'est la pression interne de la terre qui a soulevé ton pays de naissance, avança Lassa. C'est parce qu'il est plus éloigné des veines de feu qu'il y fait si froid maintenant.

– J'ai un mari savant, se réjouit-elle.

– Quand on a été enfermé jusqu'à l'adolescence dans une tour, on a eu plus de temps que les autres pour étudier les sciences.

– Où as-tu appris que les moines se cachaient ici ?

– Grâce à Hawke lors d'une de ses visites à Émeraude. Ils ont été exterminés par Asbeth, jadis, et on dirait bien qu'ils ne veulent pas que l'histoire se répète. Ils protègent leur nouveau refuge avec une puissante énergie. Je ne sens même pas leur présence.

– Abnar m'a raconté, quand j'étais petite, qu'ils vivaient sous terre parce que leurs coutumes différaient trop de celles des habitants du continent et qu'ils ne voulaient pas être jugés.

– T'a-t-il parlé de la façon de demander audience à leur dirigeant ?

– Il a seulement dit que c'était impossible. Mais tu sais ce que je pense de ce mot.

– Adressons-nous à Hawke, car il n'a certainement pas perdu sa faculté de communiquer avec ses compagnons d'armes.

Kira appela donc l'ancien magicien d'Émeraude par télépathie. Quelques secondes plus tard, l'Elfe apparut devant le couple. Il portait la longue tunique blanche des Sholiens et son teint était franchement plus pâle que lorsqu'il servait activement l'Ordre d'Émeraude.

– Vous arrivez à point nommé, lâcha Hawke. J'ai besoin de votre aide.

– Tu as entendu mon appel malgré la barrière magique qui vous protège ? s'étonna Kira.

– Non. J'ai capté votre présence au pied de la falaise. Prenez ma main. Je vous emmène à l'intérieur du monastère.

– Je croyais que les cénobites ne laissaient pas les étrangers entrer chez eux, s'étonna Lassa.

– Par nécessité, ils font parfois des exceptions, comme pour moi, par exemple. Je ne suis pas Sholien, mais ils m'ont accepté parmi eux. Ils m'ont même permis d'emmener ma famille.

– Qu'est-ce qui les porte à nous accorder ce grand privilège, aujourd'hui ? voulut savoir Lassa.

– La perte de l'un des vôtres.

– Qui est mort ? s'alarma Kira.

– Venez.

Hawke posa la main sur les bras de ses amis et les transporta instantanément dans le long couloir du sanctuaire. « Je suis au cœur même de la religion que pratiquait ma mère », songea Kira, bouleversée. L'Elfe les conduisit jusqu'à une grande salle, où les moines étaient agenouillés.

– Ils prient pour le salut de l'âme de Mann, chuchota Hawke à ses invités.

Lassa aurait aimé savoir comment l'ancien Chevalier avait passé les derniers moments de sa vie, mais il jugea préférable d'attendre la fin de la cérémonie avant de s'en informer. Il demeura au fond de la pièce circulaire, le dos appuyé contre le mur, les doigts glissés entre ceux de sa femme. L'énergie qui émanait de ces puissants mages était palpable. D'ailleurs, Kira s'en nourrissait depuis qu'elle avait franchi le seuil de la grotte.

Lorsque les remerciements adressés à Abussos furent terminés, les Sholiens se levèrent les uns après les autres pour vaquer à leurs occupations habituelles. Isarn se dirigea aussitôt vers les étrangers.

– Soyez les bienvenus dans notre humble sanctuaire, enfants des dieux.

– C'est un grand privilège que vous nous accordez, fit Kira, émue.

– Je dirais que c'est plutôt vous qui nous faites une grande faveur. Suivez-moi, je vous prie.

Lassa jeta un dernier coup d'œil à la statue du dieu-hippocampe qui occupait le centre de la salle, puis emboîta le pas aux autres. Lorsqu'ils atteignirent le réfectoire, Briag s'était joint à eux. Ils prirent place autour d'une table de bois.

– Malgré nos dons de guérison, nous avons été incapables de sauver Mann, expliqua Isarn.

— Lorsque les dieux décident de reprendre un homme, il n'y a rien que les plus grands mages puissent faire, répliqua sagement Lassa.

— C'est exact. Les dernières paroles de l'augure nous ont toutefois consternés.

Isarn leva les yeux sur le jeune Briag lui indiquant que c'était à lui de parler.

— Mann a dit qu'une grande guerre se prépare et que seule une enfant pouvait l'arrêter. Il a toutefois ajouté que la petite a beaucoup d'ennemis. Il nous a demandé de la protéger, sinon le monde sera anéanti.

— Abussos m'en a déjà informé, lâcha Lassa.

— Il s'adresse à vous directement ? se troubla Briag.

— Évidemment, puisqu'il est son fils, lui rappela le hiérophante.

— Ce n'est arrivé qu'une fois jusqu'à présent, précisa Lassa.

— Que vous a-t-il dit au sujet de l'enfant ? s'enquit Isarn.

— Il m'a demandé de prêter main-forte à Hawke.

— J'ai décidé de l'accompagner, ajouta Kira pour expliquer sa présence.

– En vous brûle la flamme de notre communauté, Princesse de Shola, la salua le hiérophante.

– J'ai malheureusement quitté mon pays lorsque j'avais deux ans et j'ai appris bien peu de choses à votre sujet.

– Lorsque vous le désirerez, revenez terminer ce que votre mère a commencé.

– Je vous en suis reconnaissante, le remercia Kira en se disant que cela n'arriverait pas avant que ses jumeaux soient tout à fait indépendants.

– Si le dieu fondateur vous a confié une quête, alors je souhaite de tout mon cœur que vous l'accomplissiez dans les plus brefs délais, indiqua Isarn. Hawke, je te relève donc de tes corvées durant tout le temps qu'elle durera.

– Vénérable maître... murmura Briag, d'une voix suppliante.

– Bien sûr que tu peux l'accompagner. De toute façon, je n'arrive plus à vous séparer. Le sort du monde repose sur vos épaules. Faites-nous honneur.

Isarn quitta la pièce sans plus rien ajouter.

– Par où commencer ? laissa tomber Lassa.

– Mann ne nous a pas fourni beaucoup d'indices, indiqua Briag.

— Nous savons qu'il s'agit d'une fillette, fit Hawke. Donc, elle a certainement moins que douze ans.

— Pour arrêter une guerre, on peut supposer qu'elle possède des pouvoirs magiques, ajouta Kira.

— Certains Chevaliers ont des enfants de cet âge, les informa Lassa. Ma femme et moi sommes d'ailleurs parents d'une petite de six ans.

— Maélys ? s'exclama la Sholienne. Tu n'y penses pas ?

— C'est peut-être pour cette raison qu'Abussos s'est adressé à moi.

— À ce chapitre, il n'y a que Kyomi, Ayarcoutec, Djadzia et Élora qui soient de bonnes candidates, les informa Kira, car Cornéliane, Malika, Aurélys, Mia, Maiia, Opaline et Cyndelle sont plus âgées.

— Qui sont tous ces gens ? s'enquit Briag.

— De petites pacificatrices potentielles, répondit Lassa.

— Les membres des trois panthéons ont peut-être eu d'autres enfants avec des humains, commenta Kira.

— Comment saurons-nous la reconnaître ? se troubla Briag.

— Il nous faut un test quelconque, suggéra Hawke.

Les trois autres regardèrent fixement l'Elfe, espérant qu'il propose de telles épreuves.

– Je doute fort qu'une enfant de quatre ans sache ce qu'est une guerre, ajouta Hawke. Ce ne pourrait donc pas être une série de questions à ce sujet.

– Si c'est une petite dont le but est d'instaurer la paix dans le monde, elle doit certainement avoir des prédispositions pour l'harmonie, devina Kira. C'est sa famille qui pourrait nous renseigner.

– Je propose de faire un essai avec Maélys, intervint Lassa.

– Pourquoi elle ? se hérissa sa femme.

– Parce que d'autres parents pourraient ne pas comprendre ce que nous sommes en train de faire.

– Lassa a raison, l'appuya Hawke. Nous devons trouver la façon de détecter chez les enfants l'étincelle de bonté qui les pousserait à séparer spontanément deux armées.

Kira se tourna vers son mari et ses lèvres formèrent les mots « pas Maélys ».

– Je vous invite donc chez nous pour voir si l'un de nous ressent une telle magie dans le cœur de notre fille, déclara Lassa.

La Sholienne eut envie de le mordre, mais retint son geste devant les deux moines. Hawke les transporta instantanément dans le hall du Château de Shola.

– Autrefois, je rêvais de posséder ce pouvoir qui semblait n'avoir été accordé qu'à Farrell, confessa-t-il à ses deux amis Chevaliers. Maintenant, je sais qu'il dormait dans mon cœur, mais que je n'avais pas suffisamment confiance en moi pour l'utiliser.

– Comment procéderons-nous ? voulut savoir Briag.

– Sans effrayer la petite, les avertit Kira.

– Cela va de soi, la rassura Hawke.

Lassa appela sa fille par télépathie. Les jumeaux arrivèrent en gambadant et sautèrent dans les bras de leurs parents.

– Vous n'avez pas été partis longtemps ! se réjouit Kylian.

– Nous avions besoin de vérifier quelque chose, expliqua le père.

– On peut vous aider ? demanda Maélys.

Elle avait les cheveux lilas de sa mère et, depuis quelques mois, l'un de ses yeux bleus semblait devenir mauve.

– Assoyez-vous sur le tapis, les convia Lassa.

Ils n'avaient besoin que de Maélys, mais en chassant son jumeau, ils n'arriveraient pas à obtenir sa pleine collaboration.

– C'est comme un jeu ? s'enthousiasma Kylian.

Le petit garçon était la copie conforme de Lassa au même âge.

– Si on veut, confirma le père. Nous allons imaginer des situations et vous me direz ce que vous feriez si elles étaient réelles.

Pendant que Lassa les questionnait, les deux moines scrutaient la moindre parcelle de magie de la fillette afin de déterminer si elle en possédait suffisamment pour être celle qu'ils cherchaient.

– Que feriez-vous si maman et moi étions si fâchés que nous en venions à ne plus nous parler ? demanda Lassa.

Kylian éclata en sanglots, tandis que sa sœur jumelle réfléchissait profondément à cette supposition.

– J'essaierais de savoir pourquoi et je supplierais Marek de faire quelque chose, répondit la petite fille.

Voyant que les pleurs de son fils s'intensifiaient à l'idée que ses parents en arrivent à se séparer, Kira alla le prendre dans ses bras pour le consoler.

– Je ne crois pas que ce soit elle, laissa tomber Briag.

– J'étais justement en train de me dire la même chose, fit Hawke avec un soupir.

Myrialuna arriva sur le seuil du hall en s'essuyant les mains sur son tablier.

– C'est vous qui le faites pleurer ? s'étonna-t-elle.

– Oui, mais ce n'était pas intentionnel, répondit Lassa. Nous sommes à la recherche de la fillette qui nous sauvera tous et nous avons pensé que c'était peut-être Maélys.

– Ce n'est pas elle, affirma Marek en se postant près de sa tante.

– As-tu eu une vision à son sujet ? voulut savoir son père.

– Oui, la nuit dernière.

– Sais-tu qui c'est ?

– Je ne la connais pas, mais c'est tout naturel, puisque je ne vais jamais nulle part et qu'il m'est impossible de rencontrer des gens nouveaux.

– Mets tes reproches de côté et décris-nous cette fillette.

– Elle est haute comme trois pommes et elle porte une robe rouge.

– C'est tout ?

Intéressé par le récit de son frère, Kylian avait cessé de pleurer.

– Elle avait aussi un collier de perles multicolores.

– Je crois que ton père aimerait surtout connaître la couleur de ses cheveux et de ses yeux, précisa Kira.

– Sombres, je pense, mais je n'ai pas fait attention à ces détails, avoua Marek. J'ai plutôt regardé son sourire.

– Est-ce qu'elle t'a parlé ? s'enquit Hawke.

– Non, elle n'a rien dit.

– Ressentais-tu une force particulière en elle ? demanda Briag.

– Maintenant que vous le mentionnez, j'ai eu l'impression que c'était une petite déesse ou la fille d'un grand magicien. Même qu'elle ressemblait un peu à Dinath.

– Mais tu n'en es pas certain ? vérifia Lassa.

– Non...

– C'était peut-être un bébé qui ne savait pas encore parler, mais qui commençait à marcher, intervint Myrialuna.

– Et si c'est une image de l'avenir, cela veut sans doute dire qu'elle vient à peine de voir le jour ou qu'elle est sur le point de naître, conclut Lassa.

– Dinath est une Fée, alors commençons par là, suggéra Kira.

– Elle pourrait aussi être l'enfant d'un dieu ou d'une déesse, lui rappela Hawke.

– Pourquoi ne pas nous adresser à notre mère pour en apprendre davantage ? conseilla Myrialuna.

– Abussos m'a dit que les dieux ne pouvaient pas prédire l'avenir, mentionna Lassa.

– Il ne s'agit pas de savoir ce qui va se passer, mais plutôt d'apprendre lesquels d'entre eux ont récemment conçu des enfants.

– Qu'avons-nous à perdre ? les encouragea Briag.

Kira déposa son fils dans les bras de son père et alla prendre les mains de sa sœur dans les siennes afin de s'assurer que leur supplication serait entendue dans les cieux. La pièce devint alors glaciale. Maélys se frotta les bras, puis grimpa sur les genoux de Lassa pour pouvoir se coller contre son frère.

Fan apparut dans sa belle robe bleu acier parsemée de demi-lunes argentées. Ses longs cheveux immaculés lui atteignaient la taille. Tandis que le corps de sa mère se solidifiait, Kira se demanda si Wellan éprouvait encore de tendres sentiments pour elle. Il n'en avait jamais parlé depuis son retour à la vie, mais il y avait peu de chances que le destin lui ait attribué une autre âme sœur...

– Ce doit être très important pour que mes deux filles m'implorent en même temps, déclara Fan en promenant son regard sur la petite assemblée.

– Il s'agit en fait d'une toute petite question de rien du tout, l'éclaira Myrialuna.

– Pour avancer dans notre nouvelle quête, nous avons besoin de savoir si l'une des divinités aurait récemment conçu un enfant avec un humain, renchérit Kira.

– Comme vous le savez déjà, je ne peux vous renseigner que sur mon propre panthéon, répondit leur mère céleste.

Le regard de Fan devint absent pendant quelques secondes, alors qu'elle passait les siens en revue.

– S'il y a eu une telle conception, les Ghariyals n'y sont pour rien.

– Possédez-vous le pouvoir de retrouver un bébé magique dans notre monde, même s'il a été engendré par un rapace ou un fauve ? s'enquit Myrialuna.

Encore une fois, Fan scruta l'univers des humains.

– Je ne perçois aucune telle présence où que ce soit, affirma-t-elle.

– C'est sans doute une enfant qui n'est pas encore née, en déduisit Hawke.

– Ou qui n'est même pas conçue, ajouta Briag.

– Je ne possède malheureusement pas le talent de deviner ce genre de chose, s'excusa la déesse des bienfaits. Si vous n'avez plus besoin de moi...

Myrialuna s'élança vers Fan, lui prit la main et la tira vers la sortie du hall.

– Vous ne pouvez pas partir sans avoir fait un petit coucou à mes filles ! protesta la châtelaine.

Elle l'entraîna dans le vestibule. Fan fut prise d'un vertige à la vue du grand escalier, situé exactement au même endroit que celui de jadis. C'était dans ce château qu'elle avait perdu la vie...

– Il manque quelque chose... murmura-t-elle en résistant.

La divinité leva les yeux vers le haut plafond.

– Le lustre...

– Quel lustre ? s'étonna Myrialuna.

Une imposante suspension aux innombrables branches de cristal apparut aussitôt au-dessus de leurs têtes. Au lieu de bougies, les candélabres étaient munis de petites pierres rondes dont s'échappait une douce lumière blanche.

– Comme c'est beau ! s'exclama la déesse-eyra.

Satisfaite, Fan suivit sa benjamine jusqu'à l'étage. Les six filles étaient réunies dans la chambre de Ludmila.

– Mes chéries, vous rappelez-vous votre grand-mère ?

Les eyras tournèrent la tête vers la porte.

– Bien sûr ! s'exclamèrent-elles en chœur.

– Dans l'ordre, voici Larissa, Lavra, Léia, Lidia, Léonilla et Ludmila, les présenta fièrement leur mère.

– Comment fais-tu pour les différencier ? Elles sont identiques !

– Mais elles n'ont pas la même odeur. J'ai appris à les distinguer grâce à mon odorat dès leur naissance.

– Nous avons bien essayé de la mystifier, confirma Lavra, mais elle nous reconnaît tout de suite.

– Tu as de magnifiques enfants, Myrialuna. Et ceux que tu portes commencent à s'agiter.

– Leur naissance ne tardera pas, confirma-t-elle.

Les deux femmes retournèrent dans le corridor.

– Mère, que pouvez-vous me dire sur mon véritable père ? fit bravement Myrialuna.

– C'était un homme séduisant à qui il était impossible de résister.

– Est-il vrai qu'il provenait d'un autre univers ?

– Oui, mais je n'en sais pas plus, car il évitait toutes mes questions à ce sujet. Puisque j'ai perdu la vie peu de temps après ta naissance, je n'ai pas eu le plaisir de le revoir.

– Rôde-t-il toujours à Enkidiev ?

– Je ne capte pas sa présence, alors tout porte à croire qu'il est retourné chez lui. Ne sois pas triste, mon enfant, car je suis persuadée qu'il a enfin trouvé ce qu'il cherchait.

Fan embrassa Myrialuna sur le front et se dématérialisa devant elle.

13

LE PENDENTIF

En rentrant chez lui, Hadrian avait médité, assis près de la rivière Mardall, qui avait finalement réintégré son lit. Grâce à sa magie, il avait réaménagé sa propriété, que l'inondation avait couverte de boue. Il avait séché la terre et accéléré la pousse de l'herbe et des fleurs pour que Staya puisse paître non loin de la tour. Même si elle n'était pas un cheval ordinaire, il n'aimait pas qu'elle s'éloigne.

Assis en tailleur sur une grosse pierre qu'il avait nettoyée, Hadrian songeait à ce que lui avaient raconté les princes d'Émeraude. Même s'il ne voulait pas l'admettre, Onyx était en effet le seul à pouvoir leur venir en aide. Toutefois, rien n'était jamais simple avec son ancien lieutenant. Ses fils étaient aux prises avec leur frère ressuscité, mais c'était leur père lui-même qui l'avait arraché à la mort. « Dans quel but ? » se demanda l'ancien Roi d'Argent. S'il était vrai qu'Onyx était un dieu, accomplissait-il quelque sombre dessein en ramenant l'un des siens dans le monde des humains ?

Finalement, il y avait plus de questions que de réponses dans la tête de Hadrian. S'il avait promis à Fabian et à Maximilien de localiser leur père et de le ramener à la maison, il voulait d'abord reprendre le pendentif que celui-ci lui avait volé. Pendant plus de sept cents ans, l'ancien souverain avait cru que l'hippocampe argenté que lui avait offert une enchanteresse était un gage de son amour pour lui. Cependant, sur le bord de l'océan, à Enlilkisar, il avait découvert qu'il était l'emblème d'une civilisation perdue et qu'il possédait le pouvoir de communiquer avec elle. «Alors, pourquoi me l'a-t-elle donné?» s'étonna Hadrian. Avant de retrouver les pas d'Onyx, il décida d'élucider d'abord ce mystère.

– Je sais que nous venons à peine de rentrer, fit-il à l'intention de la jument blanche qui buvait de l'eau près de lui, mais j'ai besoin de m'entretenir avec mon vieil ami Tehehi. Libre à toi de rester ici ou de m'accompagner.

Staya releva l'encolure et poussa des cris stridents qui firent fuir tous les oiseaux qui s'étaient abrités dans les arbres en bordure de la rivière.

– Je vais aller chercher des provisions, annonça son maître. Nous partirons ce matin.

Dès qu'il fut prêt, Hadrian sortit de sa tour. Il trouva la jument-dragon devant lui, prête à se mettre en route.

– Des fois, je me demande si tu les aimes plus que moi, les Elfes, la taquina-t-il.

Il grimpa sur son dos et entreprit le long trajet en longeant la rivière Mardall. Hadrian utilisa sa magie pour paver le chemin devant les sabots de Staya, sinon elle se serait enfoncée dans la bourbe jusqu'aux jarrets. La muraille de l'est avait protégé le Royaume d'Argent des eaux tumultueuses, ce qui réjouit son ancien monarque, mais les berges du majestueux cours d'eau avaient été ravagées. Hadrian jugea plus prudent de ne pas y établir de campement et chevaucha sans arrêt jusqu'au pays des Fées. Heureusement, sa monture était plus résistante qu'un cheval normal.

En mettant le pied sur le territoire du Roi Tilly, Hadrian constata avec étonnement qu'il n'y avait aucune trace du débordement qui avait dévasté la plupart des royaumes de l'ouest. Les Fées avaient donc habilement évité un autre fléau.

L'homme et la bête se reposèrent sur un terrain sec. Cette nuit-là, Hadrian rêva à la première invasion d'Enkidiev par les Tanieths. Il se vit en compagnie d'Onyx, ce jeune Émérien qui l'avait si impressionné par son courage et son abnégation qu'il en avait fait un de ses lieutenants. Ce qui l'avait marqué le plus chez cet homme, c'étaient ses fréquents haussements d'épaules lorsqu'il lui posait une question : Onyx n'aimait pas s'expliquer. « Il n'a pas changé », nota Hadrian.

À son réveil, il mangea une partie de ses provisions pendant que Staya tentait de happer de longues brindilles magiques qui se dérobaient devant ses dents. Mécontente, la jument finit par retourner au bord de la rivière et plongea le museau dans l'eau pour arracher des algues en s'ébrouant.

– C'est un pays enchanté, ma belle, lui rappela Hadrian. Rien n'est ce qu'il semble. Tu pourras te sustenter chez Tehehi.

L'ancien roi se remit en route. À sa grande surprise, après qu'il eut franchi la frontière entre les Royaumes des Fées et des Elfes, il ne trouva plus de boue. La berge avait été méticuleusement nettoyée et l'herbe avait même recommencé à y pousser.

– Je ne capte pas l'énergie des seigneurs de bois, ici, murmura Hadrian, intrigué.

Staya le confirma en secouant plusieurs fois la tête de haut en bas. Son cavalier la fit piquer vers la forêt, dans un sentier qu'ils avaient emprunté à plusieurs reprises par le passé. Il menait tout droit au village de Tehehi. Comme à toutes ses visites, Hadrian y fut reçu à bras ouverts. Les Elfes, qui connaissaient bien Staya, la laissèrent aller où elle le désirait et conduisirent son maître jusqu'au vieillard.

– Nous sommes heureux de constater que le torrent ne vous a pas emporté avec votre tour, déclara le jeune homme qui marchait avec Hadrian.

– Les bâtiments construits à grand renfort de sortilèges résistent à bien des calamités, le rassura-t-il.

L'Elfe mit fin à son escorte au pied d'un arbre.

– Où est la hutte de Tehehi ? s'alarma Hadrian.

– Là-haut.

L'ancien roi leva les yeux vers le ciel et aperçut la plateforme circulaire construite autour du tronc du grand séquoia.

– C'est la déesse Naalnish qui a songé à cette nouvelle façon de vivre, expliqua l'Elfe.

– Naalnish ?

– Kaliska pour les humains. Elle parcourt tout notre royaume et nous fournit des abris plus solides en remplacement de ceux que les eaux ont emportés.

– Et comment y grimpe-t-on ?

Une échelle de corde fut alors lancée par l'ouverture carrée pratiquée dans le plancher. Poussé par la curiosité, Hadrian grimpa les échelons jusqu'à la trappe et se hissa sur la plateforme. Il aperçut le vieil Elfe assis sur un tatami entre deux fenêtres. Une agréable brise traversait la maison circulaire.

– Tu te prends pour un oiseau, maintenant, Tehehi ? le taquina l'ancien roi.

– Ce n'est pas par choix, mon ami. La fureur des eaux a bien failli m'emporter avec mon logis, alors, j'ai accepté d'emblée la suggestion de la déesse.

– Naalnish.

– N'est-il pas extraordinaire que les dieux de nos ancêtres s'intéressent de nouveau à nous ?

– Moi, je trouve ça plutôt inquiétant.

– Hadrian, malgré toutes les transformations qu'a subies notre société et qui l'ont rendue plus courageuse, nous pressentons un grand danger. L'aide du ciel n'est pas à négliger.

– En la personne d'Onyx ou de Nemeroff ?

– Il s'agit plutôt d'un événement. Les enchanteresses parlent d'une guerre imminente. Elles cherchent un sortilège pour nous en garder, mais malgré tout le respect que j'éprouve pour les dons de ma petite-fille, je doute qu'elles y parviennent.

– Ont-elles réussi à identifier l'ennemi ?

– Peut-être bien, mais elles ne veulent pas partager cette information avec nous. Tout ce que nous en savons, c'est qu'il arrivera de l'est.

– D'Enlilkisar.

Tehehi tendit un gobelet fumant à son visiteur.

– C'est du thé en provenance de Jade.

– De Jade ? répéta Hadrian, étonné.

– Nous avons perdu la plupart de nos plantes, alors nous avons accepté le présent que nous a expédié le Roi Lang.

– Les choses ont vraiment changé, ici, à ce que je vois.

– Nous nous adaptons à notre temps, petit à petit. Et toi, mon ami, quelle est la raison de ta venue ?

Hadrian prit le temps d'avaler quelques gorgées de la délicieuse boisson chaude.

— Te souviens-tu du pendentif que je portais ?

— Le cheval de mer ?

— C'est exact. Il m'a été offert par une enchanteresse lors de la première invasion. Elle ne m'a jamais vraiment révélé ce qu'il symbolisait, alors j'ai présumé que c'était un talisman destiné à me protéger.

— Pourquoi en parles-tu au passé ? L'as-tu égaré ?

— On me l'a volé.

— Et tu aimerais que les Elfes le retrouvent pour toi ?

— Non, Tehehi. Je sais qui l'a pris. Ce que je veux savoir, c'est la signification de ce pendentif.

À son tour, le vieil Elfe but un peu de thé.

— Il est étrange que l'un des nôtres t'ait offert un tel objet sans t'expliquer sa magie.

— Les enchanteresses de jadis s'entouraient-elles de secret comme celles d'aujourd'hui ?

— Elles n'ont jamais fait confiance aux humains.

Hadrian jugea préférable de ne pas lui révéler l'attirance qu'il avait éprouvée pour la femme Elfe de son passé.

— Que signifie l'hippocampe ? demanda-t-il plutôt.

– Il y a fort longtemps, avant le grand schisme, les Elfes vénéraient Abussos.

– Cette séparation, c'est celle qui s'est produite lorsqu'un groupe a quitté Osantalt pour venir s'établir ici ?

– Non. Celle dont je te parle est arrivée bien avant cet exil.

– Tu ne m'as jamais raconté cette histoire.

– Les Elfes d'Enkidiev ont volontairement effacé ce triste épisode de leur mémoire.

– Pourquoi ?

– Parce qu'il a divisé notre peuple à tout jamais en deux races qui n'ont plus rien en commun, l'une sur terre et l'autre dans la mer.

– Les Ipocans...

– Ce sont de lointains descendants des Elfes qui ont été bernés par la plus puissante enchanteresse de tous les temps.

– Je t'en prie, Tehehi, dis-moi ce que tu sais à ce sujet. J'ai besoin de comprendre pourquoi un homme a bafoué notre amitié pour s'en emparer.

– Soit, accepta le vieil homme.

Il termina son thé, puis s'appuya le dos contre le mur de son logis.

– Je soupçonne que ton cheval de mer est celui qui a appartenu à Nahauss, la grande magicienne d'Osantalt. J'ignore comment il s'est rendu jusqu'à la femme qui t'en a fait cadeau, à moins qu'elle soit de sa descendance. Nahauss aimait le pouvoir qu'elle exerçait sur les Elfes pleins de confiance et de simplicité. Par désir de plaire davantage à Abussos, un groupe d'entre eux s'est adressé à elle. L'enchanteresse a alors fabriqué pour ces dévots une potion qu'elle leur a fait boire lors d'une grande cérémonie sur le bord de la mer. Le Roi d'Osantalt a tenté en vain d'empêcher ce rituel, car il craignait une duperie de la part de Nahauss, cette femme fourbe et cruelle ne cessant de se rebeller contre son autorité. À l'aide de sa magie, elle a créé un mur invisible qui a empêché les Elfes sains d'esprit de sauver leurs êtres chers.

– Ils ont donc bu la potion.

– Sans se méfier d'aucune façon. Sous les yeux de leurs compatriotes effrayés, ils sont tous tombés sur le sable et se sont tordus de douleur pendant que leur corps se couvrait d'écailles et que leurs cheveux adoptaient les couleurs du fond marin. Au lieu de les changer en hippocampes, Nahauss les a transformés en sirènes. Irritées par l'air, leurs nouvelles branchies les ont obligés à ramper jusqu'à l'océan. Personne ne les a jamais revus après ce jour.

– Qu'est-il advenu de Nahauss ?

– Elle est retournée en riant dans son antre sur la plus haute montagne d'Osantalt.

– Y est-elle encore ?

– Non, mon ami, affirma Tehehi en riant. Même les enchanteresses finissent par mourir.

– Elle a certainement formé des apprenties.

– Je n'en sais rien. Les légendes n'en parlent pas.

– Nahauss a-t-elle forgé l'hippocampe à ce moment-là?

– Elle l'a utilisé pour procéder à la cérémonie.

– Il aurait pu me transformer en poisson? s'exclama Hadrian, horrifié.

– Si quelqu'un avait prononcé l'incantation appropriée, sans doute. Mais, à mon avis, celui qui te l'a pris doit connaître les autres propriétés de ce talisman.

– Quelles sont-elles? demanda l'ancien monarque en s'apaisant.

– Il exerce un pouvoir hypnotique sur le peuple de la mer.

– Ça ressemble davantage à l'usage qu'en ferait celui qui me l'a volé... Y a-t-il une façon de neutraliser ses pouvoirs et de le porter en toute quiétude?

– J'en doute fort, Hadrian. Je suis navré de ne pas pouvoir calmer tes appréhensions, mais tu sais aussi bien que moi que les enchanteresses ne fabriquent rien sans motifs cachés.

— Comme la mixture à base de fleurs d'Itzaman, se rappela l'ancien roi. Elle a guéri Onyx, mais a aussi coloré sa peau en bleu. Est-il possible qu'elle ait eu d'autres effets moins perceptibles sur mon ami ?

— Il faudrait le demander à celle qui l'a concoctée.

Hadrian n'avait pas du tout envie de se retrouver de nouveau en présence de Moérie, dont le principal plaisir était d'écraser les humains sous son talon.

— Je veux bien te garder pour la nuit, mon ami, mais demain, ce serait une bonne chose que tu rendes visite au jeune Roi Cameron. Il a besoin de soutien dans sa lutte contre les enchanteresses.

— Elles lui font la vie dure ?

— Disons qu'elles lui reprochent de n'être qu'un demi-Elfe et d'avoir choisi une reine humaine.

— Je suivrai ton conseil.

Hadrian prit alors quelques minutes pour inspecter la hutte circulaire dont les planches étaient taillées à la perfection. Même le toit était fabriqué d'une manière différente. Au lieu d'être constitué de perches garnies de chaume, il était construit de la même façon que les murs et recouvert de tuiles d'ardoise superposées qui ne laissaient pas passer la pluie.

— Qui a conçu ces abris ?

— Tu le demanderas à Cameron.

En fumant la pipe, Hadrian et Tehehi passèrent le reste de la journée à se raconter ce qu'ils avaient vécu durant l'inondation. L'Elfe écarquilla les yeux lorsque son ami lui décrivit comment il avait dévié le cours d'eau meurtrier jusqu'à la mer du sud, puis le félicita pour son héroïsme.

Le lendemain, après un repas de noix et de fruits en provenance du Royaume de Turquoise, Hadrian prit congé de son hôte et remonta vers le nord à travers la forêt, d'abord à pied, Staya sur ses talons. L'ancien souverain avait foulé ces terres des centaines de fois depuis sa première naissance et tous les sentiers qu'il avait appris à connaître existaient toujours.

Ils s'arrêtèrent à plusieurs reprises pour boire l'eau des sources qui n'étaient pas souillées.

Tehehi avait raison : les petits fruits avaient été emportés par les flots et les racines étaient pourries. Hadrian se félicita d'avoir apporté des provisions. Quant à elle, Staya se gavait de feuilles d'arbrisseaux, levant le nez sur l'herbe abîmée.

En arrivant au village suivant, Hadrian constata le grand nombre de maisons rondes juchées dans les airs. Il n'y avait plus une seule hutte au sol. Dans la forêt, les Elfes soignaient les arbres meurtris et prononçaient de douces incantations pour persuader la nature de renaître. Cameron sortit alors de la forêt, ayant aperçu son illustre visiteur.

— Hadrian ! se réjouit-il.

– Majesté.

Les deux hommes se serrèrent les avant-bras à la manière des Chevaliers.

– Je suis heureux de voir que les Elfes se sont rapidement relevés de cette catastrophe.

– Ils ont reçu l'aide d'une femme magnifique.

– Celle qui a conçu ces habitations aériennes ?

– En effet. N'est-ce pas une idée géniale ? Kaliska y a songé afin que nous ne soyons plus jamais victimes des intempéries.

– Elles sont en bois.

– Rassure-toi, les Elfes n'ont pas changé au point d'abattre les arbres. Elles ont été construites au Royaume de Rubis et transportées ici de façon magique.

– Par les enchanteresses ?

– Ciel, non ! s'exclama Cameron, avec une grimace de mépris. Elles se moquent éperdument de notre survie. En fait, Kaliska est sans doute la seule personne qui puisse répondre à cette question. Savais-tu qu'elle est en réalité Naalnish, la fille d'Abussos ?

– J'en ai eu des échos, en effet.

– Viens.

Cameron conduisit son visiteur jusqu'au centre du village. Même s'ils vivaient désormais dans les arbres, les Elfes se réunissaient encore dans la plus grande clairière de chaque village afin de manger ensemble et d'apprendre les traditions orales de leur peuple. Kaliska était agenouillée devant une future maman et scrutait ce qui se passait dans son ventre avec la paume de sa main.

– Tout se passe très bien, Eskielle, la rassura la guérisseuse.

Kaliska aperçut alors Cameron et Hadrian.

– Quelle belle surprise ! s'exclama-t-elle.

– Mais, tu n'étais qu'une enfant la dernière fois que je t'ai vue...

– Par inadvertance, j'ai jeté à ma famille un sort qui nous a tous fait vieillir de quelques années. Seul Lazuli y a échappé, car il se trouvait dans la tour d'Armène.

– Tu es devenue une ravissante jeune femme.

– Merci, murmura-t-elle en rougissant.

«Tiens donc, une déesse timide», songea Hadrian, amusé.

– C'est tout un honneur de me trouver en présence de la fille d'Abussos.

– Je ne m'y habitue pas moi-même, avoua-t-elle.

Cameron convia Hadrian à s'asseoir sur l'un des nombreux tatamis. Aussitôt, une jeune Elfe lui tendit un gobelet de bois contenant du jus de mangue.

– Depuis quand les Elfes cultivent-ils ce fruit? s'étonna l'ancien roi.

– Nous en avons reçu une cargaison de la part du Roi de Fal, répondit Cameron. Un geste fort apprécié, laisse-moi te dire, puisque nous avons de la difficulté à nous nourrir.

– J'ai proposé de leur enseigner à pêcher, mais ils ne veulent pas s'y résoudre, l'informa Danitza en se joignant au petit groupe.

Hadrian la salua par un baisemain.

– Nous ne mangeons pas la chair des animaux, expliqua Eskielle.

– Même quand ils meurent de faim, ajouta Danitza, découragée. Alors, nous avons lancé un appel de détresse à nos voisins. Grâce à eux, les Elfes survivront au dernier désastre qui a frappé leur royaume.

– J'adore ces maisons dans les arbres, commenta l'ancien souverain. C'est une excellente idée. Mais de quelle façon arrivent-elles jusqu'ici et surtout, qui les assemble à une hauteur pareille?

– C'est le nouveau Roi d'Émeraude, avoua Kaliska sur un ton de découragement qui n'échappa pas à son interlocuteur.

– Pour quelle raison Nemeroff fait-il tant de largesses ?

Kaliska baissa misérablement la tête.

– Il veut épouser cette belle jeune dame, alors il essaie de l'impressionner, expliqua Cameron, sans détour.

– Nous ne savons rien de Nemeroff, déclara Danitza, alors il est bien difficile de sonder ses véritables intentions.

– C'est sans doute un futur cadeau de noces, avança Hadrian.

– Je n'ai pas accepté sa demande en mariage, précisa Kaliska.

– Que ta réponse soit positive ou négative, c'est tout de même un geste qui lui bâtira une belle réputation.

– Sans doute...

– Mon père appelait ça du capital de sympathie.

L'expression fit sourire ses amis.

– Ne laisse surtout pas ce beau geste dicter les élans de ton cœur, belle enfant. N'oublie jamais que le mariage, en principe, c'est pour la vie.

– C'est en effet ce que m'ont appris mes parents.

Ayant vu ce qui l'intéressait, Hadrian refusa poliment l'invitation de ses hôtes, qui auraient bien aimé le garder quelques jours. Il voulait rentrer chez lui et réfléchir au curieux personnage qu'était Nemeroff d'Émeraude : tyrannique avec ses frères et sa sœur, philanthrope avec les Elfes et romantique avec la femme qui faisait battre son cœur. « Un futur Onyx en puissance », se dit-il.

Il marchait lentement entre les grands arbres lorsque Staya émit une courte plainte derrière lui. C'était le signal qu'utilisait la jument lorsqu'elle flairait quelque chose d'inhabituel et de potentiellement dangereux. Hadrian scruta les alentours avec ses yeux, puis allait faire la même chose avec ses sens invisibles lorsqu'une femme surgit dans le sentier.

– Moérie... la reconnut-il.

– On dirait que les éclaircissements que vous avez reçus ne vous ont pas apporté la paix, roi fantôme.

– Connaissez-vous les réponses que je cherche ?

– Votre ami impudent vous a volé un objet d'une grande valeur avec l'intention de s'assurer la loyauté des sirènes.

– J'ai l'intention de le lui reprendre.

– Ce serait une grave erreur.

Moérie esquissa un sourire mystérieux et se dirigea vers la forêt.

– Pourquoi ? s'enquit Hadrian avant qu'elle ne disparaisse entre les arbres.

– Les instruments de pouvoir n'ont pas été fabriqués pour les mortels, répondit-elle en continuant de lui tourner le dos.

– Ce n'est pas à lui que l'hippocampe a été offert.

– Qu'est-ce qui vous fait croire que c'était à vous qu'il était promis ? cracha l'enchanteresse en faisant volte-face.

Hadrian fut pris de court par sa réaction agressive.

– L'amour ? fit moqueusement Moérie. Vous êtes pathétique, Roi d'Argent. Dans toute cette affaire, vous n'avez été qu'un instrument pratique, un messager tout au plus. Le talisman ne vous a jamais été destiné. Votre rôle était de le remettre au fils d'Abussos, mais vous avez décidé de le conserver pour de futiles raisons sentimentales.

– Vous vous trompez sur les sentiments qu'éprouvait la femme qui me l'a donné, Moérie.

– Et vous vous méprenez sur les désirs des enchanteresses, simple mortel. Cette grande passion que vous pleurez n'a existé que dans votre esprit. Les Elfes magiciennes n'ont aucune attirance pour les humains, peu importe leur rang et leurs accomplissements. Elles ont leur propre destin.

Moérie se retourna et s'enfonça dans la sylve.

– Qui servez-vous ? tonna Hadrian, furieux.

– Un dieu que vous ne connaîtrez que lorsqu'il sera trop tard pour vous.

L'ancien roi serra les poings pour contenir sa colère. Peu de gens avaient réussi à le faire sortir de ses gonds depuis sa naissance. Il grimpa prestement sur le dos de Staya.

– Partons d'ici, grommela-t-il.

En réponse à sa requête, la jument partit au galop sur le sentier qui menait à la rivière.

14

POUR SE RASSURER

près sa courte conversation avec ses parents, Mahito était revenu dans son terrier pour répéter leurs conseils à Jenifael, dont il partageait désormais la vie. Elle l'écouta avec intérêt, elle aussi intriguée par cet intrus magique qui semblait circuler à sa guise à Enkidiev.

– Prévenir les gens de ne faire confiance à personne jusqu'à ce qu'il ait été identifié ? répéta-t-elle, stupéfaite. N'ont-ils pas assez souffert aux mains de sombres personnages aux desseins insondables ? Avons-nous vraiment le droit de semer la terreur dans leur cœur sans savoir nous-mêmes si ce péril existe vraiment ?

– Mon père a cessé depuis longtemps de me raconter des histoires terrifiantes pour que je reste près de lui. Pour sa part, ma mère ne sait pas mentir.

– Je ne dis pas que le danger dont ils parlent est inexistant, Hito. Je trouve simplement injuste que nous semions la panique avant de vérifier de quoi il retourne.

Jenifael se recoucha sur la fourrure qui recouvrait le lit. Mahito en fit autant, mais demeura tendu et attentif.

– Tu ne vas pas passer toute la nuit à surveiller l'entrée ? lui reprocha la déesse.

– J'ignore pourquoi je me sens obligé de le faire...

– Moi, je crois le deviner. Je voulais attendre un moment spécial pour t'en parler, mais il semble bien, avec ce qui se trame, qu'il ne viendra jamais.

– Tu parles de manière détournée.

La jeune femme prit le visage de son amant entre ses mains.

– Je sais que nous voulions attendre encore quelques années, mais le destin ne se préoccupe pas toujours de nos désirs.

– C'est encore moins clair...

– Une vie a commencé à se développer en moi.

– Un bébé ?

Le pauvre homme avait l'air si désemparé que Jenifael éclata de rire.

– Serons-nous capables d'en prendre soin ? réussit-il enfin à articuler.

– Nécessité fait loi.

— Alors, nous ne pouvons pas rester sur un territoire que le sorcier traverse à sa guise.

— Je croyais que tu tenais par-dessus tout à vivre dans le pays que ta mère avait appris à aimer ?

— Tout a changé. Nous allons devoir trouver un endroit sûr pour le bébé.

— Jure-moi que tu ne songes pas à me ramener dans l'horrible caverne sous le Désert, se hérissa Jenifael.

— Je ne t'y ai jamais maltraitée !

— Physiquement, non, mais moralement...

— La seule chose dont je suis coupable, c'est de t'avoir ouvert les yeux, ce qui t'a donné accès à ton propre cœur. Est-ce que tu le regrettes ?

— Non, mais ne recommence jamais.

Mahito l'embrassa avec tendresse, puis se blottit contre elle. Convaincue que rien ne pouvait lui arriver entre les bras de son amant, Jenifael s'endormit presque aussitôt. Elle rêva qu'elle était encore enfant et qu'elle courait dans un grand champ fleuri à l'extérieur de la forteresse d'Émeraude. Elle était en train de cueillir des marguerites, des violettes et des jacinthes pour les offrir à sa mère, lorsqu'un gros œil s'ouvrit dans le sol. Son iris était bleu comme le ciel et sa pupille verticale rappelait celles de Kira.

Jenifael poussa un cri de terreur et s'élança vers le pont-levis. Dès qu'elle eut mis le pied sur les planches, elle jeta un coup d'œil derrière elle. Une énorme bête sortit de la terre et déploya ses ailes de chauve-souris. La petite courut de toutes ses forces en direction du hall des Chevaliers afin de les alerter, mais s'arrêta net au milieu de la grande cour. L'animal était en position d'attaque devant le palais ! Jenifael cria le nom de son père juste au moment où le dragon ouvrait la gueule pour projeter sur elle un intense jet de flammes.

La jeune déesse se réveilla en hurlant d'effroi. À ses côtés, Mahito sursauta. Persuadé qu'on les attaquait, il se redressa et se changea en tigre, prêt à se battre. Ses sens invisibles sondèrent l'obscurité, mais ne localisèrent aucune source de danger. Il reprit donc sa forme humaine et attira sa compagne dans ses bras.

– Calme-toi...

– C'était un dragon bleu, aussi gros que ceux de l'Empereur noir, mais pas pareil !

– Tu as fait un cauchemar, mon amour. Je te jure qu'un animal de cette taille ne pourrait pas se faufiler dans ce terrier.

– J'étais à Émeraude...

Mahito la serra encore plus fort.

– Alors, tu vois bien que c'était un rêve. Nous sommes au Royaume de Jade.

– Je suis sûre que c'était un mauvais présage en relation avec l'intrus dont tes parents t'ont parlé.

– Comment arriverai-je à te réconforter ?

– Je veux voir ma mère.

– Tu veux partir tout de suite ?

– Oui. Je suis trop bouleversée pour utiliser ma magie, emmène-nous jusque-là.

Les jeunes gens s'habillèrent en vitesse, puis Jenifael annonça qu'elle était prête. Mahito lui prit les mains en souriant et les transporta tous les deux dans le pays du Roi Patsko. Un vent chaud souffla sur leur nuque lorsqu'ils réapparurent à quelques pas de l'imposante forteresse que les rayons de la lune rendaient encore plus blanche.

– Qui est là ? s'écria un gardien entre deux créneaux.

– Le Chevalier Jenifael d'Émeraude, fille de Bridgess et Santo de Fal, ainsi que son compagnon Mahito, fils de l'Immortel Danalieth et de la déesse Anyaguara.

Le silence du Falois montrait sa stupéfaction.

– Étais-tu obligée d'en mettre autant ? chuchota le dieu-tigre.

– Je voulais qu'il comprenne que nous ne sommes pas n'importe qui.

Le couple attendit, mais rien ne se passa. Impatient, Mahito décida d'agir. Tenant Jenifael par la main, il traversa l'épaisse porte de bois. Ils se retrouvèrent alors nez à nez avec plusieurs soldats.

– Mais comment avez-vous fait ça ? s'étonna leur chef.

– Nous sommes tous deux des créatures divines, déclara Jenifael en relevant fièrement la tête. Si nous vous avons demandé la permission d'entrer, c'était uniquement pour respecter le protocole. Maintenant, dites-moi où je peux trouver ma mère.

– Elle loge dans le palais, mais j'ignore où, milady.

– Dans ce cas, je la trouverai moi-même.

Elle poursuivit sa route avec son compagnon sous les regards médusés des hommes d'armes. Jenifael et Mahito pénétrèrent dans le bâtiment de la même manière qu'ils avaient accédé au château. Une fois dans le vestibule, la déesse scruta chaque pièce avec ses sens invisibles, jusqu'à ce qu'elle découvre l'énergie familière de Bridgess. Elle tira sur la main de Mahito et l'entraîna dans le couloir, malgré l'obscurité qui y régnait.

– Tout le monde dort, murmura le dieu-tigre.

Une porte s'ouvrit brusquement à quelques pas d'eux. En robe de nuit, Bridgess surgit dans le corridor.

– Jeni ?

– Maman !

Elle sauta dans les bras de Bridgess et la serra à lui rompre les os.

– Mais que viens-tu faire à Fal au milieu de la nuit ? s'alarma la mère.

– J'ai fait un horrible cauchemar.

Bridgess jeta un coup d'œil au jeune homme derrière sa fille. L'air découragé de ce dernier ne lui échappa pas.

– Entrez.

Elle les fit passer dans un grand salon meublé de gros coussins.

– Je vous en prie, assoyez-vous.

La femme Chevalier alluma un feu magique au milieu d'une large soucoupe en étain qui occupait le centre de la pièce.

– Dois-je réveiller Santo ? voulut-elle savoir.

– Seulement si tu penses que la menace que je ressens est bien réelle, répondit Jenifael.

Le couple prit place devant Bridgess et Jenifael raconta son cauchemar à sa mère.

– Je n'arrive pas à chasser le sentiment que quelque chose de terrible est sur le point de se produire, avoua-t-elle. Nous devons prévenir tous les Chevaliers. Ils doivent se tenir sur leurs gardes.

Bridgess prit le temps de sonder tout Enkidiev avant de prendre une telle décision.

– Pour l'instant, je ne capte aucune menace, ma chérie. Et je ne crois pas que ce soit une bonne idée de réveiller plus de deux cents braves soldats uniquement pour les informer d'un danger que nous n'arrivons pas à cerner. En fait, je pense que ce qui est vraiment urgent, c'est d'apaiser tes craintes.

– Ce n'était pas juste un rêve...

– Que dirais-tu de dormir dans notre chambre d'invités avec Mahito ? Nous reparlerons de tout ceci demain avec Santo.

– Nous acceptons, répondit le dieu-tigre pour sa belle.

S'il n'intervenait pas maintenant, Jenifael se lamenterait toute la nuit. Il l'incita donc à se lever et à suivre Bridgess jusqu'à la pièce en question. Dès que leur hôtesse eut refermé la porte, Mahito entraîna Jenifael avec lui dans le grand lit et la serra contre sa poitrine.

– Tu peux dormir sur tes deux oreilles, ma belle déesse. Je veille sur toi.

– Est-ce que tu me crois, Hito, quand je te dis que ce dragon existe vraiment ?

– Évidemment, mais je ne le laisserai jamais te faire de mal.

Mahito ne ferma l'œil que lorsque sa maîtresse fut profondément endormie. Ce furent quelques coups frappés sur la porte qui réveilla le couple, le lendemain. Jenifael alla ouvrir, s'attendant à trouver sa mère. Elle fut saisie et étreinte avec vigueur avant de reconnaître le visage souriant de Liam.

– Je suis tellement content de te revoir ! s'exclama-t-il.

Jenifael se dégagea des bras du jeune homme pour éviter une scène de jalousie de la part de Mahito.

– Jamais je n'aurais pensé que tu nous rendrais visite ici !

«Apparemment, ma mère ne leur a pas parlé du but de mon voyage», songea la déesse.

– On m'a demandé de vous convier au premier repas de la journée, ajouta Liam.

– Ça tombe bien, je meurs de faim.

Puisqu'ils n'avaient pas pris le temps de se dévêtir la veille, les deux invités suivirent aussitôt Liam. Au lieu de les conduire dans la salle à manger de la famille, il les emmena dans le hall du roi. La famille royale avait eu vent de l'arrivée nocturne de la fille adoptive de Santo et tenait à la recevoir avec tous les honneurs dus à son rang.

Jenifael s'inclina devant le Roi Patsko et la Reine Christa, ainsi que leurs fils Solorius et Karl, devenus adultes, et emmena Mahito s'asseoir à la table basse qu'on lui désignait. En admirant les visages des deux princes, ses cousins, elle se demanda pourquoi Wellan n'avait jamais cherché à les revoir. Ils étaient pourtant les enfants de sa sœur Christa. La déesse promena son regard sur l'assemblée de conseillers et aperçut la famille de Santo non loin de celle du roi, puis celle de Liam directement en face d'elle et le visage réjoui du Chevalier Lornan, qui avait choisi de vivre à Fal.

– Je suis heureux de recevoir la fille de Santo, qui est également la nièce de la reine, annonça Patsko avec fierté.

– Et c'est avec plaisir que j'accepte votre hospitalité, répliqua Jenifael, comme ses parents le lui avaient enseigné, jadis.

– Je dois cependant admettre avec honte ne rien savoir de votre compagnon.

– Mahito est le fils de l'Immortel Danalieth et de la sorcière de Jade.

Cette révélation arracha un murmure de stupéfaction à la cour.

– Mais c'est tout à fait normal qu'elle devienne la compagne d'un dieu, puisqu'elle est elle-même une divinité ! lâcha Liam.

Jenifael crut percevoir un brin de reproche dans le ton de son ami d'enfance, mais jugea préférable de ne pas réagir.

– Il semble y avoir de plus en plus de créatures célestes dans notre monde, commenta Patsko.

– Serait-ce qu'Enkidiev est plus agréable que leur paradis ? fit moqueusement Santo.

Mahito n'aurait pu le confirmer, car il n'avait jamais mis les pieds dans l'univers de ses parents. Il était né sur la terre des hommes et comptait bien y rester pour toujours.

– Qu'est-ce qui vous amène à Fal, lady Jenifael ? demanda le roi.

– J'avais envie de voir ma mère.

– C'est bien compréhensible. J'espère que vous resterez suffisamment longtemps pour jouer au moins une partie d'échecs avec moi.

– Avec grand plaisir.

Il s'agissait d'un jeu que lui avait enseigné son père lorsqu'elle était petite. Mahito, quant à lui, n'avait aucune idée de quoi il retournait, mais il se promit de le demander plus tard à sa compagne.

Jenifael analysa les nombreux plats que déposèrent sur sa table les serviteurs : pâtes garnies de viande, terrines d'épinard, couscous, salades de toutes les couleurs, galettes, omelettes, pois chiches, soupe de navet, aubergines au curcuma, tourtes au poisson, fèves baignant dans l'huile d'olive, raisins, pruneaux et abricots séchés, biscuits aux dattes et aux figues, petits fours aux amandes arrosés de miel et une impressionnante variété de pains miniatures. On ne servait aucun de ces mets à Émeraude...

Elle chercha en vain les ustensiles, mais n'en trouva pas. Mahito, qui s'adaptait facilement à toutes les situations, lava ses doigts dans le vase prévu à cet effet, puis les plongea dans la nourriture. Avec un air contraint, Jenifael l'imita. Au bout d'un moment, elle dut admettre que cette nourriture était délicieuse.

Après le repas, le Roi Patsko se retira avec les princes et les conseillers afin de s'occuper des affaires du royaume, ce qui permit à la Reine Christa de bavarder avec sa nièce.

— Ton père me manque beaucoup, avoua la sœur de Wellan.

Jenifael hésita à lui dire qu'il était pourtant encore en vie, mais qu'il avait choisi de parcourir le monde au lieu de renouer avec son ancienne famille. Elle changea plutôt de sujet et demanda si ses cousins allaient bientôt se marier.

— Les temps ont bien changé, soupira Christa. Les enfants ne veulent plus que leurs parents choisissent pour eux le meilleur parti possible. Ils rêvent du grand amour qui, malheureusement, n'existe que dans les contes.

— Croyez-moi, Altesse, rien n'est plus merveilleux que de rencontrer son âme sœur.

— Alors, Mahito et toi, ce n'est pas une union arrangée par vos parents ?

– Loin de là. Nos cœurs battent à l'unisson et c'est tout ce qui compte pour nous. Ma mère a eu de la difficulté à accepter mon choix, mais lorsqu'elle a commencé à bien connaître Mahito, elle a compris qu'il était fait pour moi.

Assis près de sa belle, le dieu-tigre ne disait pas un mot, mais il était gonflé d'orgueil.

– Laissez Solorius et Karl prendre cette décision par eux-mêmes, ajouta Jenifael. De cette façon, ils seront heureux jusqu'à leur dernier souffle.

Lorsque son entretien avec la reine fut terminé, Jenifael discuta un moment avec le Chevalier Lornan, puis ramena Mahito aux appartements de ses parents. Santo serra la déesse contre lui avec amour, puis l'embrassa sur le front.

– Où sont Famire, Djadzia et Élora ? demanda Jenifael.

– Mon frère a insisté, dès notre arrivée, pour qu'ils poursuivent leur éducation. Ils sont donc chez leur précepteur et ne seront de retour que pour le repas du soir. Je vous en prie, prenez place.

Mahito préférait de plus en plus les coussins aux sièges de bois inconfortables des autres royaumes.

– J'ai invité Liam et Mali à se joindre à nous, indiqua Bridgess en apportant un grand plateau chargé de tasses de thé.

Elle n'avait pas fini sa phrase que la porte s'ouvrait. Liam laissa passer son épouse devant lui. Elle tenait dans ses bras le plus beau poupon de tout Enkidiev. La petite Kyomi n'était plus le chétif bébé qui avait vu le jour dans le hall des Chevaliers. Même si elle était menue pour son âge, elle affichait de belles couleurs sur ses petites joues. Ses cheveux noirs hérissés sur son crâne la faisaient ressembler à un oisillon.

– Elle est tellement mignonne ! s'exclama Jenifael.

– Raisonnable, docile et dégourdie, ajouta Mali. Rien à voir avec son père.

– Aïe ! protesta Liam.

La mère déposa la petite sur un coussin et lui remit son jouet préféré : un cheval jouet en tissu garni de bourre qu'elle mordillait avec plaisir.

– Bridgess nous a parlé de ton cauchemar, fit alors Mali, inquiète. Personnellement, je pense que les rêves servent à nous faire voir des choses auxquelles nous n'avons pas suffisamment porté attention.

Liam leva les yeux au plafond.

– Il n'y a pas de dragons bleus à Émeraude, déclara-t-il. Il n'en reste qu'un rouge qui appartient à Nartrach et un deuxième de l'autre côté des volcans, chez les Pardusses. Et, de toute façon, aucun dragon ne crache le feu.

– C'est peut-être un symbole qui ne s'adresse qu'à Jenifael, avança Santo.

– Le feu détruisant le feu, murmura Bridgess.

– Ce qui n'a aucun sens, justement, insista Liam. Ce n'est pas une menace pour la fille de Theandras.

«Encore ce ton de réprobation», remarqua Jenifael, ennuyée.

– Pendant qu'elle était enceinte, Mali a longtemps vu des gens tomber du ciel dans ses cauchemars, poursuivit Liam, ce qui ne risque pas d'arriver. Attends-tu un enfant, Jeni ?

Prise de court, la jeune déesse resta interloquée.

– Est-ce la véritable raison de ta visite ? demanda Bridgess avec un sourire.

– Non... oui...

Jenifael baissa la tête, intimidée.

– C'est pour quand ? se réjouit Mali.

– Dans plusieurs mois, je pense, répondit la future maman.

– Je vous invite donc tous les deux à rester ici jusqu'à la naissance, proposa Bridgess.

– Mais si le danger que j'entrevois se concrétise, il faudra bien que je dirige les Chevaliers.

251

– Chaque chose en son temps, intervint Santo avec sagesse. Sans faire fi de l'avertissement que tu as reçu en songe, concentrons-nous d'abord sur cette belle nouvelle.

– Je viens juste de m'en rendre compte, alors je n'ai pas vraiment eu le temps de mesurer mon bonheur, avoua Jenifael.

– Je me demande bien ce que donnera le croisement d'un tigre et d'une flamme, se moqua Liam.

«C'en est assez!» fulmina intérieurement la jeune déesse. Dès qu'elle pourrait lui parler seule à seul, elle lui dirait sa façon de penser.

L'occasion se présenta durant l'après-midi, alors que Santo faisait visiter le château à Mahito et que Mali faisait une sieste avec son bébé. Jenifael localisa son ami d'enfance à la forge de la forteresse, où il était rapidement devenu le principal forgeron. Sous prétexte d'aller prendre l'air, la jeune femme prit congé de sa mère et s'y rendit en enviant les vêtements légers et colorés dont se vêtaient les Falois. Elle pénétra dans l'atelier, où régnait une chaleur étouffante.

Ne portant qu'un tablier, son pantalon et ses bottes, Liam frappait à grands coups de marteau sur une tige de fer rougie. La sueur coulait à grosses gouttes sur ses tempes, mais ne parvenait pas à le déconcentrer. Jenifael remarqua que les muscles de ses bras avaient pris du volume depuis qu'il exerçait son métier.

– Je sais que tu es là, fit le jeune homme en arrêtant son travail.

– Nous pouvons parler ici ou ailleurs.

– Il fait tout aussi chaud à l'extérieur des murs du château, alors...

Il n'eut pas le temps de lui proposer de rester dans la forge que Jenifael les avait transportés tous les deux sur la petite île au milieu de la rivière Wawki, où ils avaient l'habitude de s'isoler pour parler de choses sérieuses lorsqu'ils étaient plus jeunes. Le vent frais ravigota aussitôt le jeune homme.

– J'avais oublié cet endroit, avoua-t-il.

Il s'agenouilla sur la berge et s'aspergea le visage.

– Pourquoi me piques-tu constamment au vif depuis que je suis arrivée ?

– Je n'ai rien fait de tel, protesta Liam en se retournant.

– Tu n'as pas cessé de me faire des remarques désobligeantes !

Liam la brûla du regard en gardant le silence, mais Jenifael eut le temps de voir ce qui se passait dans son cœur.

– Comment peux-tu être jaloux de Mahito, alors que tu as épousé une femme aussi merveilleuse que Mali ? s'exclama-t-elle, étonnée.

– Ce n'était pas mon premier choix, laissa durement tomber le forgeron.

– Nous avons été élevés ensemble, Liam. Tu as été le frère que je rêvais d'avoir.

– Tant mieux pour toi.

– Pourquoi ne m'as-tu pas parlé de tes sentiments avant aujourd'hui ?

– Parce que tu me traitais comme un frère, justement.

– J'espère que tu te rends compte que c'est trop tard et que tu dois renoncer à cet amour impossible. Je ne te laisserai jamais déserter Mali et je ne renoncerai jamais non plus à ce que je ressens pour Mahito.

Liam étouffa sa colère.

– Si tu te sens incapable de contenir ta déception en ma présence, alors je t'éviterai. Il serait vraiment malheureux que notre amitié se termine de cette façon, mais je ne me laisserai pas malmener de la sorte sans rien faire.

– Tu es toujours aussi intransigeante que lorsque nous étions petits.

– Je suis qui je suis, que ça te plaise ou non.

Le jeune homme demeura silencieux pendant quelques minutes. Jenifael ne le pressa pas, car elle savait qu'il était en train de réfléchir.

– Je ferai un effort, grommela-t-il finalement.

– C'est tout ce que je demande.

Elle l'embrassa sur la joue et les ramena dans la forge de Fal.

– Si tu recommences à me piquer, tu auras affaire à mes flammes, le taquina-t-elle.

– Ce n'est pas comme si je n'y étais pas déjà habitué, répliqua Liam en pointant son fourneau.

D'un cœur plus léger, Jenifael retourna aux appartements de ses parents. Sa mère l'y attendait avec plusieurs churidars de toutes les couleurs.

– Tu as lu mes pensées, on dirait ! s'égaya la déesse.

– Ta tenue jadoise est très jolie, mais bien trop ajustée pour une femme qui va bientôt voir son ventre grossir toutes les semaines. À mon avis, tu seras beaucoup plus à l'aise dans une robe qui n'est serrée que sous les seins.

– Je mourais d'envie d'essayer un tel vêtement, surtout quand j'ai vu que Mali et toi les aviez adoptés.

Jenifael eut du mal à choisir entre le turquoise, le jaune éclatant, le rouge cerise, le rose Myrialuna, le violet, l'argent, l'or et le vert. Elle prit donc chaque robe et la plaça devant elle en se contemplant dans la psyché de la chambre.

– Tu n'es pas obligée de choisir, tu sais, lui dit Bridgess. Elles sont toutes à toi.

– Vraiment ?

– Santo et moi te les offrons.

– Vous êtes formidables !

Jenifael se dévêtit pour enfiler le churidar vert, qui offrait un contraste frappant avec ses longs cheveux blond roux.

– Oh, merci ! s'exclama-t-elle en tournant sur elle-même pour soulever le bas de la robe.

Elle se reposa toute la journée et, avant le dernier repas de la journée, bavarda avec ses petites sœurs qui lui racontèrent en détail tout ce qu'elles avaient appris depuis qu'elles habitaient dans ce doux pays du sud. Pour sa part, Famire préféra la regarder de loin. «Pas un autre qui m'en veut», se désespéra la déesse.

– Il te trouve belle, chuchota Djadzia à son oreille.

– Surtout en vert, ajouta la petite Élora.

Ce soir-là, la famille mangea dans ses appartements, ce qui permit à tout le monde d'échanger librement. S'il n'adressait pas la parole à sa sœur, Famire se lia par contre facilement d'amitié avec Mahito. Il écouta religieusement les récits de voyage du dieu-tigre, qui avait visité tous les royaumes d'Enkidiev et plusieurs pays d'Enlilkisar.

La nuit venue, Jenifael se blottit dans le dos de son amant mais, craintive, n'arriva pas à dormir. Alors, elle se leva et se rendit à pas feutrés jusqu'au balcon qui surplombait le Désert. « C'est là qu'il m'a retenue prisonnière », se rappela-t-elle. Une femme apparut alors à côté d'elle, la faisant sursauter. Les yeux rouge feu de la visiteuse lui révélèrent aussitôt son identité.

– Mère, la salua Jenifael.

– Je suis heureuse de constater que tu vas bien et, surtout, que tu ne regrettes pas tes choix, répliqua Theandras.

– J'ai parfois du mal à accepter l'inévitable, mais je finis par m'y soumettre.

– Je vais donc être grand-mère.

– C'est bien ce qu'il semble. Est-il trop tôt pour deviner le sexe de mon bébé ?

– Ce sera un garçon. Il aura évidemment toute ma protection.

– À moins que le monde ait cessé d'exister lorsqu'il sera prêt à naître...

– Nous avons eu vent que les dieux-rapaces et les dieux-félins ont commis des bévues, mais je ne crois pas que cela suffise à persuader Abussos de détruire cet univers.

– Une autre énergie circule à Enkidiev, mère. Nous pensons que c'est un sorcier.

– Alors, laisse-moi m'en occuper.

— Connaissez-vous l'avenir des hommes ?

— Les dieux peuvent faire des prévisions fondées sur ce qu'ils observent, mais ils ne sont pas devins.

— Seul un augure pourrait donc répondre à ma question.

— Ils sont rares et ils ne s'affichent pas ouvertement, mais il y en a en effet quelques-uns encore vivants. Je t'en prie, cesse de t'en faire avec tout ça. C'est la responsabilité des dieux de veiller sur vous.

— Merci, mère.

Theandras caressa doucement la joue de sa fille et s'évanouit comme un mirage. « Elle ne m'a même pas parlé d'Hadrian ou de Mahito », s'étonna Jenifael en respirant l'air du soir. Elle se mit alors à observer les étoiles, afin de confirmer que les prochaines années seraient aussi sereines que la déesse du feu le prétendait.

15

LES MAGES

Se fiant aux légendes transmises de génération en génération par les Elfes avant lui, Hamil avait mis le cap vers l'endroit où il croyait trouver l'île de ses ancêtres : Osantalt la grande, la puissante, le berceau de la civilisation. Les conteurs prétendaient que le soleil y brillait plus souvent qu'ailleurs et que toutes les plantes y poussaient. C'était un monde enchanté, où personne n'avait besoin de pleurer et où chacun était utile. Au début des temps, les Elfes avaient adoré Abussos, le dieu fondateur, mais un terrible impair commis par l'enchanteresse d'Osantalt les avait coupés de tout ce qui était divin.

C'est alors qu'arriva sur l'île parfaite un Immortel qui portait le nom de Danalieth. Parandar l'avait envoyé sur Irianeth, afin de rendre ses habitants insectes moins agressifs, mais Danalieth avait aperçu Osantalt sur sa route et il s'y était arrêté. Après avoir étudié les Elfes pendant de longues années, il avait appris à apprécier leur poésie, leur musique, leur joaillerie et leur savoir scientifique, mais il avait aussi déploré la sécheresse de leur cœur. Ces magnifiques créatures ne connaissaient ni la joie, ni la peine. Elles vivaient dans un curieux coma émotif qui ne leur permettait pas de s'améliorer. Les Elfes n'aimant pas le changement, et désirant vivre exactement de la même façon que leurs ancêtres, plusieurs centaines d'années auparavant, leur roi avait entassé sur des voiliers une faction de jeunes gens qui exigeaient des modifications à leurs coutumes et les avait exilés. Ce groupe était finalement arrivé à Enkidiev.

La position exacte de l'île s'était perdue au fil des ans. Les Elfes se souvenaient seulement qu'elle se trouvait dans les mers du sud. Guidé uniquement par son intuition, c'était de ce côté que Hamil avait mis le cap. Il avait arrimé plusieurs barils de vivres au fond de la longue embarcation qu'il avait sculptée avec amour dans le tronc d'un arbre géant déraciné par un ouragan. Il ne pourrait évidemment pas tenir un an, mais il avait espoir de rencontrer d'autres îles pour se ravitailler avant d'atteindre celle qu'il cherchait.

Quelques semaines seulement après son départ, il fut réveillé par les cris perçants d'oiseaux de mer. La terre était donc proche, mais laquelle ? Il se leva et regarda au loin. La vue des Elfes étant perçante, il n'eut aucun mal à la repérer. Ce nouveau pays était si vaste que Hamil ne put dire s'il s'agissait d'une île ou d'un continent. Il s'y dirigea donc avec prudence, cherchant à déceler sur la plage la présence d'habitants ou d'animaux.

Il n'était qu'à quelques kilomètres à peine lorsqu'il distingua de somptueuses demeures entre les arbres. Leur structure arrondie lui rappela tout de suite les récits de son enfance. À la différence des humains, les Elfes d'Osantalt affectionnaient les formes harmonieuses qui laissaient circuler l'énergie.

— Suis-je enfin revenu chez moi ? murmura Hamil, ému.

Il laissa la coque de son embarcation s'enliser dans le sable fin de la plage et sauta dans l'eau en humant les doux parfums de fleurs qui se répandaient sur le rivage. Au loin, sur un sentier de petits cailloux blancs qui descendait jusqu'à l'océan, Hamil aperçut une dizaine de personnes vêtues de longues tuniques blanches, lavande et vert clair. Elles portaient des sandales de paille tressées, et à travers leurs cheveux blonds sortaient des oreilles pointues. D'un pas tranquille, elles avançaient vers le petit bateau échoué. Une immense joie envahit Hamil. Les étrangers firent apparemment les mêmes constatations que lui, puisqu'un large sourire illumina leur visage.

— Sommes-nous victimes d'une hallucination ? demanda l'un d'eux en s'arrêtant devant le naufragé.

— Je suis tout ce qu'il y a de plus réel, affirma Hamil. Suis-je à Osantalt ?

— Oui, c'est bien ici. Tu sembles être des nôtres et pourtant, nous ne te connaissons pas.

— J'arrive de très loin.

Les Elfes échangèrent un regard interrogateur, qui força Hamil à s'expliquer davantage.

— Il y a fort longtemps, de jeunes Elfes téméraires ont été exilés par votre roi. Je suis l'un de leurs descendants.

— Vous ne nous avez donc jamais oubliés.

– Certaines informations à votre sujet sont devenues nébuleuses au fil du temps, mais nous avons conservé dans notre mémoire le souvenir de notre mère patrie.

D'un gracieux geste de la main, l'un des Elfes tira magiquement l'embarcation sur le rivage pour qu'elle ne soit pas emportée par le ressac.

– Je m'appelle Telemni, se présenta-t-il. Bienvenue chez toi, mon frère.

– Je suis Hamil de votre colonie d'Enkidiev et je suis vraiment heureux de vous avoir trouvés.

– Suis-nous jusqu'à la cité. Les mages voudront certainement t'interroger sur les événements qui ont suivi le départ de nos jeunes rebelles.

Hamil retira sa besace de son bateau et marcha avec les Elfes, espérant qu'il n'était pas en train de rêver en pleine mer, bercé par les vagues.

– Vous arrivez à un moment sacré de l'année, lui révéla Telemni. Nous sommes sur le point d'entamer les rites de grâce.

Hamil en avait entendu parler dans une chanson que les siens enseignaient aux enfants. Elle racontait que les Anciens avaient choisi le plus long jour de l'année pour remercier le ciel de les avoir créés dans un monde parfait. Les Elfes avaient perpétué cette cérémonie à leur arrivée, mais elle avait été mise de côté après la première invasion des Tanieths, car leurs terres avaient été ravagées et n'avaient plus rien en commun avec l'île parfaite.

Il marcha avec ces lointains cousins jusqu'à la cité coincée entre la mer et un imposant volcan. Elle était presque aussi vaste que tout son royaume à Enkidiev. Contrairement à leurs descendants, ces Elfes ne vivaient pas dans des huttes de bambou, mais dans d'exquises maisons en pierres blanches sculptées. Elles ressemblaient davantage à des œuvres d'art qu'à des logis. Toutes différentes, elles rivalisaient de beauté. Leur architecture s'inspirait des fleurs, des plantes, des animaux et même des poissons. Devant leur entrée principale et la plupart de leurs fenêtres étaient accrochés des rideaux de perles brillantes. Hamil remarqua aussi que sur les branches des arbres autour de ces demeures pendaient des mobiles regroupant des breloques et de petites statuettes en or et en argent, agencées de telle sorte qu'elles prenaient des positions variées sous l'influence du vent en produisant des cliquetis cristallins.

Les Elfes s'arrêtèrent devant un imposant édifice de deux étages dont la façade imitait une formation nuageuse. Telemni écarta les perles de la porte et laissa passer Hamil devant lui. L'odeur pénétrante de l'encens flottait dans l'air. Le long des murs, de petites lampes à l'huile brûlaient sur des guéridons de fer forgé.

Deux hommes et une femme sortirent alors de l'ombre. Leurs cheveux tout blancs et les pattes d'oie dans le coin de leurs yeux indiquaient qu'ils étaient les plus vieux résidents d'Osantalt.

– Le voilà, maîtres.

Ils examinèrent l'étranger en silence.

– Voici les mages Ancali, Berenil et Seremelle, chuchota Telemni à l'oreille de Hamil.

– C'est un honneur de me trouver en votre présence, fit respectueusement l'ancien Roi des Elfes.

– Tu t'appelles Hamil, lui dit Seremelle avec un sourire.

– C'est exact... s'étonna-t-il.

– Tu n'es décidément pas de ceux qui ont été victimes du mauvais sort de Nahauss, conclut Berenil, qui ne voyait aucune écaille sur sa peau.

– Alors, tu dois faire partie des exilés, devina Ancali.

– Je suis de la cinquième génération de ces gens.

Seremelle lui fit signe d'entrer dans la pièce suivante. Telemni courba la tête devant les mages et quitta la maison avec ses amis. Hamil s'assit sur une bergère sculptée dans du chêne blanc tandis que les Anciens en faisaient autant devant lui.

– Seremelle a prédit ta venue il y a déjà plus de cent ans, lui apprit Ancali, mais nous ne l'avons pas crue.

– Même les plus sages parmi les hommes d'Osantalt ne possèdent pas l'intuition d'une femme, les taquina Seremelle avec un sourire.

– Mais comment ? s'enquit Hamil.

– Je t'ai vu voguer sur l'océan, seul dans une longue embarcation semblable à celles que fabriquaient nos ancêtres jadis.

– Vous êtes une prophétesse ?

– Tous les habitants de cette île peuvent prédire l'avenir.

– Mais certains sont plus doués que d'autres, ajouta Berenil.

– Ce qui nous réjouit, aujourd'hui, intervint Ancali, c'est d'apprendre que les Elfes qui nous ont quittés ont réussi à trouver une autre terre où ils ont prospéré.

– Parle-nous de cette traversée, le pria Seremelle.

– Ce que j'en sais, je le tiens des conteurs, commença Hamil.

– Vous avez conservé cette tradition, se réjouit Berenil.

– Je suis certain que d'autres ont été perdues, mais nous avons fait en sorte de sauvegarder autant de coutumes que possible dans un pays beaucoup moins hospitalier que notre mère patrie. Les légendes racontent que Danalieth savait exactement où il conduisait les exilés et que son but n'était pas de les séparer de leurs racines, mais plutôt de leur fournir l'occasion de vivre des expériences différentes. Il disait que c'était dans l'adversité qu'un homme mesurait sa véritable force.

– Et, apparemment, puisque tu es ici, il a eu raison, constata Ancali.

– Les Elfes qui ont débarqué à Enkidiev ont rapidement découvert que tous les territoires étaient déjà habités, poursuivit Hamil. Un petit groupe a poursuivi sa route jusqu'à la montagne de Béryl tandis que les autres se sont liés d'amitié avec les Fées, de douces créatures magiques, qui leur ont cédé une partie de leur royaume.

– Les Fées ? répéta Seremelle avec grand intérêt. Il faudra m'en laisser voir une, tout à l'heure.

– Oui, bien sûr, accepta Hamil sans trop savoir comment.

– Je t'en prie, continue, s'impatienta Berenil.

– Mes ancêtres possédaient une magie bien différente de celle des Fées, qui maîtrisent non seulement leur environnement, mais également le climat de leurs terres. Ils ont donc été soumis aux changements de saison et ont dû s'y adapter. S'ils ont commencé à construire des huttes végétales, c'est sans doute que la pierre blanche des maisons d'Osantalt n'existe pas à Enkidiev. Ce fut la même chose pour l'étoffe de leurs vêtements, qui est moins légère que la vôtre. Elle devait leur fournir de la fraîcheur durant la saison chaude et les protéger du froid durant celle des pluies.

– Il pleut pendant toute une saison ? s'étonna Seremelle.

– La nature s'endort et se réveille dès les premiers jours chauds.

– Comme c'est intéressant... Ici, il pleut quelques heures toutes les nuits et il ne fait jamais froid. Mais que mangez-vous durant ces longs mois humides ?

– Tout ce que nous avons cueilli et mis de côté durant les jours chauds.

– La vie est donc plus dure loin de notre île, observa Ancali.

– Nous ne nous en plaignons pas, affirma Hamil. Au fil des siècles, nous avons fabriqué ce dont nous avions besoin.

– Y a-t-il des forgerons, des luthiers et des joailliers parmi vous ? s'enquit Berenil.

– Non, faute de matériel. Nous vivons dans la forêt et nous n'avons accès à aucune mine. De plus, nous n'abattons pas les arbres pour en faire des meubles ou des instruments de musique. Nous n'utilisons que le bois mort.

– Comme c'est curieux.

– Pourquoi as-tu risqué ta vie pour retrouver Osantalt ? demanda Seremelle.

– J'ai longtemps été le Roi des Elfes d'Enkidiev et je viens tout juste de céder ma place à mon petit-fils. Je ne voulais pas qu'il règne dans mon ombre, alors j'en ai profité pour réaliser mon vieux rêve de voir cette île avant ma mort.

Un jeune Elfe d'une dizaine d'années entra dans la pièce et s'inclina devant les mages.

– Le Roi Thorann aimerait vous recevoir ainsi que votre invité à sa table tout à l'heure, annonça-t-il.

– Dis-lui que nous serons là.

L'enfant disparut en courant.

– Pendant que nous avons encore un peu de temps, pourrais-tu me faire voir ton pays ? demanda Seremelle à Hamil.

– De quelle façon ?

La femme mage se leva et alla se poster derrière la chaise de l'ancien roi. Elle plaça ses mains sur ses tempes et ferma les yeux. Hamil se sentit devenir très las et se mit à rêver. En réalité, c'était Seremelle qui lui faisait revivre les moments les plus importants de sa vie. Lorsqu'elle le libéra, il s'était écoulé tout près de deux heures.

– Le roi nous attend, leur rappela Berenil.

Ancali aida Hamil à marcher jusqu'au palais, un bâtiment encore plus imposant que celui des mages. Des centaines d'Elfes étaient assis autour d'une multitude de tables rondes.

Ils cessèrent de discuter lorsque l'étranger fit son entrée dans le grand hall. «Ce sont sûrement mes vêtements qui les intriguent», se dit Hamil en s'arrêtant devant un homme qui portait une tunique opaline et un diadème en or finement ouvragé.

– Je suis le Roi Thorann d'Osantalt.

– Hamil d'Enkidiev, à votre service, Votre Majesté.

– Viens t'asseoir avec moi, brave loup de mer.

Hamil contourna la table pour prendre place près du roi.

– Est-ce que tu as fui ton pays ? lui demanda Thorann sans détour.

– Non. Je l'ai laissé à Cameron, mon petit-fils.

– Je te le demande parce que l'enchanteresse a vu des choses troublantes à la surface de la vasque magique.

«Les pauvres, ils sont encore aux prises avec ces sorcières», se désola intérieurement Hamil.

– Si vous faites référence à la fonte des neiges, sachez que...

– Non, intervint alors une femme qui s'était levée dans l'assemblée. Ce que j'ai vu, c'était une destruction beaucoup plus importante causée par la main de l'homme.

— Rien de tel ne s'est encore produit à Enkidiev, affirma Hamil.

— Aetnaelle, s'il n'est pas responsable de cette dévastation, un peu plus de civilité est de mise, intervint le roi.

— J'aimerais tout de même savoir si mon peuple est en danger, supplia Hamil.

— Tous les habitants de ce monde le seront, prédit l'enchanteresse en jetant un grand froid sur l'assemblée.

— Je dois donc retourner chez moi...

— Il est trop tard, roi des arbres.

— Dans mon pays, on ne baisse pas si facilement les bras.

— Il aurait fallu agir avant.

— Aetnaelle, c'en est assez, ordonna Thorann.

L'enchanteresse jeta un regard courroucé à son souverain et quitta le hall sans se retourner.

— Veuillez pardonner son impertinence, s'excusa le souverain.

— J'ai l'habitude des enchanteresses et, chez moi, elles sont encore plus menaçantes.

– À mon avis, l'univers leur a donné trop de pouvoirs. Malheureusement, on ne peut plus les leur reprendre.

Thorann questionna Hamil pendant tout le repas sur la société des Elfes d'Enkidiev, leur vie quotidienne, leurs croyances, leurs habitudes alimentaires. Tout l'intéressait. Il l'emmena ensuite visiter la cité à pied, lui indiquant l'utilité des divers édifices et lui racontant en même temps l'histoire des siens.

Le soir venu, le roi fit conduire son invité dans une des chambres de son palais. Les meubles étaient d'un style raffiné et les couvertures du lit étaient de la même étoffe que les vêtements des habitants d'Osantalt. Un autre luxe surprit beaucoup le roi : la pièce était équipée, d'un côté, d'une installation sanitaire avec une chaise percée d'un trou et, sur le mur d'en face, d'un tuyau muni d'une chaînette à la hauteur de son visage. Par curiosité, Hamil la tira et son geste fit jaillir un jet d'eau chaude et aromatique. À Enkidiev, les Elfes se nettoyaient le corps dans la rivière...

Il se dévêtit et remarqua sur la commode les flacons transparents remplis d'une crème onctueuse. Un parfum suave se répandit dans la pièce dès qu'il en déboucha un. Il versa une petite quantité de la lotion dans sa main et il alla se laver sous la douche. Il se glissa ensuite entre les draps et se mit à penser à tout ce qui s'était produit ce jour-là. « Il est malheureux que je ne puisse pas raconter cette histoire à Cameron », regretta-t-il.

Il entendit alors des pas feutrés et se redressa. Dans la pénombre, il distingua la silhouette d'une femme.

– Aucun homme ne voyage seul, laissa tomber Aetnaelle.

– Sauf ceux qui ont suffisamment de jugement pour ne pas entraîner leurs semblables dans des aventures hasardeuses.

– Tu étais prêt à mourir pour trouver Osantalt ?

– Qui ne risque rien n'a rien.

– Tu es une créature étrange, Roi Hamil, mais ta présence ici n'est pas le fruit du hasard. Rien n'arrive jamais pour rien.

– Je me sens plutôt lâche de me trouver dans ce paradis tandis que mon peuple s'apprête à souffrir.

– La surface de la vasque est encore trouble, mais mon intuition me dit que tu auras un rôle à jouer dans les événements à venir.

– Pourquoi m'avoir injurié devant tout le monde et venir me rassurer maintenant ?

– Je ne suis nullement obligée de justifier mes paroles à qui que ce soit.

– Chez moi, on appelle cela du remords.

L'enchanteresse tourna les talons et quitta la chambre, aussi silencieuse qu'un chat.

« J'aimerais bien savoir ce qu'est une vasque », se dit Hamil en se recouchant. Toutefois, ce qui le tortura la moitié de la nuit fut l'influence qu'il aurait sur la catastrophe qui guettait Enkidiev, alors qu'il se trouvait à des lieues du continent. «Et j'ai laissé mon royaume entre les mains d'un jeune roi inexpérimenté...» regretta-t-il.

16

LE COLLIER

Onyx, Napashni et Wellan se reposèrent quelque temps chez les Itzamans, un peuple qui n'avait pas été difficile à rallier sous la bannière du nouvel empire. Le duel de la prêtresse Mixilzin contre son ancien mari l'avait beaucoup plus affaiblie qu'elle n'était prête à l'avouer. «C'est sûrement à cause de l'enfant qui grandit en moi», se dit-elle. Ne voulant pas être jugée par le peuple, qui ne comprenait pas pourquoi elle avait dû tuer Cuzpanki, Napashni s'isola sur le bord de la mer pendant que son compagnon expliquait les obligations d'une régence au prince et ses conseillers.

Assise sur le sable, les pieds dans l'eau, Napashni regardait au large en repensant à ce qu'elle avait fait. Certes, Cuzpanki l'avait défiée et insultée, mais elle aurait pu se contenter de le blesser. Dans un accès de rage, elle l'avait décapité...

Quelqu'un s'assit près d'elle. Elle ne vit d'abord que les jambes musclées de cette personne, puis fit remonter son regard jusqu'à son visage. Ne le reconnaissant pas, elle fit un bond de côté et sortit son poignard.

– C'est moi, Wellan, lui dit l'étranger blond aux yeux bleus.

— Pas celui d'Enkidiev, riposta-t-elle, prête à se battre.

— Onyx m'a redonné la même apparence que lorsque j'avais vingt ans dans ma première incarnation.

— Pourquoi aurait-il fait ça ?

— Parce qu'il a eu pitié de moi. Il n'est pas aussi facile qu'on le pense de passer d'un corps robuste à un corps délicat. Depuis que Theandras m'a redonné la vie, je n'ai cessé de sursauter en me regardant dans un miroir.

— Onyx est puissant, mais je doute qu'il puisse changer le visage de quelqu'un.

— Les pouvoirs des dieux sont illimités.

Napashni ne se gêna pas pour étudier plus attentivement les traits de ce jeune homme qui s'était aussi transformé en animal inquiétant la veille.

— Si Anyaguara est capable de me métamorphoser en monstre volant, il a sans doute été facile pour un dieu qui lui est supérieur de me rendre mon enveloppe corporelle de jadis, ajouta Wellan. Je pense surtout qu'il l'a fait parce que je lui serai plus utile avec ces bras.

— Il est vrai que tu étais maigrelet, si c'est bien toi.

— Si tu as besoin de t'en assurer, pose-moi une question dont seul Wellan connaît la réponse.

– Qui est le véritable père d'Onyx ?

– C'est Abussos, qui est aussi le tien et celui de Lazuli, mon père, ce qui fait de moi votre neveu à tous les deux.

– Ce n'est pas parce qu'on peut se métamorphoser qu'on est forcément un dieu, répliqua Napashni.

– Les Sholiens sont pourtant persuadés du contraire. J'ai lu plusieurs de leurs ouvrages avant qu'ils me soient enlevés et la hiérarchie céleste est très simple. Abussos et Lessien Idril ont conçu huit enfants dans la foudre. Puisque les dragons Aufaniae et Aiapaec sont les seuls qu'ils ont régulièrement côtoyés et que ces derniers se complètent à merveille, ils étaient loin de se douter que les six autres affichaient des traits nettement opposés.

– L'ombre et la lumière...

– Nayati opposé à Lazuli, Nashoba à Nahélé et Napashni à Naalnish.

– Je ne suis pas une mauvaise personne, se défendit la prêtresse.

– Mais le potentiel d'en devenir une demeure en toi, tout comme en Onyx et en Nayati.

– Je refuse de croire à ces sottises...

– Les Sholiens n'ont porté aucun jugement sur la dualité des enfants des dieux fondateurs. Ils n'ont que rapporté des faits. Une personne n'est pas obligée non plus de donner libre cours à ses penchants destructeurs. Celle qui arrive à maîtriser ses sombres instincts est à mes yeux une véritable divinité.

— Je me suis laissé emporter par ma colère...

— Moi aussi, à de nombreuses reprises, dans ma vie précédente, admit Wellan, mais je me suis amélioré et c'est ce qui compte. Il est trop facile de ne rien faire pour changer.

— Je ne voulais pas tuer Cuzpanki...

— Il nous arrive malheureusement de rencontrer des gens avec lesquels il est impossible de négocier. Ton mari était en proie à une si grande douleur émotionnelle qu'il n'a pas écouté tes paroles.

— Je ne m'en remettrai jamais...

— Tu pourrais trouver l'absolution auprès des quelques Mixilzins qui ont survécu à l'inondation.

Napashni plissa le front en se rappelant que c'étaient eux qui l'avaient chassée de son foyer.

— Je suis content de pouvoir bavarder avec toi, mais j'ai besoin de me délier les muscles, déclara Wellan en se levant.

La prêtresse remarqua alors qu'il ne portait qu'un pagne à la façon des Itzamans tandis qu'il entrait dans l'eau.

– Je ne veux pas abîmer la seule tenue qu'Onyx a bien voulu me fournir, plaisanta-t-il en lisant les pensées de la déesse-griffon.

Wellan plongea dans les vagues et nagea contre le ressac. Napashni l'observa pendant un moment, puis retourna au village en réfléchissant à son conseil. «Ai-je vraiment envie d'affronter les regards de mes semblables?» se demanda-t-elle. «Ce que j'ai fait est impardonnable.» Elle se dirigea vers le palais, où Onyx était désormais seul, et s'assit près de lui.

– C'est ta grossesse qui te met dans un état pareil? demanda-t-il en apercevant sa mine renfrognée.

– Non, c'est ma conscience. Combien de Mixilzins ont échappé à la mort?

– Une cinquantaine, peut-être.

– Ne te sens-tu pas coupable d'avoir causé leur perte?

– Pas après ce qu'ils t'ont fait. Es-tu en train de me reprocher d'avoir vengé ton honneur?

– Ils m'ont seulement bannie de leurs terres...

– Et moi, je les ai bannis des miennes.

– Tu prétends qu'Abussos condamne les sacrifices humains et, pourtant, tu n'as pas hésité à décimer les Mixilzins.

– Il n'y a que toi qui saches que j'ai fait couler un nouveau fleuve là où ils vivaient.

– Es-tu en train d'acheter mon silence ?

– Je n'ai pas besoin de faire de menaces pour me faire obéir, Napashni.

Elle se mordit les lèvres avec hésitation.

– Mon geste remet-il en question tes sentiments pour moi ? poursuivit-il.

– Non. Je continue d'éprouver de l'amour et de l'admiration pour toi. Ce sont nos nouvelles règles de vie qui ne me semblent plus très claires. Quand devons-nous prôner la paix ? Quand devons-nous sévir ?

– Chaque situation est différente. Le but de notre intervention est de rallier tous les peuples, mais il n'a jamais été question que nous nous laissions intimider par nos ennemis. J'avais besoin de ce fleuve pour protéger An-Anshar et, au lieu de fuir en voyant arriver le torrent, les Mixilzins sont restés plantés là à l'observer.

– Ils n'ont pas saisi la portée du danger.

– Pendant que tu te tortures au sujet de cet événement qu'on ne peut plus changer, pourrais-tu me remettre la carte que je t'ai confiée ?

– Je ne me torture pas ! s'exclama-t-elle en la sortant de la petite bourse qui pendait à sa ceinture.

Onyx la déplia et l'ouvrit sur le sol devant lui. « Comment peut-il mettre aussi facilement cette tragédie de côté ? » s'étonna Napashni.

– Nous sommes ici, indiqua son amant en appuyant l'index sur le pays des Itzamans. Logiquement, ma prochaine étape serait de convertir les Hidatsas à ma cause.

– Je ne sais rien d'eux.

– Alors que j'étais à la recherche de ma fille, j'ai traversé tout ce continent. Je me souviens d'avoir rencontré quelques-uns de leurs jeunes chasseurs. Maintenant que j'y pense, ils ressemblaient à des Hokous géants, mais armés jusqu'aux dents.

Napashni ne pouvait même pas imaginer ces pacifiques habitants d'Irianeth autrement qu'avec des ustensiles dans les mains.

– Je ne crois pas que ce soit une société dirigée par des femmes comme les Tepecoalts, poursuivit Onyx. Il n'y avait que des hommes dans le groupe.

– Peut-être devrions-nous rentrer au château pour interroger Lyxus, suggéra la prêtresse.

– Voyons d'abord ce que nous pouvons découvrir à partir d'ici.

Onyx replia la carte et la redonna à sa maîtresse. Il promena son regard au loin et aperçut celui qu'il cherchait.

– Tu viens?

– Où ça? s'enquit Napashni en se redressant.

– Allons bavarder avec quelqu'un qui possède une meilleure connaissance de la guerre que nous sur ce continent.

Ils marchèrent jusqu'au puits du village, qui ressemblait davantage à un grand bassin circulaire. Quelque chose obstruait les nombreux orifices pratiqués dans la stèle au milieu de la fontaine et Sévétouaca tentait de les déboucher avec la pointe de sa lance.

– Besoin d'aide? offrit Onyx en s'approchant.

«Que va-t-il encore faire?» se demanda Napashni, à ses côtés.

– De temps en temps, de petites pierres remontent et empêchent l'eau de jaillir, expliqua le soldat.

– Tu ferais mieux de reculer.

Ayant déjà vu les pouvoirs d'Onyx à l'œuvre, Sévétouaca sortit du puits et fit quelques pas en arrière. Utilisant son esprit, le renégat pénétra dans chaque trou et descendit dans les profondeurs de la terre. Ce n'étaient pas des cailloux qui gênaient le fonctionnement de la fontaine, mais des dépôts de calcaire. Il n'eut donc qu'à les faire disparaître pour que l'eau remonte à la surface.

— Et voilà ! annonça Onyx avec un sourire. J'aimerais que tu m'accordes quelques minutes.

— Vous n'aviez pas besoin de faire mon travail à ma place pour que j'accepte.

Le trio alla s'installer à l'ombre, près du mur du palais.

— Dites-moi ce que je peux faire, offrit Sévétouaca, fier de pouvoir rendre service à Onyx.

— Que sais-tu des Hidatsas ?

— Ils habitent de l'autre côté de la frontière est du pays des Tepecoalts. On dit que ce sont de redoutables guerriers et que les Tepecoalts n'ont jamais réussi à en capturer pour leurs sacrifices.

— Quels dieux adorent-ils ?

— Solis et Étanna, comme nous il n'y a pas si longtemps, mais en raison de leur situation, nous n'avons jamais eu beaucoup de contacts avec eux. Une partie de leurs terres touchent la mer, mais les Hidatsas craignent les Ipocans, alors ils ont bâti leurs cités loin de ses rivages.

— Pourquoi redoutent-ils les Ipocans ?

– Une vieille histoire de trahison, apparemment. Ces créatures marines ne sont pas aussi inoffensives que vous semblez le croire. Elles ont imposé leur domination à tous les habitants de la côte il y a fort longtemps et elles continuent de faire leur loi sur l'eau. À cause de cela, très peu de peuples peuvent vivre des bienfaits de l'océan.

– Y a-t-il autre chose que je devrais savoir?

– Il n'est pas prudent de vous aventurer chez les Hidatsas.

– Mon but est de rassembler tous les pays d'Enlilkisar et ils en font partie.

– C'est trop dangereux.

– Je n'ai pas l'habitude de reculer devant le danger, Sévétouaca.

– Alors, je vous fournirai une armée.

– Cela irait à l'encontre de mes efforts d'unification pacifique.

Onyx s'aperçut que Napashni ne les écoutait plus.

– Je ne te retiens pas plus longtemps, mon brave, et je te remercie pour ces renseignements.

Sévétouaca s'inclina devant Onyx, puis retourna vers les champs cultivés qu'il devait ratisser pour les débarrasser des vipères qui aimaient s'y cacher et qui faisaient beaucoup de victimes tous les ans.

Onyx suivit silencieusement les pensées de sa maîtresse. Elle avait porté son regard du côté des maisons où les Itzamans avaient installé les réfugiés Mixilzins.

– Ce serait une bonne idée d'aller leur parler, chuchota-t-il à l'oreille de Napashni.

– Après ce que j'ai fait?

– À mon avis, quelques mots de la part de leur prêtresse les réconforteraient. De mon côté, je vais tenter de retrouver Wellan.

– Il est sur la plage. Pourquoi as-tu modifié son visage et son corps?

– Parce que c'était son désir le plus cher. Il est important pour moi que mes lieutenants soient heureux.

– Et mon vœu à moi, tu le connais?

– Tu aimerais que tous t'acceptent telle que tu es.

Napashni sentit les larmes lui monter aux yeux. Onyx l'embrassa sur le nez.

– Allez, fais-leur plaisir.

Il s'éloigna en direction de la baie, persuadé que sa compagne en profiterait pour mettre les choses au clair avec ses anciens compatriotes.

Napashni commença par rassembler son courage, car elle se doutait que les Mixilzins l'accueilleraient avec la même virulence que Cuzpanki et elle n'avait plus le cœur de se battre. Elle se leva et se rendit sans se presser jusqu'aux nouveaux abris de son ancien peuple. Une cinquantaine de personnes étaient assises à l'ombre d'un grand dais orangé, bavardant tout bas autour des plats de nourriture que les Itzamans leur avaient apportés. Il n'y avait là que des adultes, aucun enfant.

En apercevant la prêtresse, les discussions cessèrent, mais ce n'étaient pas des reproches que Napashni vit dans les yeux des survivants, c'était de la souffrance.

— Est-il vrai que c'est toi qui as prononcé une malédiction contre les Mixilzins ? demanda une femme.

— Non. Si j'étais restée parmi vous, j'aurais sans doute péri, car je ne sais pas nager.

— Pourquoi les dieux ont-ils voulu nous faire disparaître de la surface de la terre ?

Napashni n'eut pas le temps de répondre que les Mixilzins la bombardaient de questions tous en même temps.

— Pourquoi n'ont-ils pas plutôt anéanti les Scorpenas qui n'ont aucune conscience ?

– Si ce sont les dieux-rapaces qui nous ont attaqués, pourquoi Parandar n'est-il pas venu à notre secours?

– Si tu n'avais pas été exilée, tu aurais pu nous protéger.

– Rien n'est moins sûr... affirma Napashni d'une voix étranglée. Êtes-vous tout ce qui reste de notre peuple?

– S'il y en a d'autres, nous ignorons où ils se trouvent.

Napashni comprit que c'était son rôle de les retrouver. Une femme lui tendit une petite écuelle remplie d'une pâte de maïs sucrée. Chez les Mixilzins, la présentation de nourriture était une offrande de paix. D'une main tremblante, la prêtresse accepta l'assiette creuse et prit place au milieu des rescapés.

– Votre don vous permettrait-il de savoir s'il n'y a plus que nous? demanda un jeune homme.

«Seulement trois personnes proviennent de mon village», remarqua Napashni. Elle n'avait jamais rencontré les autres.

– Je n'en sais rien, mais je veux bien essayer.

Elle déposa l'écuelle et ferma les yeux. Tout son corps se mit à irradier une douce lumière, ce qui fit reculer les Mixilzins de quelques pas. Comme le lui avait enseigné Onyx, la prêtresse laissa son esprit monter vers le ciel, puis survoler la région à la manière d'un aigle. Son regard perçant voyait les moindres détails, mais mieux encore, il captait tout signe de vie. Ne trouvant personne dans la forêt au nord d'Itzaman, Napashni poussa ses recherches sur le flanc des volcans. À sa grande surprise, elle découvrit une centaine de survivants coincés entre la nouvelle rivière et les hauts sommets. La prêtresse ouvrit subitement les yeux.

– Il y a d'autres Mixilzins, mais ils sont en train de mourir de faim, murmura-t-elle.

« Comment aller les chercher de l'autre côté du tumultueux torrent ? » se demanda-t-elle. Onyx n'accepterait certainement pas de construire un pont qui le traverserait, puisqu'il avait créé cet obstacle naturel pour empêcher quiconque de se rendre à An-Anshar.

– Je vais tenter de les secourir, annonça-t-elle en se levant.

Elle courut jusqu'à la section de la ville où les artisans fabriquaient de grands paniers en osier pour ramasser les récoltes et en découvrit un qui lui paraissait plus solide que les autres. Lorsqu'elle voulut payer le tresseur, il refusa et lui offrit gratuitement la panière. Napashni se hâta jusqu'à la rivière et scruta l'escarpement au-dessous duquel s'étendait son village. Elle aperçut le rassemblement des infortunés Mixilzins, prisonniers sur leurs propres terres. « Je vais probablement les faire mourir de peur, mais je n'ai pas le choix », se dit-elle en se transformant en griffon.

L'énorme animal ailé s'empara des anses de la nacelle improvisée et vola jusqu'aux survivants. Comme Napashni s'y attendait, la vue de la bête à moitié aigle et à moitié lion sema la panique parmi le groupe. Elle reprit donc son apparence humaine pour rassurer les siens.

– C'est Napalhuaca ! s'écria une jeune femme.

– Je suis venue vous chercher, mais je ne peux pas prendre plus de trois personnes à la fois. Divisez-vous en petits groupes.

Les premières traversées se firent rapidement, mais le griffon commença bientôt à perdre des forces. Malgré tout, la prêtresse refusa d'abandonner. Elle en était à son quinzième voyage lorsqu'elle vit apparaître dans le ciel un formidable reptile volant. « Wellan... » se réjouit-elle. Mieux encore, il transportait deux grands paniers à chaque patte. Lorsqu'il se posa enfin, Napashni lui demanda par télépathie de reprendre sa forme humaine pour rassurer les rescapés. En apercevant le grand homme blond vêtu comme Onyx, les Mixilzins acceptèrent de prendre place dans ses nacelles. Le reste du sauvetage s'effectua donc en beaucoup moins de temps que prévu. Dès qu'ils furent tous réunis de l'autre côté de la rivière, Wellan et Napashni conduisirent les rescapés à pied jusqu'au village.

– Tu as pourtant dit que tu ne te métamorphoserais plus jamais, fit moqueusement la prêtresse.

– Je ne pouvais pas rester sur la rive à ne faire, répliqua Wellan. Comme par hasard, j'ai trouvé une amulette dans mon cou en revenant de ma baignade matinale. Je ne sais pas d'où elle provient, mais je m'en doute. C'est grâce à elle que j'ai pu me transformer.

La première personne qu'ils rencontrèrent sur la piazza fut Onyx, qui les attendait, les bras croisés sur sa poitrine, un sourire amusé sur le visage.

– Je vois que vous avez trouvé une façon de passer le temps, lâcha-t-il.

– Et d'une façon constructive, en plus, affirma Wellan.

L'ancien Chevalier poursuivit sa route avec les Mixilzins, tandis que Napashni s'arrêtait devant son amant.

– Tu maîtrises de plus en plus tes pouvoirs, on dirait.

– Seulement en apparence, précisa la jeune femme. J'ai la tête qui tourne et je pense que...

Elle s'évanouit dans les bras d'Onyx.

– Tu vas devoir apprendre à te ménager ou à refaire rapidement tes forces, lui dit-il même si elle ne pouvait plus l'entendre.

Il la transporta instantanément au palais et la déposa sur la couche qu'ils partageaient depuis leur arrivée chez les Itzamans. Puisqu'elle n'était plus en mesure de renouveler son énergie, Onyx posa la main sur la poitrine de Napashni et lui transmit une parcelle de sa propre vigueur. Puis, il l'embrassa sur le front et la laissa dormir. Il alla sonder les Mixilzins pour voir s'ils nécessitaient des soins. Déjà, les Itzamans avaient commencé à les nourrir et à les réconforter. Wellan était accroupi parmi eux et discutait avec les plus affaiblis.

Des cris de terreur leur parvinrent alors des grands champs. Onyx et Wellan se tournèrent en même temps de ce côté. Les paysans revenaient vers la piazza, les jambes à leur cou.

– Scorpenas ! hurlèrent-ils.

« À découvert ? » s'étonna Onyx en fonçant à contre-courant dans la marée d'hommes et de femmes saisis d'épouvante qui couraient vers la cité. Wellan lui emboîta le pas. C'est alors qu'apparurent les affreuses bestioles de forme humanoïde qui ressemblaient aux imagos de jadis, sauf qu'elles n'avaient pas de mandibules. Leur peau noire était enduite d'une substance gluante qui dégageait une odeur plutôt désagréable. Elles n'étaient armées que de leurs dents pointues et de leurs griffes acérées.

Pour faire cesser la poursuite et les empêcher de fuir, Onyx entoura les prédateurs d'un mur de feu.

– Ils sont affamés, comprit Wellan.

– Il n'est pas question que je les laisse dévorer mes sujets, rétorqua Onyx.

– Est-ce que ce sont des animaux ou des êtres pensants ?

– À toi de me le dire.

Wellan, qui possédait un esprit inquisiteur, s'approcha des flammes.

– Y a-t-il un chef parmi vous ? cria-t-il à plusieurs reprises.

Les sifflements qui s'élevèrent de la meute glacèrent le sang de l'ancien commandant. « Ce sont des Tanieths ! »

– Ou des cousins éloignés, avança Onyx, qui avait lu dans ses pensées. Mais je ne crois pas qu'ils fassent partie d'une société organisée comme celle d'Irianeth.

– Comprends-tu ce qu'ils disent ?

– Non, mais je devine qu'ils cherchent collectivement une façon de se sortir de ce mauvais pas.

– Que veux-tu en faire ?

Onyx plaça le pouce de sa main droite sous son menton et son index sur ses lèvres pour réfléchir.

– Liam m'a raconté son extraordinaire aventure au pays des araignées, se rappela-t-il. Il m'a dit qu'elles raffolaient des animaux de compagnie.

– Quoi ? s'étonna Wellan.

– Dans le pire des cas, si elles n'arrivent pas à les domestiquer, elles n'auront qu'à les manger.

– Les Scorpenas pourraient tout aussi bien leur échapper.

– Les araignées habitent le plus haut pic de ce monde. Ses versants sont si abrupts qu'elles-mêmes sont incapables de les escalader.

– Les vortex ne sont-ils pas censés ne nous conduire qu'aux endroits où nous sommes déjà allés ?

– Qui te dit que je n'ai jamais vérifié les dires de Liam ? fit Onyx avec un sourire moqueur.

Il ferma les yeux et, lorsqu'il les ouvrit, tous les affreux insectes avaient disparu. Les flammes magiques s'éteignirent d'un seul coup sans avoir fait le moindre dommage à la prairie.

– Dans la forêt, il y en a d'autres qui nous épient, indiqua Wellan.

– Montre-moi ce que tu sais faire, fils de Lazuli.

– Il me faut un appât...

L'ancien commandant des Chevaliers se rappela comment Kira avait attiré une bande de dragons, alors qu'elle n'avait que quinze ans. S'inspirant de l'exploit de l'adolescente mauve, il tendit la main. Un filet de fumée écarlate s'échappa de sa paume et se divisa en plusieurs volutes qui formèrent des spirales sur la plaine.

– Ils approchent, constata Wellan avec satisfaction, mais je ne crois pas qu'ils représentent la totalité des Scorpenas de la région.

– En effet, il y en a partout à Enlilkisar. Il faudra les relocaliser partout où nous passerons.

– Ce sera long et fastidieux.

– Je peux aussi les exterminer jusqu'au dernier, si tu préfères.

— Seulement si nous découvrons qu'un nouvel empereur s'est élevé parmi eux, d'accord ?

Une dizaine d'insectes sortit d'entre les arbres pour humer l'odeur du sang.

— Ils sont à toi, annonça Wellan en se tournant vers Onyx.

Tout comme leurs congénères, les coléoptères furent rondement expédiés sur l'île des araignées.

— Il n'y en a plus d'autres, affirma Wellan.

— Allons annoncer la bonne nouvelle aux Itzamans qu'ils ont terrorisés.

Les deux hommes marchèrent en direction de la piazza. Ils virent alors courir à leur rencontre une silhouette familière.

— Les cris des villageois m'ont réveillée ! s'exclama Napashni.

— Le danger est passé, l'informa Wellan.

— Vous avez tué tous les Scorpenas ?

— Pas du tout. Onyx leur a procuré un nouveau foyer.

— Où les as-tu envoyés ? s'alarma la prêtresse.

— Dans un pays qu'ils ne pourront pas quitter.

– Un tel endroit existe-t-il ?

– Suis-moi. Je vais raconter cette histoire à toute la population.

Lorsqu'ils arrivèrent sur la place centrale, la plupart des Itzamans s'étaient barricadés dans leurs maisons. Seuls les guerriers étaient restés à l'extérieur afin d'affronter les bêtes sauvages. Le trio s'empressa de leur apprendre que les Scorpenas n'attaqueraient plus jamais personne et leur demanda de rassembler les gens autour du brasier qu'Onyx fit apparaître au beau milieu de la cité.

Lorsque tout le monde fut assis autour du feu, en amplifiant sa voix, le maître d'An-Anshar leur relata l'aventure de Liam dans l'étrange monde des tégénaires géantes et ajouta que c'était là qu'il avait transporté les Scorpenas grâce à sa magie.

– Tous les Scorpenas ? s'enquit Féliss, réjoui.

– Ceux qui rôdaient dans vos forêts, à tout le moins, précisa Wellan. Il y en a sans doute d'autres ailleurs, mais ils ne nous échapperont pas.

Pour les remercier, les Itzamans donnèrent spontanément une grande fête. Onyx baissa les yeux sur sa bière de riz et la changea en vin rouge. Il but, mangea et tenta même d'apprendre la danse des guerriers, faisant rire Napashni aux éclats.

Au petit matin, tous se séparèrent. Onyx s'était si dépensé qu'il s'endormit en s'appuyant dans le dos de sa maîtresse. Celle-ci l'écouta respirer pendant un long moment, mais n'arriva pas à fermer l'œil. En faisant bien attention de ne pas le réveiller, elle se leva et se rendit sur le bord de la mer. Le soleil allait bientôt se lever du côté d'Ipoca.

La jeune femme grimpa sur l'un des gros blocs de pierre, vestiges de la pyramide de Solis, et regarda au loin. Dans la baie, elle distingua les silhouettes d'élégants mammifères marins qui se pourchassaient.

Un éclat lumineux aveugla alors Napashni. Ce ne pouvait pas être un rayon de soleil, puisqu'il n'avait pas encore commencé son ascension. Elle chercha ailleurs la source de la lumière sans rien trouver, puis baissa les yeux sur sa poitrine. Les perles dorées, orange et bleues du collier que lui avait offert Abussos brillaient de tous leurs feux.

— Tu n'as rien à craindre, mon enfant, fit une voix de femme.

La prêtresse pivota et ne vit personne.

— Je suis celle qui t'a mise au monde.

— Où êtes-vous ?

Une femme aux longs cheveux blonds bouclés apparut sur le bord de l'eau. Elle portait une tunique de suède blanche agrémentée d'une multitude de petites perles multicolores qui frôlait le sol. D'interminables franges pendaient sous ses manches et flottaient dans le vent matinal.

— Je suis Lessien Idril, le principe féminin de la création. Si tu existes, c'est grâce à moi.

— Vous êtes ma véritable mère ?

La déesse-louve s'assit en tailleur sur le sable aux pieds de la Mixilzin.

— C'est exact.

— Vous êtes bien différente de ce que j'avais imaginé...

— Nous ne nous ressemblons pas, en effet. Là où je suis douce, tu es dure. Là où je suis conciliante, tu es impitoyable. Mais malgré tout, tu es et tu seras toujours ma fille.

— Je suis sans doute comme mon père.

— Non plus. Abussos semble intransigeant, mais il est tout aussi débonnaire que moi. C'est un dieu qui se contente de peu. Ni lui, ni moi ne comprenons pourquoi certains de nos enfants sont nés avec une âme en perpétuel état d'insatisfaction.

— J'aimais ma vie avant de rencontrer Onyx et, depuis que je le connais, je l'adore encore plus !

— Alors, pourquoi vous être lancés à la conquête d'Enlilkisar ?

— Pour unifier tous les peuples et mettre fin aux guerres qui les déchirent.

– En vous hissant tous les deux à la tête de ce nouvel empire ?

– Quelqu'un doit dicter les règles qui instaureront une harmonie durable et les faire ensuite respecter.

– Il n'y en a pourtant que deux qui devraient déjà être gravées au cœur de tous les êtres vivants : traiter les autres comme nous voulons être traités et faire preuve de gratitude envers ceux qui nous inondent de bienfaits.

– Nous les enseignerons à nos sujets.

– Commencez d'abord par les appliquer dans votre propre vie, Nashoba et toi.

Les perles dorées se mirent à briller davantage.

– Il est temps que tu saches qui tu es vraiment.

Des images apparurent sur les perles : les silhouettes d'un homme et d'une femme agenouillés appuyant leurs paumes l'une contre l'autre, puis un éclair éblouissant. Napashni cligna des yeux, privée momentanément de la vue. Elle aperçut ensuite une boule de feu traversant l'espace et fonçant sur une belle planète verte et bleue avant de s'écraser sur une montagne, rejaillir vers le ciel et frapper une femme Mixilzin, la plaquant au sol. « C'est ainsi que j'ai été conçue... » comprit Napashni.

Elle assista ensuite à sa naissance et vit la douce lueur qui émanait de son berceau la nuit pendant que ses parents dormaient. Elle se vit faire ses premiers pas, insistant déjà pour qu'on cesse de l'aider, puis assise non loin de sa mère à jouer avec de petites roches blanches pendant que celle-ci préparait le repas. « J'avais trois ans », se rappela la prêtresse. Elle vit les pierres danser devant les yeux de l'enfant jusqu'à ce que son père, terrorisé, lui ordonne de ne plus les faire voler dans les airs. « Je possédais déjà des facultés magiques ! » s'étonna Napashni.

Plusieurs scènes semblables se succédèrent dans lesquelles ses parents décourageaient l'utilisation de ses pouvoirs. La dernière remonta au jour où elle avait raconté à sa famille un rêve qui s'était concrétisé quelques heures plus tard. « C'est à partir de cet instant qu'on a fait de moi une prêtresse... »

Le collier perdit sa luminosité et les images disparurent. Napashni ramena ses longues jambes contre sa poitrine et appuya sa tête sur ses genoux en songeant à tout ce qu'elle venait de voir.

« Onyx avait raison... »

17

LA FUGUE

En l'absence de Lazuli, Marek passait tout son temps en compagnie de ses six cousines. Myrialuna, qui devenait de plus en plus grosse, laissait les enfants à eux-mêmes, conservant son énergie pour les jumeaux, beaucoup moins accaparants que leurs aînés. Elle les installait à la table du hall, devant l'âtre et leur enseignait à lire et à écrire sur des ardoises roses avec des bouts de craie.

Elle leur montra d'abord à former toutes les lettres de l'alphabet, puis à les agencer pour composer des mots. Il s'agissait évidemment de termes simples qu'ils connaissaient déjà. En peu de temps, une compétition s'installa entre le frère et la sœur, à savoir qui des deux écrirait le plus vite. Myrialuna en profita pour accélérer les leçons.

– Un nom qui commence par « a », suggéra la châtelaine.

– Ardoise ! s'exclama Maélys.

– Non, Abnar ! proposa plutôt Kylian.

– Écrivez les deux, décida la tante pour les mettre au défi.

Se mordant la langue, les enfants se mirent à dessiner chaque lettre qu'ils prononçaient intérieurement.

– Il y a aussi Ayarcoutec, dont Marek nous a parlé, indiqua la petite fille en relevant vivement la tête.

– C'est trop difficile, protesta son frère.

– Restez-en aux premiers mots, les encouragea la Sholienne.

Les jumeaux redressèrent leurs petits tableaux en même temps.

– Bravo! les félicita Myrialuna, même si le «d» et le «b» de Kylian étaient inversés.

– Les «b» maintenant! exigea Maélys.

– Bain! lança le petit garçon.

– Bâton! fit sa sœur.

Pendant qu'ils écrivaient, Myrialuna scruta les alentours pour savoir où se trouvaient ses êtres chers. Comme c'était devenu son habitude, Abnar errait dans les couloirs souterrains du château, même si la totalité des meubles avait été transportée aux étages supérieurs. Il ne parlait plus de ses cauchemars, mais Myrialuna savait bien qu'ils continuaient de le tourmenter. Elle ignorait par contre ce qu'il cherchait dans la crypte. Ils y avaient jadis trouvé les coffres de poudre et la formule qui leur avaient permis de façonner les briques transparentes. «Peut-être découvrira-t-il autre chose ?» se dit la Sholienne.

Marek et les filles étaient à l'extérieur de la forteresse, où ils s'employaient à concasser les rochers qui l'entouraient, avec l'intention de niveler tout le pays. Leur projet était bien ambitieux, de l'avis de Myrialuna, mais cela les occupait et les empêchait de faire des bêtises, alors elle ne tentait pas de les décourager.

Une fois qu'elles eurent compris comment s'y prendre pour fracasser les gros blocs tranchants en petits cailloux, Larissa, Lavra, Léia, Lidia, Léonilla et Ludmila s'avérèrent d'une efficacité étonnante. Marek plaçait ses cousines à égale distance les unes des autres et les faisait avancer vers le sud en pulvérisant tout ce qui se trouvait devant elles grâce à leurs pouvoirs magiques.

— Il faut que notre pays devienne le plus beau de tout Enkidiev ! déclara l'adolescent.

— Les autres royaumes ont des arbres et des fleurs, lui rappela Larissa.

— Ici, c'est plutôt terne, avoua Lavra.

— Il n'en tient qu'à nous de le rendre merveilleux ! insista Marek.

— Mais comment ? se découragea Ludmila en pointant l'immensité grise devant elle.

– Hum... Qu'est-ce qui pourrait rendre ces terres plus attrayantes ?

– Un peu de couleur, proposa Léonilla.

– De l'éclat, renchérit Léia.

– Inutile de faire pousser quoi que ce soit, soupira Larissa. Lorsque la neige recommencera à tomber, elle fera tout mourir.

– Il n'est pas nécessaire que ce soit vivant pour être beau, riposta Marek.

Intriguées, les filles se tournèrent vers lui.

– À quoi penses-tu ? s'inquiéta Lavra.

– À une splendeur qui ne périra jamais. Je connais un sort qui pourrait nous aider. C'est ma sœur qui me l'a enseigné. Elle l'a elle-même appris de son amie enchanteresse, Malika.

– Tu l'as déjà réussi ? se méfia Léonilla.

– Ce n'est pas parce que j'ai commis une bévue une fois que je vais forcément recommencer, se défendit l'adolescent. Laissez-moi vous faire une démonstration.

Marek ramassa une poignée de cailloux et retourna sa main pour qu'ils soient bien visibles sur sa paume. Il ferma les yeux et chuchota quelques mots dans la langue des anciens. Pouf ! Les pierres se changèrent en diamants !

– Ce sont des vrais ? s'étonna Léia.

– Non, répondit Marek en riant, mais ils en ont l'apparence et la dureté. Ce sont des zircons.

– Et comment veux-tu les utiliser ? demanda Larissa.

– Nous pourrions en tapisser tout Shola.

– Tout Shola ? répétèrent les filles, incrédules.

– Voyons d'abord jusqu'où je peux projeter ce sort, puis je vous enseignerai à faire la même chose. Il nous faudra par contre continuer à broyer les rochers avant de les changer en joyaux.

Marek remit les zircons à ses cousines, puis prit une profonde inspiration. Il retourna ses paumes vers la bande de terrain qui le séparait du château. Cette fois, une détonation suivit l'incantation, projetant les sept jeunes bâtisseurs par terre. Lorsqu'ils se redressèrent, le sol était entièrement recouvert de zircons qui scintillaient au soleil.

La porte du palais s'ouvrit brusquement. Myrialuna et Abnar se précipitèrent dehors pour voir ce qui s'était passé. Ils s'immobilisèrent en apercevant le tapis de pierres précieuses.

– Mais d'où viennent tous ces diamants ? s'alarma Abnar.

– Ce ne sont pas des vrais ! l'informèrent en chœur ses filles.

– Comme c'est joli ! s'extasia Myrialuna.

– Ça ne répond pas à ma question, les coupa Abnar.

– Nous changeons les vulgaires cailloux en quelque chose de plus attrayant, répondit Marek.

– De quelle façon ?

– Une simple incantation.

– La magie ne devrait pas servir à ça.

– Vous l'avez bien utilisée pour construire votre château.

– Cet exploit ne doit pas devenir un prétexte de querelle, s'interposa Myrialuna. Tout ce qui peut améliorer notre sort est le bienvenu.

– Quel sort ? se hérissa Abnar. C'est toi qui as voulu t'établir dans ce pays stérile !

– C'est tout ce qui me reste de mes parents ! riposta Myrialuna.

– Vous n'allez pas vous disputer pour si peu ? s'étonna Ludmila.

– Si tu ne voulais pas venir habiter ici, pourquoi m'as-tu suivie ? poursuivit la Sholienne.

– Pour ne pas te laisser élever les filles toute seule.

– Et moi là-dedans ?

Abnar aperçut alors les regards angoissés des petites. Il fit volte-face et retourna dans le château.

– Réponds-moi ! s'écria Myrialuna en le poursuivant.

– Qu'est-ce qu'on fait ? demanda Léonilla.

– On ne s'en mêle surtout pas ! recommanda Larissa.

– Divisons-nous en deux équipes, proposa Lavra. Pendant que l'une continuera de fracasser les rochers, l'autre transformera les graviers en zircons. Puis, nous échangerons nos rôles !

– Excellente idée ! décida Léia.

Persuadées que leurs parents régleraient rapidement leur différend, les filles formèrent deux groupes et invitèrent Marek à se joindre à celui de son choix. Ils s'affairèrent ainsi pendant des heures et ce fut finalement leur estomac qui les ramena à l'intérieur. Un curieux silence y régnait.

– Elle l'a tué... murmura Larissa, inquiète.

– Maman ne ferait jamais ça, voyons, la sermonna Lavra.

Les adolescents jetèrent un coup d'œil dans le hall, où il n'y avait personne, puis s'aventurèrent dans la grande cuisine. Les jumeaux étaient grimpés sur des tabourets et fouillaient dans les armoires.

— Qu'est-ce que vous faites là ? les gronda Marek.

— Nous mourons de faim, geignit Kylian.

— Descendez de là tout de suite. Nous allons vous nourrir.

En un tour de main, les aînés préparèrent un gros bol de salade et invitèrent les plus jeunes à s'asseoir à table pour manger. Une fois rassasié, Marek annonça aux jumeaux qu'il avait quelque chose de sensationnel à leur montrer. Ils grimpèrent l'escalier, pénétrèrent dans l'ancienne chambre de Kaliska, qui donnait sur la façade du palais, et se penchèrent à la fenêtre. La morne plaine à laquelle ils étaient habitués s'était transformée, sous les rayons du soleil couchant, en une vaste étendue de petites flammes rouges qui clignotaient par milliers.

— Comme c'est beau ! s'exclama Kylian.

— Qu'est-ce que c'est ? demanda Maélys, moins impressionnée que son frère.

— Des zircons, répondit Lavra.

L'air étonné des jumeaux fit presque rire Marek.

— Ce sont de petites pierres qui réfléchissent la lumière.

— Je vais aller voir ce que font mes parents, décida Larissa en se dirigeant vers la porte.

Ses cinq sœurs la suivirent.

– Et les nôtres, ils sont où ? demanda Kylian, le cœur gros.

– Ils sont sous nos pieds, dans les galeries des moines sholiens, et ils essaient d'obtenir des réponses à leurs questions, expliqua Marek.

– Quand reviendront-ils ? s'enquit Maélys.

– Très bientôt, je pense, parce qu'ils sont très débrouillards. Allez, c'est l'heure de prendre un bain.

Marek poussa les enfants vers la pièce où les adultes avaient aménagé un bassin relié à des conduits qui aspiraient l'eau de la rivière. Il fallait évidemment la réchauffer avec de la magie avant d'y mettre le gros orteil. Les jumeaux se dévêtirent et entrèrent dans la baignoire pour se nettoyer pendant que leur grand frère allait chercher leurs robes de nuit. Lorsqu'il revint, Myrialuna était assise près d'eux.

– Merci d'avoir pris ma relève, ce soir, lui dit la châtelaine.

– Je suis désolé que vous vous soyez disputés, mais je sais que ça arrive parfois entre les parents, même les miens.

– C'est sûrement à cause de la fatigue. Depuis que nous habitons ici, nous n'avons cessé de travailler pour survivre.

– Ma mère sera bientôt de retour et vous pourrez enfin vous reposer.

Marek la laissa donc s'occuper des jumeaux, sachant que cela l'apaisait. Il retourna dans sa chambre et s'accouda à la fenêtre. Dans quelques mois, tout le pays scintillerait comme un énorme bijou ! Il allait tenter une communication télépathique avec son frère Lazuli lorsqu'il sentit une présence derrière lui. Il fit volte-face et aperçut Abnar sur le pas de la porte.

– N'entraîne plus jamais mes filles dans tes plans insensés et dangereux, laissa tomber l'ancien Immortel.

– Qu'y a-t-il de redoutable à changer des pierres en zircons ?

– Un tel déploiement d'énergie capte l'attention des sorciers.

– Mes parents m'ont dit qu'il n'y en avait plus.

– Tes parents n'en savent rien ! hurla Abnar.

– Quand allez-vous comprendre qu'ils n'existent que dans vos cauchemars ?

D'un geste brusque de la main, le magicien souleva l'enfant avec sa magie et le projeta sur son lit.

– Écoute-moi bien, jeune effronté ! Je protège ce château depuis quinze ans et personne n'y attirera mes ennemis, surtout pas toi !

Si Marek avait appris une chose dans la vie, c'était que les adultes en colère étaient imprévisibles, alors il serra les lèvres pour retenir sa langue.

– Et si tu refuses de reconnaître mon autorité ici, tu sais ce qu'il te reste à faire !

Encore une fois, l'adolescent choisit de garder le silence. Avant d'exploser, Abnar tourna les talons et redescendit l'escalier pour aller s'enfermer une fois de plus dans la crypte. Myrialuna arriva dans la chambre de son neveu en soutenant son gros ventre avec ses mains.

– Que s'est-il passé ? s'alarma-t-elle.

– Abnar ne veut plus que je me serve de ma magie.

– Il n'est pas facile à vivre, ces temps-ci. Est-ce qu'il t'a malmené, Marek ?

– Non, mentit-il.

– Je vais aller mettre les jumeaux au lit. Si jamais tu as envie d'en parler, tu n'as qu'à venir me voir.

Marek demeura immobile sur son lit jusqu'à ce que le soleil soit couché et n'alluma qu'une bougie. Il savait bien que Kira et Lassa seraient absents pendant un long moment et que son frère Lazuli ne reviendrait pas avant des semaines. Kaliska, quant à elle, était partie pour de bon. Plus il y pensait, moins il avait envie de rester dans cet endroit désolé. Il n'allait certes pas passer le reste de ses jours au milieu de nulle part à changer des cailloux en pierres précieuses.

Lorsqu'il n'y eut plus un seul bruit dans la maison, Marek descendit à la cuisine et dévora la moitié d'un pain, un petit fromage et une grosse poignée de dattes. Il se rendit ensuite à la porte d'entrée et l'ouvrit avec une infinie précaution. Une fois dehors, il la referma sans bruit, puis se changea en léopard des neiges.

Cent fois plus rapide que s'il avait conservé son apparence humaine, il fila à vive allure en direction de la falaise, qu'il atteignit au milieu de la nuit. Il dévala le sentier qui menait au pays des Elfes et galopa en direction de la rivière Mardall. À bout de souffle, il s'y arrêta pour boire et s'orienter.

Le ciel avait commencé à pâlir lorsqu'il se remit en route. Il longea le cours d'eau à la recherche d'un pont, mais puisqu'il n'en trouva aucun, il fut obligé de se rendre jusqu'à l'autre rive à la nage. Sans même prendre le temps de se secouer, il s'élança à travers les grands champs du Royaume de Diamant. La montagne de Cristal était si imposante qu'il pouvait la voir même à travers les hautes herbes. Instinctivement, c'était là qu'il se dirigeait.

Pour échapper à tous ceux qui tenteraient de le retrouver, il ne ralentit sa cadence que lorsque ses pattes commencèrent à le faire souffrir. Il se laissa alors tomber près d'un ruisseau. Myrialuna et ses cousines savaient qu'il aimait parfois s'isoler, mais qu'il rentrait toujours pour partager le dernier repas du jour avec leur famille. Elles allaient bientôt commencer à s'alarmer.

Affamé, le jeune léopard huma l'air. Un arôme de viande grillée parvint à ses narines. Il releva la tête et aperçut les feux d'un village à l'est. Pas question de s'y présenter sous sa forme féline. Son but était de manger, pas d'être pourchassé.

Il rampa donc jusqu'aux premières chaumières. Les habitants avaient commencé à s'y barricader pour la nuit, mais d'autres avaient laissé les restes de leur repas sur des broches au-dessus des braises. Afin de ne pas être surpris à voler leur nourriture, Marek se servit de la magie pour la faire planer doucement jusqu'à lui. Caché derrière un appentis, il se régala de quelques morceaux de viande, puis poursuivit sa route sous le couvert de l'obscurité.

La montagne de Cristal se détachait dans le ciel étoilé. Marek se changea en léopard, afin de décourager les prédateurs qui chassaient la nuit. Les loups ne s'attaquaient jamais aux grands chats de Rubis, alors ils le laisseraient certainement tranquille sous cette forme.

Marek ? appela alors Myrialuna. L'adolescent ne voulait pas lui faire de la peine et encore moins être la cause d'une plus grande discorde dans son couple, alors il fit la sourde oreille et continua d'avancer vers le Royaume d'Émeraude en s'entourant d'une bulle protectrice, comme le lui avait enseigné son frère Wellan.

✳ ✳ ✳

Myrialuna ne commença à s'inquiéter de l'absence de son neveu que lorsque les filles rentrèrent pour le repas du soir. Lorsqu'elle leur demanda pourquoi Marek n'était pas là, elles répondirent qu'elles ne l'avaient pas vu de la journée. Elle les envoya donc fouiller tous les recoins du château, mais elles revinrent bredouilles. Pour ne pas effrayer les jumeaux, Myrialuna attendit qu'ils soient au lit, puis utilisa sa magie pour scruter les alentours.

– Peut-être est-il allé sur le bord de l'océan pour voir les grands dragons blancs, tenta de la rassurer Larissa.

Puisque Marek ne faisait rien comme les autres, tout était possible. La Sholienne parcourut tout son royaume avec son esprit sans le trouver.

– Moi, je pense qu'il a eu envie de voir sa sœur, supposa Ludmila.

– Ce n'est pas impossible, admit Myrialuna.

Elle étendit donc ses recherches jusque chez les Elfes, sans succès. Elle scruta donc le Royaume d'Opale et celui de Diamant.

– Il n'est nulle part, s'alarma-t-elle.

– Et s'il avait réussi à trouver l'entrée du sanctuaire des moines ? suggéra Lavra.

Il était malheureusement impossible de sonder les entrailles de la falaise où les Sholiens avaient creusé leurs tunnels, en raison de l'écran de protection qu'ils y maintenaient pour se protéger.

– Moi, je pense qu'il est juste en train de se payer notre tête, fit Léia. Il a appris à se rendre invisible et il veut voir si ça marche.

– J'espère que tu as raison, ma chérie.

Tentant de se montrer brave devant ses filles, Myrialuna les accompagna à leurs chambres et utilisa sa magie pour illuminer les briques de verre de son château, de façon à ce qu'il devienne un phare dans la nuit. Il n'était pas impossible que l'adolescent se soit aventuré trop loin. Il aurait besoin de cette lumière pour rentrer à la maison.

Elle alla ensuite s'allonger sur son lit, incommodée par son gros ventre, et resta à l'affût de tous les bruits nocturnes, jusqu'à ce qu'elle finisse par s'endormir. Encore une fois, Abnar ne vint pas la rejoindre.

18

UN ROI GÉNÉREUX

rotégé par la pierre d'Abussos encastrée dans la balustrade du balcon de la chambre royale, Nemeroff ne craignait pas d'être découvert par les dieux fondateurs, mais un souverain qui voulait conquérir le cœur de son peuple ne pouvait pas passer sa vie enfermé dans son palais. Il avait alors imaginé une façon de se rendre mobile sans être découvert par Abussos. Utilisant sa puissante magie, il avait détaché un fragment de la pierre magique et, dans les entrailles du château, il avait enchâssé l'éclat opalescent dans un anneau qu'il avait passé à son doigt. C'est ainsi qu'il avait pu aller à la rencontre de Kaliska au Royaume de Rubis et au Royaume des Elfes sans attirer l'attention de son père.

Un matin, après s'être assuré que ses frères et sa sœur ne s'étaient pas réunis pour conspirer contre lui, Nemeroff s'habilla et se para comme s'il allait assister à des noces, puis rejoignit sa mère dans le grand hall pour prendre avec elle le premier repas de la journée. En pleine croissance, Anoki et Jaspe avaient déjà commencé à manger. Quant aux autres membres de la famille, ils avaient cessé depuis longtemps de participer aux agapes familiales. Le jeune roi se pencha pour embrasser Swan sur la joue.

– Tu es très séduisant, aujourd'hui, remarqua-t-elle.

– Mais je le suis toujours, mère.

Nemeroff s'installa au bout de la table, comme c'était son habitude. Il portait une chemise noire de la soie la plus pure et un pantalon de cuir tout aussi sombre. Ainsi vêtu, il ressemblait tellement à Onyx que Swan baissa les yeux sur son assiette, troublée.

– Est-ce pour une occasion dont je ne me souviens pas ? demanda-t-elle.

– Il est grand temps que je tende la main aux royaumes éprouvés par l'inondation.

– Tu t'absentes ?

– Seulement quelques jours.

– Tu pourrais leur envoyer un messager, Nemeroff. C'est ainsi que nous procédons, habituellement.

– Pourquoi serais-je tenu d'agir comme tous mes prédécesseurs ? À moins que cette obligation soit consignée quelque part.

– Ce n'est qu'une coutume.

– Donc, rien ne m'empêche d'innover. À mon avis, le continent serait beaucoup plus uni si ses dirigeants prenaient le temps de discuter de temps à autre.

S'il avait le visage de son père, Nemeroff n'avait pas du tout la même personnalité.

– J'irai d'abord chez les Diamantais, décida-t-il.

– Jure-moi que tu n'as pas l'intention de leur faire des menaces comme ton père jadis, voulut s'assurer Swan.

– Des menaces ? Pourquoi ferais-je une chose pareille ? Ils ne sont pas responsables de ce qui s'est passé. Je désire les rencontrer pour savoir si je peux leur fournir mon secours, car ils ont sûrement subi des pertes importantes. Je vous le répète encore : je ne suis pas mon père.

Dès que le repas fut terminé, le roi quitta le palais et se rendit à l'écurie. Il aurait pu utiliser sa magie pour se déplacer, mais jugea plus prudent de ne pas trop s'en servir pour ne pas attirer l'attention des créatures divines. En le reconnaissant, les palefreniers se précipitèrent pour l'aider.

– J'ai besoin d'un cheval, déclara Nemeroff.

On lui amena une solide bête gris pommelé à la crinière et la queue noires, qu'on sella devant lui. Il remercia les lads et mena sa monture dehors. Avant de perdre la vie, Nemeroff avait appris à monter à cheval avec son père. Il venait à peine de se hisser en selle dans la grande cour de son château que deux des sentinelles vinrent à sa rencontre.

– Où est votre escorte, sire ? s'inquiéta l'une d'elles.

– Je n'en ai nul besoin.

– Les rois ne sont pas censés se déplacer seuls.

– Mon père ne le faisait-il pas ?

– En fait, il n'utilisait pas ce moyen de locomotion, sire.

– Mais s'il y avait eu recours, aurait-il vraiment eu besoin d'être protégé ?

– Pas avec la magie qu'il possédait, c'est certain.

– Mes braves, sachez que je suis deux fois plus puissant que lui. Et, de toute façon, aucun ennemi ne rôde sur le continent. Vous êtes bien d'accord avec moi ?

– Il est vrai que les horribles scarabées ont été vaincus et que les moines ont repoussé le détestable dieu-crave...

– Alors, qu'ai-je à craindre ?

Les soldats comprenaient ses paroles, mais ils continuaient d'hésiter.

– Le seul danger qui me guette, c'est de rencontrer une belle femme en détresse, les taquina Nemeroff, auquel cas, je préférerais ne pas être accompagné.

La boutade amusa les sentinelles, qui finirent par le laisser partir. Nemeroff franchit le pont-levis au pas, heureux de se sentir aussi libre. Il contourna les douves à sa gauche et traversa le ruisseau qui les alimentait avant de piquer vers le nord. Son instinct lui dictait de s'arrêter d'abord chez ses voisins de Diamant. Les royaumes de l'est n'avaient pas été touchés par la fonte des glaces, alors il s'en occuperait plus tard. Il longea la forêt qui s'étendait au pied de la montagne de Cristal et d'imprégna de l'énergie de la nature.

Le château du Roi Kraus se situait à au moins trois jours de chevauchée de celui d'Émeraude en conservant un bon rythme. Mais Nemeroff n'avait nulle envie de s'exposer inutilement en dormant dans la forêt jusqu'à son arrivée. Il utilisa donc son vortex personnel et se projeta au pied de la colline sur laquelle était bâtie la forteresse. Afin de pouvoir se déplacer rapidement partout à Enkidiev, il avait déjà parcouru toutes ses contrées sous sa forme éthérée et il s'était renseigné le plus possible sur chaque royaume.

Tout comme son père avant lui, l'âme de Nayati avait dû s'emparer du corps d'un homme adulte afin de participer à la vie des humains. À l'instar d'Onyx, il avait choisi celui d'un des descendants du renégat. Après avoir parcouru tout Émeraude, le dieu-dragon était finalement tombé sur un lointain parent en très bonne santé de la lignée de Saffron. Il lui avait volé son corps sans le moindre remords, expédiant son âme sur les grandes plaines de lumière bien des années avant son temps.

Nemeroff s'engagea sur le pont-levis qui, au lieu d'enjamber un fossé rempli d'eau, permettait de franchir un précipice plutôt profond. Il pénétra dans la cour et constata qu'elle faisait la moitié de la taille de celle de son château. Des serviteurs en tunique bleu sombre accoururent aussitôt.

— Soyez le bienvenu au Royaume de Diamant, étranger, fit l'un d'eux sur un ton aimable. Vous ne portez pas les habits des marchands.

– En effet, répondit le cavalier en descendant de son cheval. Je suis le Roi Nemeroff d'Émeraude.

Les serviteurs mirent un genou à terre.

– Veuillez pardonner ma témérité, Votre Altesse.

– Tout le monde peut se tromper, mon brave. Je suis venu demander audience au Roi Kraus.

Il fut immédiatement conduit au palais.

– Avez-vous beaucoup souffert du débordement des eaux ? leur demanda le souverain en marchant à leurs côtés

– Plusieurs de nos récoltes ont été emportées et nous avons dû demander l'aide des fermiers d'Opale et de Jade pour nourrir la population, car il est bien trop tard pour semer de nouveau.

– Nous nous sommes habitués à la texture du riz, ajouta son compatriote.

Ils firent entrer Nemeroff dans l'antichambre du grand hall, pendant qu'un des serviteurs allait prévenir le maître des lieux de la présence de son illustre visiteur.

– Puis-je vous servir du vin, sire ?

– Non, de l'eau bien fraîche, je vous prie.

Aussitôt dit, aussitôt fait. Tout en se désaltérant, Nemeroff longea les murs en admirant les œuvres d'art qui y étaient accrochées. Quelques minutes plus tard, le Roi Kraus en personne fit irruption dans la pièce.

– Roi Nemeroff, aucun messager ne nous a annoncé votre venue ! s'exclama-t-il.

Le jeune souverain se retourna et examina le Roi de Diamant. C'était un homme mature, mais encore dans la force de l'âge. Ses cheveux noirs grisonnaient sur ses tempes et ses yeux étaient aussi limpides que les siens.

– Évidemment, puisque je n'en ai pas envoyé, répliqua-t-il.

– Je ne comprends pas...

– Il s'agit d'une décision spontanée de la part d'un pair qui cherche à vous venir en aide.

– Mais votre royaume a dû aussi subir des pertes importantes, puisque le torrent qui est passé par ici se dirigeait tout droit sur Émeraude.

– Nous avons été miraculeusement épargnés et je veux partager ma bonne fortune avec ceux qui n'ont pas eu autant de chance.

– Je vous en prie, suivez-moi.

Kraus l'emmena dans son grand hall, désert à cette heure de la journée, et tira deux bergères devant l'âtre.

– Nous serons plus à l'aise ici pour parler, et il va sans dire que vous serez l'invité d'honneur à ma table, ce soir.

– J'accepte avec plaisir.

– Racontez-moi comment vous avez évité le pire.

– Grâce à l'intervention d'Hadrian d'Argent, l'eau a été déviée jusqu'au Désert sans toucher les terres d'Émeraude, ni celles de Turquoise, de Perle et de Fal.

– Mais comment?

– Le déferlement a emprunté la voie des airs.

L'expression de surprise de Kraus fit sourire Nemeroff.

– Vous oubliez que ces Chevaliers d'Émeraude sont tous des magiciens. Ils ont uni leurs forces et permis à Hadrian de sauver nos champs. C'est pour cette raison que je suis ici. J'aimerais, tout comme les royaumes d'Opale et de Jade, contribuer à vous soulager.

– Votre geste me touche profondément.

Les deux hommes discutèrent de la quantité de grains, d'huile, de légumes et de fruits dont auraient besoin les Diamantais pour survivre durant la saison froide, puis des relations entre les royaumes d'Enkidiev. Kraus rêvait depuis longtemps de trouver un autre roi aussi puissant qu'Onyx, mais généreux comme Émeraude Ier, qui agirait à titre de père spirituel de la nation. Nemeroff était-il cet homme?

Pendant que les serviteurs préparaient le hall pour le repas du soir, Kraus fit visiter le palais à son nouvel allié. Nemeroff écouta avec intérêt tous ses commentaires, espérant en apprendre davantage sur la façon de régner des autres souverains.

Lorsqu'ils furent finalement conviés à table, Kraus et Nemeroff firent une entrée remarquée dans la grande salle qui était maintenant bondée, tous les courtisans ayant manifesté le désir de rencontrer le nouveau dirigeant d'Émeraude.

– Sire Nemeroff, voici mon épouse, Saramarie.

Habituellement, les invités se contentaient de saluer la famille royale de la tête, mais Nemeroff ne connaissait pas toutes les subtilités du protocole. Il prit la main de la reine et l'embrassa.

– Je l'aime déjà, gloussa Saramarie.

– Et voici nos enfants, le Prince Haïdar et la Princesse Noélia.

– Est-il vrai que vous n'avez pas encore pris épouse ? demanda la reine tandis que Nemeroff s'assoyait près d'elle.

– C'est vrai.

– Si notre fille n'avait pas été promise au Prince Karl de Fal, nous vous aurions offert sa main.

Le visage de la princesse devint écarlate et elle baissa la tête pour que ses longs cheveux noirs cachent son embarras.

– Elle est très jolie, mais mon cœur bat déjà pour une autre femme, répliqua Nemeroff.

– Ne tardez pas à vous marier, lui conseilla Kraus. Un roi doit assurer sa descendance.

– C'est ce que me répète constamment ma mère.

Après le repas, les courtisans furent personnellement présentés au Roi d'Émeraude, qui les salua tous personnellement sans donner le moindre signe d'impatience. Kraus accompagna ensuite Nemeroff jusqu'à l'étage des chambres, insistant pour qu'il ne reprenne pas la route avant le matin.

– Vous n'êtes pas du tout comme votre père, avoua le Roi de Diamant.

– En effet, je ne lui ressemble que physiquement.

– L'amitié de mon royaume vous est acquise, Nemeroff.

Lorsqu'il fut enfin seul, le Roi d'Émeraude ferma sa porte à clé et reprit son apparence animale, occupant toute la pièce, car c'est sous cette forme qu'il réussissait à dormir.

Au matin, Nemeroff prit congé de ses hôtes. Il remonta à cheval et se dirigea vers l'ouest, à la suggestion de Kraus, car là se trouvaient les seuls ponts qui traversaient les rivières Tikopia et Mardall. Dès que les sabots de sa monture commencèrent à s'enfoncer dans la terre encore détrempée, le dieu-dragon utilisa encore une fois son vortex pour éviter de s'enliser.

Il réapparut à l'intérieur de l'interminable muraille du Royaume d'Argent. Ses habitants avaient commencé à démolir sa partie qui les séparait de la mer ainsi que celle qui les avait coupés de leurs voisins de Cristal, mais ils n'avaient pas encore eu l'occasion de s'attaquer aux parties nord et est, heureusement d'ailleurs. Les remparts les avaient protégés de la dévastation qu'avaient connue bien d'autres royaumes.

Nemeroff examina le sol sec et dur sur lequel il progressait, puis aperçut le palais immaculé au sommet d'une éminence rocheuse. Un nuage de poussière au loin attira également son attention. Un groupe de cavaliers se hâtait à sa rencontre. Puisque Nemeroff ne craignait personne, il continua d'avancer jusqu'à ce que les soldats d'Argent lui bloquent la route.

– Qui êtes-vous et pourquoi errez-vous sur nos terres? demanda leur capitaine.

– Je suis le Roi Nemeroff d'Émeraude et je suis venu m'assurer que votre pays n'a pas souffert de la subite fonte des neiges.

– Le Roi Nemeroff? répéta l'homme, incrédule.

– C'est bien ce que j'ai dit.

– Accompagnez-nous, je vous prie.

Nemeroff aurait préféré poursuivre sa route jusqu'au Royaume de Cristal, mais il obtempéra en se disant que c'était l'occasion de rencontrer un autre de ses pairs. Il suivit donc les hommes sur le sentier de petits cailloux blancs qui serpentait jusqu'à la grande cour du château. Contrairement à celle d'Émeraude, elle n'était pas entourée de murailles.

Les soldats mirent pied à terre, invitant Nemeroff à en faire autant, puis le firent entrer dans l'immense vestibule. Le palais était tout aussi blanc à l'intérieur qu'à l'extérieur.

– Vous l'avez intercepté ? résonna une voix irritée dans une pièce contiguë.

Le Roi Rhee fit irruption dans l'entrée, flanqué de deux soldats.

– Sire Onyx ? s'étonna-t-il.

– Je suis son fils Nemeroff, le nouveau Roi d'Émeraude.

– Est-il arrivé malheur à votre père ?

L'air réticent du jeune souverain fit comprendre à Rhee qu'il n'avait pas envie de lui fournir une explication devant ses soldats.

– Mais où sont mes manières ? Je vous en prie, venez avec moi.

Rhee conduisit Nemeroff dans son salon privé.

– Je vous prie d'excuser le manque de courtoisie de ma garde personnelle. Il ne vient presque jamais personne, ici.

– Vos hommes ne m'ont pas maltraité. Mieux encore, grâce à eux j'ai pu faire votre connaissance.

— Votre père est-il mort, sire Nemeroff ?

— Ma mère l'a chassé d'Émeraude et m'a remis sa couronne.

— Où est-il allé ?

— On dit qu'il s'est établi dans le nouveau monde.

— Vous n'avez donc plus de contacts avec lui ?

— C'est plutôt lui qui ne désire plus entretenir de liens avec nous.

— Votre mère a de la chance que vous vous occupiez des affaires du royaume à sa place. Comment se portent vos frères ?

— Ils sont contents de leur sort. Ils n'avaient pas envie de régner.

Les deux rois discutèrent des derniers événements qui avaient secoué Enkidiev et des dommages qu'avaient subis plusieurs des royaumes. Heureusement, celui d'Argent avait été épargné. Nemeroff apprit alors que l'inondation n'avait pas gagné non plus les terres cultivées des Cristallois. Elle avait plutôt gonflé leurs lacs au fond des vallons. Miraculeusement, tous les habitants des villages lacustres avaient eu le temps de se réfugier dans les collines environnantes.

Puisqu'il s'apprêtait à prendre le premier repas de la journée, Rhee demanda à son invité de l'accompagner dans le hall. C'est avec ravissement que Nemeroff pénétra dans cette vaste salle que son père lui avait décrite des centaines de fois lorsqu'il était petit. Il leva les yeux sur les nombreux fanions décorés de créatures marines et sur les armes accrochées sur les murs.

Rhee l'arrêta devant la table où étaient assis sa femme et ses deux enfants adultes.

— Je vous présente le Roi Nemeroff d'Émeraude. Voici ma femme Mona et nos enfants Marcus et Ania.

Ils penchèrent la tête pour le saluer.

— Vous êtes venu seul ? déplora Mona.

— Je n'avais pas besoin d'une escorte pour aller constater les dommages subis par mes voisins.

— J'aurais bien aimé revoir vos parents. Comme vous le savez, ce château a joué un grand rôle dans la vie de votre père.

— Il m'en a souvent parlé, en effet.

Nemeroff mangea en écoutant Mona lui raconter les dernières nouvelles de la côte. Curieux, le jeune souverain buvait ses paroles.

— On me dit que le Roi Hadrian vit encore sur vos terres, fit Nemeroff lorsqu'elle s'arrêta finalement de parler afin d'éviter d'avoir à lui révéler ce qui se passait réellement à Émeraude.

— À l'extérieur de la muraille, à l'extrémité sud du royaume, précisa le Prince Marcus. Il s'est bâti une tour non loin de la rivière Mardall.

— Elle a résisté au déferlement ?

— Oui, sire.

Nemeroff accompagna ensuite Rhee et Marcus jusqu'à la grande terrasse où Hadrian avait souvent discuté avec son lieutenant rebelle, lors de la première invasion. Le jeune souverain écouta leurs récits, mais le passé ne l'intéressait pas. Il préférait tourner son esprit vers l'avenir. Lorsque ses hôtes lui proposèrent de passer quelques jours en leur compagnie, Nemeroff refusa poliment.

— Ma mère est enceinte et a besoin de moi, s'excusa-t-il.

Les soldats allèrent chercher son cheval. Nemeroff grimpa en selle et les salua, puis poussa l'animal au galop en direction de l'océan qu'il pouvait apercevoir au loin. L'air salin chatouilla ses narines.

Dès qu'il s'engagea dans un sentier où il n'y avait plus personne, il utilisa son vortex pour se rendre directement sur les galets, puis ralentit la cadence de sa monture. Le vent du large emmêla ses cheveux et se faufila sous ses vêtements légers. «Quel merveilleux endroit pour établir un royaume !» se dit-il.

Il continua vers le sud, voulant profiter de l'air vivifiant de l'océan avant de rentrer chez lui. Quelques heures plus tard, alors qu'il s'apprêtait à former son vortex, une pensée traversa son esprit : «Où mon frère Atlance habite-t-il ?» Il se transporta à Zénor. Avançant lentement sur la plage, il sonda la cité qui s'étendait jusqu'au château reconstruit au bord de l'océan.

Il ne s'agissait pas d'un village typique d'Enkidiev, mais d'une véritable ville d'un millier d'habitants dont les maisons étaient construites autour d'une grande place.

Nemeroff s'engagea sur l'une des routes de terre. Le débordement n'avait pas atteint Zénor. Ses habitants l'avaient échappé belle, car l'eau aurait été précipitée avec force de la falaise au pied de laquelle ils avaient reconstruit leur civilisation.

Étant donné qu'il s'agissait d'une cité qui attirait de plus en plus d'étrangers, Nemeroff passa presque inaperçu malgré ses beaux vêtements et son cheval de race. Il profita donc de cet anonymat pour examiner les devantures des commerces. Les Zénorois pouvaient y acheter tout ce dont ils avaient besoin : de la nourriture, des textiles, des poteries, des ustensiles, des chaudrons et même des bijoux. À Émeraude, il fallait attendre que les marchands se présentent au château.

Le roi poursuivit son chemin en direction de la falaise, étonné de constater que les maisons étaient aussi rapprochées les unes des autres. Les gens n'y avaient certainement aucune intimité. Il revint sur ses pas en empruntant une autre rue et se mit à la recherche de l'énergie de son frère. Sa quête le ramena sur le bord de l'océan, mais au nord de l'endroit où il était apparu initialement. Il avança sur les galets jusqu'à ce qu'il soit en vue de plusieurs propriétés bien espacées, celles-là. Atlance habitait la toute dernière et la plus près de l'eau. Elle était entourée d'un muret de coquillages qui lui permettait de garder ses chevaux à l'intérieur de son petit domaine.

Nemeroff allait repartir pour Émeraude lorsque Katil sortit de la demeure, un panier d'osier sur la hanche. Elle s'arrêta net en apercevant le cavalier sur la plage, laissa tomber son fardeau et courut se réfugier à l'intérieur.

Un sourire amusé sur le visage, Nemeroff disparut dans son vortex.

19

NOVICE

Il n'avait pas été facile pour Cornéliane de convaincre sa mère de la laisser prendre ses repas dans ses nouveaux appartements. Swan refusait de croire à ses histoires d'intimidation de la part de Nemeroff, mais en raison de sa grossesse de plus en plus difficile, elle ne voulait pas non plus se disputer avec sa fille unique. Elle avait donc cédé à la requête de Cornéliane, mais surtout pour l'empêcher d'aller vivre avec son père.

Depuis son retour à Émeraude, la princesse évitait sciemment de se retrouver face à face avec Nemeroff, maintenant qu'elle avait vu son véritable visage. Comme son père, Cornéliane était rancunière et ne se laissait pas marcher sur les pieds. Tout ce qu'elle voulait, c'était bannir l'usurpateur qui tenait sa mère sous son charme. Mais comment chasser un dragon de sa maison? Il n'existait aucun livre sur le sujet à la bibliothèque et elle n'allait certainement le demander à Swan. Cornéliane se tourna donc vers des créatures qui possédaient de vastes connaissances: les deux petits dragons que le magicien de Cristal avait abandonnés à Émeraude.

Même s'ils n'étaient pas du tout convaincus que l'adolescente puisse venir à bout de Nayati, Urulocé et Ramalocé acceptèrent de lui enseigner ce qu'ils savaient. Puisque Nemeroff sentait tout ce qui se passait dans le château, ils avaient décidé de procéder à la formation de la princesse dans la forêt derrière la forteresse, à l'intérieur d'un cromlech d'où l'énergie ne s'échappait pas facilement.

Cornéliane ne se doutait pas que c'était à cet endroit même que son père avait procédé au rituel destiné à ramener l'âme du dieu-dragon dans le monde des mortels.

Les premières leçons furent théoriques. Assis devant la princesse, au milieu du cercle de pierres, les dragons lui racontèrent l'histoire de la création, afin qu'elle comprenne bien que son adversaire, ayant été conçu par les dieux fondateurs, était plus puissant que les degrés suivants de leurs descendants.

– C'est une régression exponentielle, expliqua Urulocé, le dragon rouge.

– Une quoi ? fit Cornéliane.

– Chaque fois qu'un dieu en engendre un autre, ce dernier a moins de pouvoir que le premier.

– Et puisque je suis la fille de Solis, qui est le fils d'Étanna, qui est la fille d'Aiapaec, qui est le fils d'Abussos...

– Exactement, confirma Urulocé.

– Tu es de la quatrième génération, précisa Ramalocé, son compagnon bleu.

– Donc, quatre fois moins forte que Nemeroff...

– C'est pour cette raison que seule une autre divinité du niveau de Nayati pourrait en venir à bout, ajouta Ramalocé.

– Donc, mon père.

– Ou ses sept frères et sœurs.

– À part Napashni, les autres n'ont pas vraiment des âmes de combattants, précisa Urulocé. Ils préconisent la négociation.

– Dites-moi ce dont le dragon est capable.

– À peu près toutes les atrocités que tu peux imaginer.

– Je parlais de ses facultés magiques.

– Il peut bouger des objets de diverses tailles par lévitation et entendre les pensées, commença Ramalocé.

– Il se déplace aussi par vortex et il peut influencer la volonté des autres, ajouta Urulocé.

– Et il crache le feu.

– Pourtant, lorsqu'il m'a attaquée, il n'a utilisé aucun de ces pouvoirs. Il s'est changé en monstre et il m'a poursuivie comme un prédateur enragé !

– Tous les dragons ne sont pas des monstres, s'offensa Urulocé.

– Il a des griffes longues comme la lame d'une épée et des dents pointues comme la pointe d'une lance.

– J'imagine que les prédateurs prennent davantage plaisir à déchiqueter leurs proies qu'à les incinérer, réfléchit tout haut Ramalocé.

– La première chose que vous devez m'enseigner, c'est à former un bouclier qui l'empêchera de me dévorer, la prochaine fois.

– Il est préférable, en effet, que vous appreniez des techniques défensives plutôt qu'offensives.

En quelques heures, Cornéliane parvint à se protéger des petits dragons qui s'élançaient à tour de rôle pour lui mordre les mollets. Exaspérée de sentir leurs dents s'enfoncer dans sa peau, la princesse leva d'un seul coup une barrière invisible entre ses mentors et elle. Ramalocé s'y heurta, rebondit vers l'arrière, fit quelques culbutes et s'arrêta finalement sur son arrière-train.

– C'était très bien... la félicita-t-il malgré sa tête qui tournait.

– Maintenant, montrez-moi comment faire jaillir le feu de mes mains !

– Votre père aurait dû vous l'enseigner, car il est plus doué que nous en la matière, fit remarquer Urulocé.

– Il a été très malade, le défendit Cornéliane.

Les dragons obtempérèrent, encore une fois, et lui expliquèrent la route intérieure que devait suivre son énergie à partir du milieu de son corps jusqu'à sa paume. Tout comme des centaines de magiciens avant elle, Cornéliane termina les premières leçons en plongeant ses mains endolories dans le ruisseau qui coulait juste à l'extérieur du cromlech.

– On s'endurcit avec le temps, l'encouragea Ramalocé.

– La meilleure offensive est parfois la fuite, vous savez, ajouta Urulocé.

– Il n'est pas question que je cède encore une fois devant mon frère ! se fâcha la jeune fille.

Un après-midi, pendant qu'elle projetait des jets de flammes sur l'un des menhirs, Cornéliane sentit une présence étrangère. En voyant les deux dragons se précipiter sous l'autel de pierre, elle comprit que le danger était réel. Elle s'immobilisa, prête à attaquer, et scruta son environnement. Quelqu'un approchait de l'ouest. « Si c'était Nemeroff, il n'arriverait pas de ce côté », conclut la princesse.

– Ohé ! Il y a quelqu'un ?

Ce n'était pas une voix d'adulte, mais celle d'un adolescent. Cornéliane ne répondit pas et attendit qu'il se rapproche. Elle vit alors apparaître une silhouette familière entre deux des gros rochers.

– Marek ? Est-ce toi ?

– Évidemment !

– Mais tu es aussi grand que moi !

– Par la faute de ma sœur, qui ne fait pas attention aux sorts qu'elle jette. Ça sent le feu, ici.

– Vous êtes revenus au château ? se réjouit Cornéliane.

– Certainement pas. Je ne crois pas que mes parents y retourneront un jour.

– Alors, que fais-tu ici ?

– J'ai décidé d'aller explorer le nouveau monde avec mon frère, annonça fièrement Marek en s'approchant d'elle.

Les dragons sortirent la tête de leur cachette en reconnaissant la voix de l'intrus.

– C'est le petit maître ! s'exclama Ramalocé en bondissant vers lui.

– Que je suis content de vous revoir ! se réjouit Marek.

L'adolescent replia les genoux pour s'asseoir en tailleur et laissa les petites bêtes lui lécher le visage.

– Nous étions si inquiets, avoua Urulocé.

– Mais vous savez bien que je trouve toujours le moyen de survivre.

— Tout dépend de la puissance de vos ennemis, lui rappela Ramalocé.

— Si vous faites allusion au Roi Nemeroff, n'ayez crainte. Je l'éviterai comme la peste.

— Ce serait un sage conseil à donner à une autre personne que nous connaissons, fit Urulocé en se tournant vers Cornéliane.

— Tu veux t'en prendre à lui ? s'étonna Marek.

— Il m'a volé mon trône !

— Les dragons ont raison : tu devrais laisser tomber et aller faire ta vie ailleurs.

— Je ne suis pas lâche.

— Ce n'est pas de la couardise de vouloir rester en vie, Cornéliane.

— Mais c'est le devoir de la royauté de réparer les injustices. Au lieu de me faire la leçon, pourquoi ne me donnes-tu pas un coup de main ?

— Contre Nemeroff ?

— Non. Aide-moi plutôt à parfaire mes facultés magiques.

— Malheureusement, je ne sais pas faire grand-chose à part changer les pierres en zircons, créer de belles illusions, communiquer par télépathie et me métamorphoser.

Il se changea aussitôt en léopard des neiges. Effrayés, les dragons retournèrent en vitesse sous l'autel.

— Ah oui ? répliqua Cornéliane, nullement impressionnée.

Elle se transforma à son tour en guépard.

— Toi aussi ? s'exclama Marek. Comment est-ce possible ?

— Je suis apparemment la fille d'un dieu félin.

— Tout comme moi ! Fils, je veux dire.

Ils reprirent leur forme humaine.

— Donc, Lassa n'est pas ton père.

— Non. C'est Solis, le dieu-jaguar.

— Pas vrai ? s'écria la princesse, sidérée. C'est le mien aussi !

— Es-tu en train de me dire que nous sommes frère et sœur ?

— C'est bien ce qu'il semble.

— Dans ce cas, chère sœur, pourrais-tu me procurer à manger ? Je meurs de faim.

Les dragons sortirent de leur trou et allèrent chercher le panier de provisions que la princesse avait apporté du château.

— Étant donné que je passe toute la journée ici, je m'assure de ne pas mourir de faim, expliqua Cornéliane.

Ramalocé plongea la tête dans la corbeille et happa la nappe du bout des dents. Les dragons s'empressèrent de l'étendre sur le sol et invitèrent les enfants à y prendre place.

— Je suis content que tu t'occupes d'eux, avoua Marek en caressant le dos d'Urulocé. Ils me manquent.

— Si jamais il m'arrivait malheur, les prendrais-tu avec toi ?

— Ma place n'est plus ici.

— Et elle n'est certainement pas à Enlilkisar, Marek. Ce continent est peuplé de bêtes sauvages qui n'hésitent pas à s'attaquer aux humains et de civilisations sanguinaires qui s'entretuent.

— Tu essaies de me faire peur.

— Pas du tout ! J'en reviens et je l'ai vu de mes propres yeux.

Pendant qu'ils mangeaient, Cornéliane lui raconta son aventure sur ces terres sauvages.

— Et tout ce temps, j'ai cru que tu étais la prisonnière d'Azcatchi...

— Le dieu-crave n'est plus une menace pour personne, maintenant. En tuant Lycaon, il a perdu tous ses pouvoirs magiques.

– Ce n'était pas très malin de sa part.

– La colère nous fait parfois faire des gestes regrettables.

– C'est justement notre propos, fit remarquer Ramalocé.

– Je ne veux pas tuer Nemeroff ! Je veux juste le forcer à quitter Émeraude. Ce n'est pas la même chose.

Après le goûter, Marek accepta de lancer des pierres à son amie pour lui permettre de perfectionner ses techniques défensives. *Cornéliane, où es-tu ?* fit alors la voix de Swan dans leurs esprits.

– Je dois rentrer pour ne pas éveiller ses soupçons, se résigna la princesse. Accepteras-tu mon hospitalité ?

– Jamais de la vie ! Le roi n'attend que ça pour me jeter au cachot ! Je vais trouver un endroit plus sûr pour la nuit sous ma forme féline.

Elle serra Marek très fort dans ses bras.

– Tu vas me manquer, chuchota-t-elle à son oreille. Essaie de ne pas te faire tuer, d'accord ?

– Ne t'inquiète pas, ce n'est pas dans mes plans. Je vais devenir un grand homme dans une contrée où ma tête n'est pas mise à prix. Et puis, je suis certain que je retrouverai Wellan et le Roi Onyx. Ils me protégeront jusqu'à ce que je sois capable de voler de mes propres ailes.

– Tiens-toi loin des forêts, d'accord ? Elles sont infestées de carnassiers auxquels les habitants ont donné le nom de Scorpenas. Ils ressemblent aux Tanieths, mais ils sont mille fois plus dangereux et ils se nourrissent de chair humaine.

– Comme c'est rassurant. Merci du conseil.

Marek se changea en léopard noir et blanc au pelage duveteux, puis fonça vers l'est entre deux menhirs.

– Pourquoi ces enfants veulent-ils mourir aussi jeunes ? se désola Ramalocé.

– Les êtres humains ne sont pas aussi sages que les dragons, expliqua Urulocé.

Cornéliane ramassa ses affaires et transporta le panier jusqu'à la forteresse pendant que les petites bêtes bleue et rouge gambadaient devant elle. Avant d'atteindre le pont-levis, elle déposa la corbeille pour que ses amis y grimpent et se cachent sous la nappe, puis regagna le palais en scrutant les alentours. À son grand soulagement, elle ne sentit pas la présence de son frère aîné.

La princesse libéra les dragons dans sa chambre et se laissa tremper dans son bain privé pendant un long moment. C'est d'ailleurs là que sa mère la trouva.

– Mais où étais-tu passée ?

– Je suis allée explorer la forêt, répondit Cornéliane, les yeux fermés.

– Pas seule, j'espère.

– Non.

Heureusement, Swan ne demanda pas à savoir qui l'avait accompagnée.

– Étant donné que Nemeroff est allé rendre visite aux dirigeants des royaumes voisins, j'ose espérer que ce soir, tu me tiendras compagnie dans le hall.

– Avec plaisir, maman.

L'adolescente choisit donc sa plus belle robe et s'admira dans la psyché de sa chambre, tandis que les dragons étaient couchés en rond sur son lit.

– Ne faites pas de bêtises en mon absence, recommanda-t-elle en les embrassant sur la tête.

Elle descendit le grand escalier, en proie à une euphorie qu'elle n'avait pas ressentie depuis longtemps. «Papa dirait: quand le chat est parti, les souris dansent», songea-t-elle. Dès qu'elle aurait repris le trône d'Émeraude, elle lui demanderait de revenir...

Pour compléter son bonheur, elle trouva Maximilien, Aydine, Fabian et Shvara en compagnie de la reine et des jeunes princes dans le hall.

– Vous êtes très jolie, ce soir, mademoiselle, la complimenta le dieu-busard.

– C'est gentil de le remarquer, Shvara.

– Les frères ne voient pas ce genre de chose, plaisanta Fabian.

La bonne humeur qui régna autour de la table ce soir-là n'échappa pas à Swan, qui aurait voulu qu'elle soit toujours présente. Lorsqu'elle quitta la salle avec les plus jeunes, un ton plus clandestin s'installa.

– Je me demande si Hadrian a retrouvé père, laissa tomber Maximilien.

– Il me semble qu'il vous l'aurait annoncé, avança Shvara.

– Pourquoi le cherche-t-il ? s'étonna Cornéliane.

– Pour lui apprendre ce qui se passe à Émeraude et le persuader de rentrer à la maison, répondit Maximilien.

– Il est roi et maître dans son nouveau palais au sommet des volcans, leur rappela la princesse. Il n'a pas besoin de revenir ici.

– Ce besoin qu'éprouvent les humains de vouloir toujours dominer les autres est incompréhensible, commenta Shvara.

– C'est un dieu qui dit ça ? le taquina Maximilien.

– Ce que nous voulons, par-dessus tout, c'est être heureux et être aimés, répliqua Aydine.

Son époux remarqua alors qu'elle était très pâle.

— J'adore votre compagnie, mais ma femme ne se sent pas bien, fit-il en aidant la Madidjin à se lever.

Ils sortirent à leur tour de la vaste pièce.

— De toute façon, il est préférable qu'elle n'entende pas ce que nous avons à dire, fit observer Fabian. Elle aime bien Nemeroff.

— Maximilien n'a-t-il pas dit qu'il irait vivre au Royaume de Perle pour l'éloigner de lui ? voulut vérifier Shvara.

— Quoi ? s'exclama Cornéliane. Atlance est parti, puis maintenant c'est Maximilien ? Et toi ?

— Pour l'instant, je n'en sais rien, soupira Fabian.

— Est-ce le bon moment pour vous changer les idées ? demanda candidement le dieu-busard.

— Nous t'écoutons, Shvara.

— Pendant que votre frère n'est pas là, pourquoi n'allez-vous pas voir ce qu'il fait dans la crypte ?

— Mais oui ! se réjouit Cornéliane. Sauf que la porte sous la tour est impossible à ouvrir.

— Je connais un autre chemin, l'informa son frère.

Fabian emmena sa sœur et son ami rapace à la bibliothèque et fit glisser un panneau sur le mur au fond d'une allée en déplaçant un livre sur une étagère.

– Les passages secrets ! se rappela la princesse. Quand j'étais petite, j'avais trop peur pour m'y aventurer.

– Eh bien, moi, non, répliqua son frère. J'y jouais avec Maximilien et Cameron. Atlance, par contre, n'a jamais voulu y mettre les pieds.

Il fit apparaître de la lumière dans ses paumes et ouvrit le chemin. Cornéliane choisit de marcher entre Shvara et lui.

– Pourquoi dites-vous que c'est un passage secret si vous savez où il se trouve ? s'enquit le dieu-busard.

– Parce que nous ne sommes qu'une poignée de personnes à connaître son existence et que nous avons juré de ne jamais en révéler l'emplacement, répondit Fabian.

– Est-ce que ça s'applique à moi aussi ?

– Oui ! répondirent en chœur le frère et la sœur.

Ils descendirent dans les profondeurs de la terre jusqu'à un corridor jalonné de portes.

– Qui vivaient ici ? s'enquit Shvara.

– Personne, affirma Fabian. C'étaient des salles où les anciens soldats se réunissaient. Elles ne servent plus à rien depuis longtemps. Si mes souvenirs sont exacts, au bout de ce tunnel se trouvait jadis une grande mare aux eaux inquiétantes. À un moment donné, elle s'est asséchée et nous n'avons jamais su pourquoi.

— Tu ne l'as pas demandé à papa? s'étonna Cornéliane.

— Nous n'avions pas le droit de venir jusqu'ici. Si je lui avais posé la question, je me serais dénoncé moi-même.

— Mais moi, je pourrais le faire, puisque je ne suis pas de la famille, offrit Shvara.

Ils arrivèrent au bout du couloir humide, où commençaient à pendre des stalactites. L'immense grotte s'ouvrit alors devant eux. Toutefois, avant de voir quoi que ce soit, ils durent serpenter entre les stalagmites semblables aux hautes colonnes de certains temples. Fabian, Cornéliane et Shvara s'arrêtèrent net en contournant la dernière concrétion calcaire. La grande cavité où reposait jadis l'étang magique était remplie de pièces d'or, de bijoux et d'objets précieux.

— Mais d'où vient ce trésor? s'étrangla Fabian, en état de choc.

— Je suis certaine qu'il l'a volé, grommela Cornéliane.

— À qui? demanda innocemment Shvara.

— S'il le cache ici, ai-je besoin de vous dire que nous devrons nous taire à son sujet? recommanda Fabian.

– Pourquoi ? s'étonna la princesse. Si nous le dénonçons, le peuple ne voudra plus d'un voleur comme roi.

– Nous serons tous morts avant d'avoir pu l'accuser publiquement de quoi que ce soit. Allez, demi-tour avant qu'il nous surprenne ici.

– Mais... continua de protester Cornéliane.

– Sois réaliste, petite sœur. Nous ne faisons pas le poids contre un dragon qui protège sa fortune.

Pour être certain qu'elle le suive, Fabian lui saisit la main et la tira derrière lui.

20

LES NACALTS

Afin de réunir les trois peuples divisés par les dieux-rapaces et les dieux-félins, Onyx eut une idée. Il alla rencontrer les Mixilzins survivants et leur demanda de se choisir un chef. Ils n'étaient plus très nombreux et ne se connaissaient pas tous, car ils provenaient de villages différents, mais un nom revint rapidement sur toutes les lèvres : Hatuncuito. Lorsqu'il s'assit pour discuter avec cet homme d'une trentaine d'années aux épaules musclées et au torse parsemé de tatouages qui racontaient ses exploits, Onyx comprit pourquoi.

S'il connaissait Napalhuaca et la trahison dont on l'accusait, Hatuncuito n'en fit jamais mention. Il écouta plutôt ce que le dieu-loup avait à lui dire au sujet du passé de son peuple et se montra enthousiaste à l'idée de réunir une fois de plus les Nacalts.

Ce soir-là, Onyx réunit donc Féliss, qui allait bientôt succéder à Juguarete, et Hatuncuito pour les entretenir de son projet de les emmener rencontrer leurs voisins Tepecoalts le lendemain. Malgré leur enthousiasme, les deux princes frémirent en entendant le nom de ces farouches guerriers qui avaient tué des milliers de personnes sur leurs autels. Cependant, Onyx se montra très convaincant et, au matin, les deux chefs choisirent les membres de leurs délégations parmi leur peuple respectif.

Tandis qu'il s'apprêtait à partir, Onyx se tourna vers Wellan qui portait encore un pagne, car il revenait du bassin royal où il s'était purifié.

– Tu ressembles davantage à un esclave Itzaman qu'à mon puissant lieutenant, le taquina le renégat. Ne t'ai-je pas fourni des vêtements à ta taille ?

Sans même claquer des doigts, Wellan fut instantanément vêtu du pantalon, de la tunique et des bottes noires qu'Onyx avait empruntés à Hadrian.

– C'est beaucoup mieux ainsi, apprécia le futur empereur. Maintenant, on sait de quel camp tu proviens.

– De toute façon, aucun Nacalt n'a les cheveux blonds.

Lorsque tous furent prêts, Onyx promit au Prince Juguarete de veiller sur son fils, puis demanda aux élus et à leur cortège de mettre la main sur le bras de la personne la plus près. Ils disparurent d'un seul coup.

Onyx choisit de se matérialiser sur la route qui menait à la grande place du royaume voisin. La procession des deux peuples autrefois ennemis aurait pour effet d'attirer l'attention des Tepecoalts et de les rassembler devant le temple. Les Mixilzins et les Itzamans n'avaient pas encore atteint le palais qu'Axayaochtli, le régent des Tepecoalts, vint à leur rencontre avec ses conseillers. Ils se prosternèrent devant Onyx.

– Nous parlions justement de vous, seigneur empereur ! Nous avions hâte de vous revoir pour vous montrer tout ce que nous avons accompli depuis votre départ.

– Allons en parler dans un endroit où tous ceux qui m'accompagnent ainsi que les membres de ton entourage pourront s'asseoir.

– Dans le palais, alors.

Onyx aurait préféré tenir cette assemblée en plein air, car ce bâtiment ne rappelait que de mauvais souvenirs à sa mémoire, mais il était important que son représentant puisse prendre lui-même ce genre de décision. Il laissa donc passer les Itzamans et les Mixilzins devant lui et entra le dernier avec Napashni.

– J'espère que tu sais ce que tu fais, chuchota la prêtresse.

– Fais-moi confiance.

Le futur empereur présenta à Axayaochtli les deux chefs des tribus autrefois rivales, puis leur raconta que des milliers d'années auparavant, les trois races n'avaient formé qu'un seul peuple. C'étaient leurs croyances religieuses différentes qui les avaient élevées les unes contre les autres.

– Désormais, plus rien ne vous sépare, car vous avez renié le culte des rapaces, celui des félins et celui des reptiliens. Vous serez unis sous la protection du plus important de tous les dieux, le vénérable Abussos. Vos trois territoires n'en formeront plus qu'un et l'entente régnera à jamais entre vous.

Il demanda aux chefs de s'avancer et sortit son poignard de sa ceinture. Hatuncuito tendit les bras sans la moindre hésitation, comprenant les intentions du dieu-loup. Axayaochtli en fit autant, puis Féliss se résolut à les imiter. Onyx entailla légèrement leurs paumes, puis unit leurs mains, formant un triangle.

– Aujourd'hui renaît le grand peuple des Nacalts, proclama Onyx. Durant les prochains jours, ensemble vous devrez ajuster vos traditions et vos coutumes afin qu'elles soient les mêmes.

– Mais avant, célébrons ce grand moment, suggéra Axayaochtli.

Il invita ses nouveaux frères à le suivre sur la grande place afin qu'il puisse informer tous les Tepecoalts qu'ils étaient maintenant des Nacalts.

De façon éloquente, Axayaochtli résuma ce qui venait de se passer dans le palais. Le peuple manifesta aussitôt sa joie, puis se divisa en plusieurs groupes. Certains allèrent chercher de la nourriture, d'autres des boissons. Des musiciens vinrent s'installer près de la grande vasque où brûlait jadis la flamme des prêtresses et se mirent à jouer de la flûte et des tambours. De jeunes danseuses arrivèrent pour faire montre de leurs mouvements gracieux à leurs invités.

– Ça commence à être lassant, toutes ces fêtes, ronchonna Onyx.

Napashni l'emmena s'asseoir sur un tapis coloré.

– Tu veux être empereur, alors habitue-toi aux réjouissances, lui dit-elle avec un sourire moqueur.

– Il n'y en aura pas à An-Anshar.

– Moi, je sais qu'Ayarcoutec réussira à te persuader du contraire. Tu lui accordes tout ce qu'elle te demande.

La célébration battait son plein lorsqu'un petit groupe de paysans revint des champs en hurlant.

– Scorpenas !

– Pas encore, soupira Onyx en se levant.

– Mes archers vont vous accompagner ! indiqua Axayaochtli.

– Non. Que tout le monde reste ici, ordonna Onyx en faisant signe à Wellan de le suivre.

Voyant la consternation sur le visage des Tepecoalts, Féliss s'empressa de leur expliquer que le dieu-loup et le dieu-reptile volant n'avaient besoin de personne pour venir à bout de ces carnassiers. À son tour, il raconta l'aventure du Chevalier Liam sur la terre des araignées, captivant instantanément son auditoire.

Onyx utilisa un peu plus de force qu'à Itzaman pour ramener les Scorpenas en un seul troupeau, stoppant brutalement la course de ceux qui fonçaient sur la plaine et arrachant les autres à leur cachette dans les bois. Encore une fois, il les transporta sur la vertigineuse île des tégénaires.

— Tu ne sais même pas ce qu'elles ont fait du premier arrivage, lui fit remarquer Wellan.

— Penses-tu vraiment que j'ai à cœur le sort d'une meute d'insectes carnivores ?

— Les araignées ne méritent peut-être pas ce châtiment.

— Si tu as l'intention de me servir de conscience pendant ma conquête du monde, Wellan d'Émeraude, je vais finir par t'y expédier toi aussi.

Ils marchèrent en direction de la place centrale, où les Nacalts observèrent leur retour en silence. Sans leur adresser la parole, Onyx retourna s'asseoir auprès de Napashni.

— Ils sont tous morts ? osa demander Axayaochtli.

— Je les ai envoyés festoyer ailleurs, répondit Onyx.

La musique recommença à jouer, la nourriture à circuler et les jeunes à danser au son des flûtes. Le renégat reçut dans la main une noix de coco coupée en deux dans laquelle on avait versé un liquide blanchâtre qui sentait l'alcool.

— Qu'est-ce que c'est ?

— Du saccha, répondit Napashni, qui n'avait pas touché à celui qu'on lui avait remis, afin de ne pas nuire au développement du bébé qu'elle portait.

– Il va vraiment falloir que je leur enseigne à cultiver les vignes.

Après avoir longuement humé la mixture, le futur empereur se décida enfin à risquer une gorgée pour faire plaisir à ses nouveaux sujets. Le goût prononcé de la fermentation de la canne à sucre lui fit presque faire la grimace.

– On dirait que je viens d'avaler du feu, déclara-t-il à sa compagne en toussotant.

– Alors, l'alcool va finalement avoir raison de toi ? le taquina Napashni.

Piqué dans son orgueil, Onyx avala d'un trait le reste du saccha.

– Je suis certain que ça doit tuer tous les microbes, lui dit alors Wellan, le visage écarlate.

– Combien en as-tu ingurgité ?

– Juste un, mais je n'arrive pas à leur expliquer que c'est suffisant.

Quelques gobelets plus tard, Wellan se retrouva parmi les danseurs. Il tenta de les imiter de son mieux, mais ses talents en la matière ne s'étaient guère améliorés depuis son retour à la vie. Toutefois, personne ne sembla s'en soucier. Quant à lui, Onyx s'était mis à accompagner les chanteurs. Il était toujours quelques mesures en arrière, mais le tumulte de la fête les empêchait de s'en rendre compte. Napashni observa son compagnon en espérant que personne ne les attaquerait ce soir-là, car il n'était certainement pas en état de défendre les Nacalts.

Des feux furent allumés et les réjouissances se poursuivirent toute la nuit. Napashni mangea avec appétit, mais ne but que de l'eau. Lorsqu'elle se retourna vers Onyx, elle constata qu'il était tombé sur le dos et qu'il ronflait.

Ce fut la chaleur qui réveilla le dieu-loup, le lendemain matin. Ne se rappelant plus où il était et pourquoi, il se redressa d'un seul coup. Il lui sembla alors que sa tête venait de servir d'enclume au marteau d'un géant. Il plaça les mains sur ses tempes et se débarrassa de la douleur, puis il scruta la grande place. Napashni dormait paisiblement sur le tapis coloré, à deux pas de lui, tandis que les Tepecoalts et leurs invités Mixilzins et Itzamans étaient disséminés tout autour.

– On ne savait vraiment pas fêter à Émeraude, murmura Onyx en se levant.

Il courut jusqu'à l'orée de la forêt pour soulager sa vessie, puis poursuivit sa route jusqu'à la plage, persuadé d'être le seul homme debout. Quelle ne fut pas sa surprise de trouver Wellan en train de nager dans la baie. « Voilà une merveilleuse idée », se dit-il. Onyx se dévêtit et plongea dans les vagues pour aller rejoindre son lieutenant.

– Tu encaisses plutôt bien l'alcool pour un jeune homme de bonne famille, le taquina Onyx.

— Je n'ai pas oublié comment débarrasser mon esprit de ses vapeurs. Ne va surtout pas penser que j'avais l'habitude de m'enivrer quand je commandais les Chevaliers. J'étais d'abord et avant tout un buveur de thé.

— Je le sais bien. Toujours satisfait de ton nouveau corps ?

— C'est le plus cadeau que tu pouvais me faire.

Ils nagèrent pendant un moment avant de revenir sur la plage pour se faire sécher au soleil.

— Tu aimes cette vie, Wellan ?

— Je dois avouer que oui, même si la première a également eu sa part de gratification.

Ils enfilèrent leurs vêtements et retournèrent sur la grande place, où les fêtards commençaient à se réveiller.

— Quel est notre prochain geste ? demanda Wellan.

— Laissons les Nacalts entre eux et allons discuter dans un endroit plus tranquille de la meilleure façon d'approcher les Hidatsas... à moins que tu insistes pour visiter l'île des araignées, bien sûr.

— Je n'y tiens pas particulièrement.

Onyx s'agenouilla près de Napashni, qui venait d'ouvrir l'œil, et l'embrassa.

– Oh... tu sens le saccha...

– Finalement, ce n'était pas si mal que ça, mais je préfère le vin.

– Tu veux manger quelque chose ?

– Oui, mais pas ici. Nous partons.

Après avoir fait ses adieux à la population et aux nouveaux dirigeants des Nacalts, qui semblaient s'entendre à merveille, Onyx transporta ses deux lieutenants sur l'île de Pélécar, où il avait installé une rotonde « empruntée » aux prêtres d'Agénor.

– Quel est cet endroit ? demanda Wellan, étonné.

– C'est mon point d'observation favori dans le nouveau monde, répondit Onyx.

Il fit alors apparaître une table et des sièges empruntés à son château d'An-Anshar, ainsi qu'une sélection des mets qu'avaient préparés les Hokous ce matin-là.

– Pourquoi quatre places ? s'étonna Napashni en se servant dans les plats.

– C'est pour notre invité, évidemment.

Lyxus apparut sur la quatrième chaise, visiblement stupéfait d'avoir été arraché à sa routine.

– Sire ?

— Sans vous priver de votre premier repas de la journée, Lyxus, j'aimerais que vous me parliez de la contrée des Hidatsas, puisque c'est ma prochaine destination.

— Où sommes-nous ? s'enquit le vieil homme.

— À Pélécar.

Onyx se mit à manger en attendant que le vieil homme se remette de ses émotions.

— Les Hidatsas étaient un peuple pacifique, jusqu'à ce que les Tepecoalts les attaquent pour obtenir des victimes de sacrifices, les informa finalement Lyxus. Ils ont appris à se défendre, mais ils ne sont pas agressifs. En fait, les adolescents deviennent des hommes après avoir porté un certain nombre de coups à leurs adversaires durant divers jeux de groupe.

— Des jeux ? répéta Onyx, étonné. Les Hidatsas que j'ai rencontrés semblaient pourtant bien décidés à avoir ma peau.

— Ils ont sans doute pensé que vous étiez Tepecoalts.

— Je vous en prie, continuez.

— Parfois, des bandes de chasseurs sont lancées sur le même territoire. Le but n'est pas de tuer le plus de proies possible, car les Hidatsas respectent la vie. C'est plutôt d'empêcher les autres équipes de traquer et de prendre du gibier. Ils participent aussi à des compétitions entre villages lors d'un jeu consistant à marquer des points grâce à une balle de cuir qu'ils lancent dans le filet de l'adversaire.

– Ça ressemble au jeu que les Cristallois nous ont enseigné, fit remarquer Wellan.

– Qui vénèrent-ils ? demanda Onyx.

– Les félins et plus particulièrement Ahuratar.

– Qui les gouverne ?

– Les chefs des sept tribus, car leur territoire est divisé en sept régions distinctes.

– Sont-ils régis par une autorité centrale ?

– Non, mais une fois par année, les chefs se rassemblent pour discuter des problèmes auxquels certains d'entre eux ont eu à faire face depuis leur dernière rencontre et ils essaient de les régler pour le bien de toute la nation Hidatsa.

– Que doit faire un étranger pour les impressionner ?

– Ce sont des hommes qui apprécient les prouesses athlétiques. Quiconque remporterait une épreuve contre l'un de leurs champions gagnerait leur estime.

– Heureusement que j'ai recruté Wellan.

– Quoi ? s'étouffa l'ancien Chevalier.

– Tu as la réputation d'avoir tous les talents, continua de le taquiner Onyx.

– Dans ma vie précédente ! Je viens tout juste de reprendre mon ancien corps. Il est encore loin d'être à son meilleur.

– Alors, nous allons marcher jusqu'à Hidatsa pour te remettre en forme.

– Pourquoi faut-il que ce soit moi ?

– Parce que Napashni est enceinte, bien sûr.

La prêtresse se contenta de sourire, car elle avait déjà compris que son compagnon se payait la tête de Wellan. Onyx n'était certainement pas le type d'homme à laisser une autre personne le priver d'une victoire. De surcroît, il n'avait peur de rien.

– Y a-t-il autre chose que je devrais savoir ? demanda-t-il à l'archiviste.

– Je pense qu'une démonstration de magie les « impressionnerait », comme vous dites. Ils sont très sensibles aux signes du ciel.

Satisfait, Onyx laissa le vieil homme terminer son repas avant de le réexpédier dans la bibliothèque d'An-Anshar.

21

LES HOMMES-RENARDS

Les révélations de Nahélé convainquirent Abussos de scruter plus attentivement le Château d'Émeraude, où se terrait Nayati. Debout devant un étang dont la surface lui renvoyait des images de ce qui passait n'importe où dans l'univers, le dieu-hippocampe n'arrivait tout simplement pas à voir au-delà de la barrière de protection que les Sholiens avaient établie autour de la forteresse.

Abussos se résolut donc à mener une enquête sur les lieux. Il quitta son royaume céleste et se matérialisa dans la grande cour au milieu de la nuit. Occupées à surveiller la campagne, à l'extérieur des remparts, les sentinelles ne le virent pas arriver. Le dieu-hippocampe leva les yeux sur la balustrade où brillait la pierre qu'il avait offerte jadis à Isarn. Il vola jusqu'au balcon et passa au travers de la porte de la chambre du roi. Elle était vide et le lit n'était pas défait. Mais Nayati était un dieu. Il n'avait pas réellement besoin de dormir. « Il ne revient jamais s'abreuver aux sources divines, alors comment récupère-t-il forces ? »

Le dieu fondateur poursuivit son exploration de l'étage royal. Deux des nombreuses chambres étaient occupées : l'une par un petit garçon Ressakan d'une dizaine d'années et l'autre, par une femme enceinte et un bambin d'environ deux ans. Abussos reconnut aussitôt l'énergie qui émanait de la dormeuse. Il s'approcha et s'agenouilla près du lit.

– Lazuli... murmura-t-il.

Il appuya doucement la main sur le ventre de Swan pour le confirmer. Puisque l'embryon n'avait pas terminé sa croissance, il ne pouvait pas extraire l'essence du dieu-phénix qui s'y était attaché. Le bébé serait alors né sans âme. Il reviendrait donc le chercher après sa naissance.

Abussos se tourna ensuite vers le petit garçon qui dormait à poings fermés dans son berceau et capta son appartenance aviaire. « Quel curieux amalgame de forces divines », s'étonna-t-il en se relevant. Il quitta les appartements de la reine et entra dans le long couloir qui divisait l'étage en deux. Dans l'autre partie du palais, il capta aussi la présence de divinités différentes. « Des rapaces et un félin ? » Décidément, il allait de surprise en surprise. Il continua de chercher Nayati et, même s'il flairait le passage de son fils rebelle un peu partout, il ne le trouva nulle part. Puisque ce dernier était un dragon ailé, sans doute allait-il rôder la nuit...

Pour en avoir le cœur net, Abussos se déplaça sur le toit du palais et ratissa la région avec ses sens subtils. Aucune trace de Nayati. Il se rendit donc au sommet d'un volcan, non loin de l'imposant Château d'An-Anshar, et refit le même exercice du côté d'Enlilkisar : rien du tout.

Déconcerté, le dieu-hippocampe retourna finalement dans sa grande forêt et arriva en vue de la tente qu'il partageait avec son épouse. Lessien Idril était assise devant le feu perpétuel et semblait méditer. «Peut-être sait-elle quelque chose», se dit-il. Abussos s'assit près d'elle et observa son visage serein. Ses longs cheveux blonds flottaient doucement dans la brise. «Ma sœur, mon amie, mon amour...» s'attendrit-il. Lorsqu'elle ouvrit finalement les yeux, elle lui sourit.

– Il y a longtemps que tu ne m'as pas regardée ainsi, s'émut la déesse-louve.

– Nos enfants me causent trop de souci. Je n'ai plus de temps pour nous.

– As-tu retrouvé Nayati? Est-ce pour cette raison que tu es assis calmement auprès de moi au lieu de fabriquer un autre canot?

– J'aimerais te dire que mon âme connaît le repos, mais ce ne serait que pour te faire plaisir. Nayati n'est nulle part dans le monde des humains et c'est très étrange, car nous ne lui avons pas enseigné comment se rendre dans d'autres univers.

– Alors, il ne peut se trouver qu'à un seul endroit.

– Pourquoi serait-il retourné de son propre gré au hall des disparus, alors qu'il a tout fait pour l'éviter depuis qu'il en est sorti?

– Toi aussi, tu me surprends, parfois.

– Oui, c'est vrai... Que ferais-je sans ta sagesse, femme?

– Des tonnes de canots et de flûtes, le taquina-t-elle.

Abussos l'attira dans ses bras et l'embrassa avec tendresse.

– Ne me demande plus de te faire d'autres enfants, chuchota-t-il moqueusement.

Cela fit rire Lessien Idril aux éclats. Elle resta blottie contre le torse musclé de son mari pendant un long moment.

– Malgré tout, ce sont de braves petits, murmura-t-elle.

– Ils ne font que des bêtises.

– Tu oublies qu'il faut posséder une bravoure exceptionnelle pour survivre dans le monde des hommes.

– C'est parce que tu les protèges sans cesse que je n'en viens plus à bout.

– Ce que j'éprouve pour eux, c'est de l'amour inconditionnel, Abussos. Le cœur d'une mère est ainsi fait.

– Il revient donc au père de redresser leurs torts.

– Et en cela, tu excelles.

– Tu es encore en train de me prendre par les sentiments.

– J'essaie seulement de t'encourager, bel hippocampe.

– Je vais aller vérifier si tu as une fois de plus raison.

Ils échangèrent un dernier baiser, puis Abussos s'engagea dans un sentier qui s'enfonçait entre les saules pleureurs, jusqu'au pied de l'énorme montagne rocheuse au sommet de laquelle se trouvait le portail du hall des disparus. Les gardiens-pieuvres s'inclinèrent aussitôt devant lui.

– Rien à signaler, vénérable Abussos, déclara l'un d'eux.

– Nayati est-il revenu dans le hall de son propre gré ?

– Personne n'a franchi ces portes, ni dans un sens, ni dans l'autre.

– C'est impossible, grommela le dieu-hippocampe, mécontent. Il ne peut tout de même pas avoir choisi d'errer dans le monde des morts ou sur les étendues sacrées du monde parallèle...

N'ayant aucune information additionnelle à lui offrir, les gardiens demeurèrent silencieux. Abussos se dématérialisa et fonça vers l'univers des Ghariyals, pour finalement s'arrêter devant l'entrée des plaines de lumières. Les deux Immortels vêtus de tuniques blanches lumineuses qui en surveillaient les portes monumentales ne cachèrent pas leur étonnement.

– Comment pouvons-nous vous servir, vénérable père ? demanda l'un d'eux.

– Un dieu est-il entré ici récemment ?

– Nous n'en avons vu aucun depuis fort longtemps.

— Celui que je cherche est un dieu-dragon.

— Alors, il n'est pas passé par ici.

Ce qui ne laissait qu'un seul endroit où Nayati aurait pu se réfugier : le monde parallèle. Abussos aurait préféré ne jamais revoir ce coin de la galaxie sur lequel il n'avait aucune emprise. Il ne pouvait pas imaginer pourquoi son fils aurait choisi de s'y retirer, mais le dieu-dragon ne se comportait pas comme ses autres enfants. Son immaturité allait-elle finalement le conduire à sa perte ?

Il voyagea donc dans l'Éther jusqu'à l'entrée de ce monde gouverné par un implacable dieu-rhinocéros. Abussos ne l'avait rencontré qu'une fois, lors de la création de l'univers afin de jeter les bases d'une coexistence pacifique entre leurs panthéons. Aucune divinité créée par l'hippocampe et la louve ailée n'avait tenté, jusqu'à présent, de s'enfuir dans le monde parallèle, mais le contraire n'était pas vrai. Amecareth avait réussi à échapper à la surveillance de son père et il en avait payé le prix.

Abussos s'approcha de l'imposante muraille d'acier qui délimitait le royaume des morts de cette société incompatible avec la sienne. Ses immenses portes boulonnées étaient gardées par deux hyènes tachetées lourdement armées.

— Qui va là ?

— Je suis Abussos, le dieu fondateur de l'autre monde.

— Vous ne pouvez pas entrer ici.

– Ce n'est pas mon intention. Je cherche un dieu hors-la-loi qui a peut-être traversé cette barrière.

– Nous l'aurions accueilli avec joie, mais personne n'a franchi ce portail depuis une éternité.

Achéron, le dieu-rhinocéros, apparut entre les hyènes.

– Tu dois être bien désespéré pour venir jusqu'ici, cracha la créature mi-homme, mi-animal.

– Je cherche mon fils Nayati.

– Je ne suis donc pas le seul père qui n'a aucune autorité sur certains de ses petits.

– Ce qui se passe dans ton monde ne me regarde d'aucune façon.

– Je n'ai pas vu ton fils, mais si jamais tu mettais la main au collet du mien, ramène-le-moi.

– Si tu fais référence à Amecareth...

– Je sais qu'il a perdu la vie par sa propre faute. Celui que je cherche s'appelle Kimaati. C'est le pire criminel que j'ai engendré. Je te souhaite de ne pas avoir affaire à lui.

– Je garderai l'œil ouvert. Longue vie, Achéron.

– Ce n'est pas comme si nous allions mourir ! s'esclaffa le rhinocéros.

Abussos s'inclina pour le saluer et disparut prestement. Il revint dans sa forêt bien-aimée, mais ce jour-là, elle ne lui procura aucun apaisement. Il marcha le long de la rivière en se creusant l'esprit. S'il ne pouvait pas localiser lui-même Nayati, sans doute en raison d'un enchantement du dieu-dragon, quelqu'un pourrait peut-être le faire à sa place. Il invoqua donc les pisteurs de Vulpiculus, une des nombreuses planètes créées par Aufaniae et Aiapaec, et s'assit en tailleur sur le sol en les attendant. Quelques minutes plus tard, deux hommes-renards apparurent devant lui. Sous leur forme humaine, ils avaient de longs cheveux roux et portaient des armures cuivrées sur des tuniques rouge vif. Ils se prosternèrent aussitôt devant le dieu fondateur.

– Que pouvons-nous faire pour vous plaire, vénérable Abussos ?

Le dieu-hippocampe n'avait pas eu à utiliser leurs services très souvent, mais il savait que ces puissantes créatures immortelles accomplissaient toujours les missions qu'on leur confiait. Puisqu'il ne voulait pas retirer à Ayarcoutec la protection dont elle bénéficiait sous l'œil vigilant de Tayaress, Abussos ferait appel aux hommes-renards pour traquer son jeune rebelle.

– Je suis Malitgaï et voici mon frère Malilsohi, se présenta l'un des deux. Quel est votre vœu ?

– Trouvez mon fils Nayati et ramenez-le au hall des disparus.

– C'est comme si c'était déjà fait.

Les hommes-renards se volatilisèrent. Abussos savait que la capture du dieu-dragon était une entreprise risquée pour ces habiles chasseurs, mais il ne savait plus vers qui se tourner pour récupérer son fils.

※ ※ ※

Même si ce n'était pas son but, Nemeroff ne regrettait pas d'avoir semé la terreur dans le cœur de Katil lorsqu'elle l'avait aperçu sur la plage. Il était important que ses frères reconnaissent sa supériorité une fois pour toutes et qu'ils n'essaient pas de le renverser.

Il avait quitté Zénor sans chercher à revoir Atlance et était réapparu dans une vaste prairie, au sud-ouest de son château, avec l'intention de chevaucher jusque chez lui, conscient qu'il s'agissait d'un exercice qu'il ne pourrait pas refaire très souvent. Il se délectait de sa nouvelle liberté lorsqu'il perçut soudain un danger. Puisque son cheval ne réagissait pas, il comprit que la menace émanait d'une autre dimension. Il était impossible que son père l'ait repéré, car sa bague était toujours à son doigt, alors il ne pouvait s'agir que d'une créature inférieure qui, apparemment, ne tenait pas à la vie.

Sur ses gardes, Nemeroff ralentit le rythme de sa monture jusqu'à la faire marcher au pas. Deux hommes roux apparurent alors devant lui, effrayant le cheval. Le dieu-dragon mit pied à terre et libéra l'animal.

– J'ignore qui vous êtes et ce que vous voulez, mais je n'ai aucun mal à deviner que vos intentions sont funestes.

– C'est votre père qui nous envoie pour vous escorter jusqu'au hall des disparus, l'informa Malitgaï. Si vous n'acceptez pas de nous suivre de votre plein gré, il est certain que vous souffrirez.

Nemeroff éclata de rire.

– Veuillez tendre les bras, ordonna Malilsohi.

– Il ne vous a donc rien dit à mon sujet.

Des filaments électrifiés se formèrent dans les mains des hommes-renards. Attirés les uns vers les autres, ils se soudèrent pour former un grand filet lumineux.

– Vous allez devoir en fabriquer un plus grand, les avertit le Roi d'Émeraude, sur un ton menaçant.

Il se changea en un dragon aussi gros qu'un palais, mais cela ne découragea nullement les pisteurs, qui modifièrent plutôt leur stratégie. Ils s'éloignèrent l'un de l'autre en élargissant leur pantière, puis avancèrent lentement vers leur proie. Nemeroff ouvrit sa gueule armée de dents pointues et leur opposa aussitôt un terrible barrage de feu. Malgré leur intensité, les flammes n'eurent toutefois pas raison des mailles magiques.

Avançant plus prudemment, les hommes-renards projetèrent leur piège sur le dragon. Nemeroff s'élança immédiatement vers le ciel. Il n'avait cependant pas l'intention de s'enfuir. Il fit un arc de cercle, plongea vers les prétentieux chasseurs et se posa lourdement derrière eux en émettant un second jet de flammes. Les hommes-renards se jetèrent à plat ventre et sentirent l'intense chaleur du feu leur brûler le dos.

Dès que le dragon mit fin à son attaque, ils bondirent et lancèrent encore une fois leur filet. Très agile malgré sa taille, Nemeroff l'esquiva, mais les mailles touchèrent sa patte droite, lui causant une douleur fulgurante. Il poussa un rugissement de colère et tenta de happer l'un des chasseurs. Ce dernier lui échappa en effectuant plusieurs roulades en faisant apparaître de nouveaux filaments électrifiés dans ses mains.

Ce jeu de chat et de souris se poursuivit pendant d'interminables minutes. Incapable de saisir ses tourmenteurs, Nemeroff bouillait de rage. Maintenant qu'il savait que le filet était magique, il l'évitait de plus en plus habilement, mais les pisteurs étaient acharnés.

« Je dois les attirer sur un terrain accidenté où ils ne pourront pas manœuvrer aussi facilement », songea le dragon en s'écartant une fois de plus de la pantière. Il n'y avait plus de neige au nord d'Enkidiev, alors il décida de les entraîner dans le Désert.

Nemeroff venait à peine de prendre son envol lorsqu'il sentit un cuisant élancement sur une de ses pattes postérieures que les boucles lumineuses venaient de capturer. Les hommes-renards tirèrent de toutes leurs forces sur le filet, ramenant brutalement leur gibier sur le sol. Le choc fit trembler la terre, mais n'assomma pas le dragon pour autant. Il fit volte-face en libérant prestement sa patte. Tenaces, les chasseurs soulevèrent de nouveau le piège et le lancèrent, mais ses mailles n'atteignirent pas leur cible.

Tombant du ciel, un bolide frappa violemment Malitgaï sur les épaules et l'écrasa dans l'herbe. Nemeroff profita de cette soudaine diversion pour tailler l'autre chasseur en rondelles avec ses griffes avant de se retourner vers Malitgaï, qui se relevait, chancelant. Un immense épervier bicolore, le bec et les ailes ouverts, menaçait l'homme-renard. En apercevant les restes sanglants de Malilsohi, Malitgaï ne demanda pas son reste et se volatilisa.

Nemeroff s'accroupit, prêt à affronter l'oiseau de proie, mais celui-ci se changea en un jeune homme aux longs cheveux noirs et aux yeux opalescents, vêtu d'un pantalon noir et d'une chemise blanche à manches amples.

— Est-ce que ça va ? demanda-t-il, visiblement inquiet.

Étonné, mais devinant les intentions charitables de l'étranger, Nemeroff reprit aussi sa forme humaine. Il s'écroula sur le sol, incapable de tenir debout sur son pied blessé.

— Qui êtes-vous ? haleta Nemeroff. Votre visage m'est familier.

— Je m'appelle désormais Sparwari et je suis un membre du panthéon aviaire, se présenta le jeune homme en s'agenouillant près de lui. Autrefois, j'étais Sage d'Espérita, un descendant du Chevalier Onyx. Je vais vous enlever votre botte afin de soigner votre blessure, mais je vous préviens, ce sera très douloureux.

Le roi serra les dents pour signaler qu'il était prêt à endurer n'importe quoi pour mettre fin à ses souffrances. Sparwari agrippa solidement la chaussure de cuir et tira d'un seul coup.

Nemeroff étouffa un cri et se laissa tomber sur le dos. Il ne vit pas s'allumer les paumes du dieu-épervier qui refermait ses plaies. Le soulagement que lui apporta ce traitement lumineux lui redonna son aplomb. En s'appuyant sur ses mains, il réussit à se remettre en position assise.

– Depuis quand les oiseaux se portent-ils au secours des dragons ?

– Je me dirigeais vers le nord lorsque j'ai aperçu d'étranges reflets lumineux dans la prairie. Je me suis approché pour voir ce qui se passait et j'ai décelé en vous le même sang qui coule dans mes veines. Alors, j'ai décidé d'intervenir. Êtes-vous le Prince Atlance ?

– Non, mais je peux comprendre que vous nous confondiez, car il me ressemble. Je suis son frère aîné, Nemeroff.

Sparwari ne cacha pas sa surprise.

– C'est impossible : Nemeroff est mort quand il était enfant...

– Vous avez raison, mais j'ai été rappelé à la vie.

Le jeune roi posa doucement la main sur la poitrine de Sparwari pour scruter son cœur.

– Tout comme vous, on dirait.

– C'est la déesse Métarassou qui a eu pitié de moi quand j'ai péri à la fin de la deuxième invasion. Je l'avais sauvée de la mort sous sa forme de faucon quelques années auparavant et elle a voulu me rendre la pareille.

Nemeroff était fasciné par les yeux de cet homme dont l'iris réfléchissait la lumière comme un miroir.

– C'est à cause de mon sang insecte, expliqua Sparwari. Montrez-moi votre main.

Le dieu-dragon la lui tendit en essayant de comprendre comment un descendant d'Onyx pouvait être à la fois un homme, un oiseau et un insecte. L'épervier capta sa confusion.

– Ma mère est issue d'un croisement entre une femme d'Enkidiev et le défunt Empereur Amecareth, seigneur des hommes-scarabées, expliqua-t-il en traitant la brûlure qui avait fait fondre la peau de Nemeroff jusqu'à l'os. Mon père était humain.

Lorsqu'il libéra la main du souverain, plus aucune trace de violence n'était visible.

– Je ne suis pas surpris qu'Onyx ait fini par vous arracher à votre trépas, continua-t-il. Il vous aimait beaucoup.

– Comment pourrais-je vous remercier ?

– En évitant dorénavant les pisteurs.

– Dois-je vous appeler Sparwari ou Sage ?

– L'un ou l'autre, ça m'est égal. Je suis les deux.

– Eh bien, sachez que mon véritable nom est Nayati.

– Le fils d'Abussos ?

– De sang seulement, car il me traite plutôt comme si j'étais un vulgaire criminel.

Sparwari aida le jeune roi à se relever.

– Êtes-vous capable de marcher ?

Nemeroff fit quelques pas.

– Je pense que ça ira. Sparwari, si jamais vous aviez besoin de mon soutien, sachez qu'il vous est acquis jusqu'à la fin des temps.

– Je ne vous ai pas sauvé pour obtenir des largesses, mais je m'en souviendrai. Soyez prudent.

Il se changea en épervier et fila vers le ciel. Nemeroff suivit son vol pendant quelques secondes, puis jugea plus prudent de ne pas rester en terrain découvert. Il se transporta par vortex sous la tour de l'ancien magicien d'Émeraude et se laissa tomber dans son lit de piécettes d'or et de pierres précieuses afin de refaire ses forces. À partir de maintenant, il allait faire preuve de beaucoup plus de prudence.

22

LA QUÊTE

aintenant persuadés que l'enfant qu'ils cherchaient n'était qu'un bébé ou qu'elle n'était pas encore née, Kira, Lassa, Hawke et Briag orientèrent leurs recherches différemment. Ils établirent plutôt une liste de parents qui pourraient potentiellement donner naissance à ce petit prodige, puis décidèrent de les rencontrer un à un, en commençant par Maïwen, Nogait, Jasson et Bergeau, qui habitaient à quelques kilomètres les uns des autres. Lassa les transporta d'abord sur la ferme de la Fée, dont la maison était entourée de fleurs multicolores. Un peu plus loin, les deux filles du couple se pourchassaient en riant.

Kira n'eut pas le temps de frapper à la porte qu'elle s'ouvrit brusquement. En poussant un cri de joie, Maïwen lui sauta dans les bras et la serra à lui en couper le souffle.

– Je suis tellement contente de te voir ! s'exclama-t-elle. Nous avons entendu toutes sortes de rumeurs inquiétantes en provenance du château !

– Si elles concernent Marek, elles sont toutes fausses, affirma Lassa.

Maïwen l'étreignit à son tour, pendant que Kevin, son époux, plus réservé, attendait derrière elle qu'elle ait terminé ses câlins.

– Hawke ! s'écria la Fée, folle de joie en l'enlaçant lui aussi.

– Je te présente Briag, mon meilleur ami parmi les moines de Shola, fit l'Elfe en se dégageant timidement de son étreinte.

Même si elle ne le connaissait pas, Maïwen serra aussi Briag contre sa poitrine, le faisant rougir jusqu'aux oreilles. Kevin se contenta d'empoigner les bras de leurs invités à la façon des Chevaliers, puis invita la délégation à l'intérieur du logis, où il faisait plus frais.

– Voulez-vous boire quelque chose ? offrit Maïwen en continuant de manifester son bonheur.

– Tant que ce n'est pas du nectar de fleurs, je veux bien, plaisanta Kira.

– Nous avons un puits, les rassura Kevin.

Il alla chercher de l'eau et en versa dans des gobelets.

– Qu'est-ce qui vous amène chez nous ? demanda Maïwen.

– Un complot contre le nouveau roi ? fit moqueusement Kevin.

– Nous préférons l'évitement à l'affrontement, les informa Lassa avant que sa femme ne se lance dans une tirade contre Nemeroff.

– En fait, nous aimerions savoir si tu es enceinte, précisa Kira.

– Je ne le suis pas, répondit Kevin, car chez les Fées, c'étaient les hommes qui portaient les enfants.

– Avez-vous l'intention d'avoir un autre bébé?

– Pourquoi nous demandes-tu ça? s'étonna Maïwen.

– Nous cherchons une enfant qui est appelée à sauver le monde, répondit Kira. Nous pensons qu'elle n'est probablement pas encore née.

– Pas une autre prophétie, soupira Kevin, qui avait eu son lot de souffrances durant la dernière invasion.

– Il n'y aura pas de guerre si nous arrivons à l'identifier maintenant, souligna Hawke.

– Une petite porteuse de lumière, quoi? fit Maïwen.

– Nous ne savons rien de plus sur son rôle, avoua Lassa.

– Alors, je crains qu'elle ne naisse pas dans cette famille, affirma Kevin. Maïwen et moi sommes pleinement satisfaits de nos filles et nous voulons leur consacrer tout notre temps.

– Si tu nous le demandes, c'est donc que cette petite aura forcément des parents magiques, devina la Fée. Alors, pendant que tu es dans la région, tu pourrais poser la même question à Amayelle, à Sanya et à Catania.

– Elles font partie de notre liste, confirma Hawke.

– N'oubliez pas Chloé, Wanda et Ellie.

– Ohé ! Il y a quelqu'un ? fit une voix à l'extérieur.

Kira reconnut tout de suite le ton exaspérant de Nogait. Même s'ils avaient tous les deux servi sous le commandement de Wellan, la Sholienne ne s'était jamais habituée aux blagues déplacées de son frère d'armes et encore moins à ses coups pendables.

– Nous avons invité Nogait, Amayelle et leurs enfants à pique-niquer avec nous aujourd'hui, expliqua Maïwen.

Ils sortirent donc de la maison, Maïwen en tête.

– Kira ! s'écria joyeusement Nogait.

– Du calme, ma chérie, murmura Lassa à l'oreille de sa femme.

Nogait s'empara de la Sholienne et la fit tourner dans les airs sans se soucier de ses protestations et de ses menaces. Amayelle leva les yeux au ciel, car elle ne pouvait rien faire pour mettre fin aux pitreries de son mari. Lorsque l'exubérant

Chevalier déposa Kira par terre, celle-ci tituba et Lassa dut la saisir par le bras pour l'aider à reprendre son équilibre.

— Mais quel bon vent vous amène ? s'enquit Nogait.

— Nous voulons savoir si vous projetez d'avoir d'autres enfants, expliqua Hawke.

Amayelle vit alors l'Elfe qui se tenait derrière les Chevaliers avec son compagnon sholien et échangea quelques phrases de politesse avec son compatriote dans leur langue.

— Pas avant que notre petit dernier soit plus vieux, affirma Nogait en se demandant ce qu'elle venait de dire à Hawke.

— Venez vous régaler avec nous, les invita Amayelle. Nous avons apporté tout plein de bonnes choses.

Maiia, Opaline et Malika placèrent les couvertures sur l'herbe et sortirent la nourriture des paniers. Les adultes mangèrent en se remémorant les faits cocasses du passé. Le petit Alkar se mit alors à poursuivre un papillon et les filles s'empressèrent de le rattraper avant qu'il atteigne la forêt du côté nord de la propriété. Toutefois, à leur retour, personne ne remarqua que Malika n'était plus là.

Ayant reçu une sommation télépathique de la part des enchanteresses, la jeune Elfe s'était enfoncée entre les arbres jusqu'à une clairière où elle avait fabriqué elle-même un petit cercle de pierres. Elle s'installa au centre du cromlech miniature et ferma les yeux. En un instant, elle fut transportée dans celui des magiciennes au pays des Elfes.

– Très bien, Malika ! se réjouit Moérie. Tu maîtrises enfin le déplacement par l'esprit.

– Grâce à vos bons conseils, maîtresse.

– Mais cela ne suffit plus. Dis à tes parents que tu veux retourner auprès de ton frère Cameron. Trouve un prétexte convaincant.

– Ils se méfient de vous, alors ils vérifieront certainement mes dires.

– Dans ce cas, invente quelque chose de plausible.

Moérie s'agenouilla devant l'adolescente et caressa ses joues.

– J'ai une mission importante à te confier, ma belle enchanteresse.

– Vous savez bien que je ferai l'impossible pour revenir auprès de vous.

– Les décisions irréfléchies de notre nouveau roi menacent notre race d'extinction. Il appartient aux gardiennes de la tradition d'empêcher que cela se produise.

– Cameron est pourtant raisonnable.

– J'avais bon espoir avant qu'il épouse une humaine. Elle l'a souillé par son contact impur.

– Mais Danitza est une très bonne personne, maîtresse.

– Tu n'écoutes pas ce que je te dis, jeune fille.

Moérie appuya le bout de ses doigts sur les tempes de Malika pour lui enlever sa volonté.

– Ta mission sera de nous débarrasser de la reine.

– Je le ferai avec plaisir, Moérie.

– Tu seras une grande magicienne, ma chérie. Je te le promets.

Lorsque Malika ouvrit les yeux, elle était assise dans son propre cercle de pierre, au milieu de la forêt. Reprenant lentement contact avec la réalité, elle entendit ses amies Maiia et Opaline la réclamer à grands cris.

– Je suis là ! répondit-elle en se précipitant à leur rencontre.

Malgré tous ses efforts, Malika n'arrivait pas à se rappeler le rêve qu'elle venait de faire dans son cromlech. Elle haussa les épaules et décida de ne plus y penser.

Kira, Lassa, Hawke et Briag quittèrent la propriété de Maïwen tout de suite après le pique-nique. Puisqu'il faisait beau et chaud, ils marchèrent jusqu'à la terre de Bergeau au lieu de se déplacer à l'aide d'un vortex. Pour pouvoir loger tous ses enfants, le Chevalier de la première génération avait annexé un grand nombre d'ailes à la chaumière originale.

— On dirait qu'il veut rivaliser avec le Château d'Émeraude, plaisanta Lassa.

Ils remontèrent l'allée qui menait à la maison et se réjouirent de voir la marmaille réunie autour d'une longue table. Mieux encore, Jasson, Sanya et leurs garçons s'étaient joints à eux.

— Faites de la place ! s'écria Bergeau en voyant approcher les nouveaux arrivants.

Puisqu'ils venaient tout juste de manger, Kira, Lassa, Hawke et Briag n'acceptèrent que les rafraîchissements qu'on leur offrait, puis expliquèrent le but de leur visite.

— En tout cas, pour nous, les enfants, c'est terminé, affirma Sanya. Une fois que les garçons seront partis de la maison, Jasson me fera visiter tout Enkidiev.

— Nous, c'est moins sûr, avoua Catania, mais nous avons décidé d'espacer mes grossesses. Nous ne prévoyons pas avoir de bébé avant au moins deux ans.

Jasson et Bergeau leur conseilla de s'adresser plutôt à Ellie et Daiklan, qui allaient certainement finir par fonder une famille.

Après avoir embrassé tout le monde, Kira demanda à son mari de les rapprocher du château avec le plus de discrétion possible pour éviter d'arriver nez à nez avec Nemeroff. Aussitôt dit, aussitôt fait. Les quatre compagnons se matérialisèrent devant le musée des deux Chevaliers.

– Entrez ! C'est ouvert ! fit la voix de Daiklan.

La Sholienne passa la première et trouva ses anciens compagnons d'armes en train d'épousseter les vitrines où ils exposaient les vieux objets qu'ils avaient trouvés, achetés et échangés au fil des ans. En les apercevant, Ellie se précipita sur Kira et Lassa et les étreignit en pleurant de joie, puis salua les moines avec un peu plus de retenue.

– Je pensais que vous étiez morts ! réussit finalement à articuler la femme Chevalier, troublée.

– Morts de quoi ? s'étonna Lassa.

– D'une maladie qui aurait tué toute votre famille !

– Mais qui répand une rumeur pareille ?

– Des marchands qui revenaient du château et qui se sont arrêtés ici, répondit Daiklan en serrant les bras de ses amis.

– C'est complètement absurde, se révolta Kira.

Elle leur expliqua que Nemeroff ayant menacé leur fils d'emprisonnement pour une étourderie d'enfant, ils avaient tout simplement décidé d'aller vivre à Shola, chez Myrialuna.

– Merci de me rassurer, se calma Ellie.

– Il ne faut pas croire tout ce que racontent les gens, lui rappela Lassa sur un ton paternel.

– Vous auriez dû communiquer avec nous au lieu de vous tourmenter, ajouta Kira.

Pendant que les Chevaliers renouaient leurs liens, Briag s'approcha des étalages, intrigué par toutes les vieilleries qui s'y trouvaient.

– Êtes-vous venus nous offrir des objets en provenance de Shola ? espéra Ellie.

– Pas cette fois-ci, répondit Kira. Nous voulons savoir si vous avez l'intention d'avoir des enfants.

– Nous en avons justement discuté il y a quelques jours, intervint Daiklan, et nous avons décidé que le musée serait notre seul héritier.

Briag revint vers le groupe.

– À ma prochaine visite à Émeraude, je vous apporterai quelques objets qui vous intéresseront sûrement, déclara-t-il, lui qui n'avait pas dit un mot depuis leur arrivée.

– Oh, merci ! se réjouit Ellie en tapant dans ses mains.

Le quatuor dirigea ensuite ses pas au nord du Royaume d'Émeraude, près de sa frontière avec celui de Diamant. Ils arrivèrent chez les Chevaliers Chloé et Dempsey au beau milieu d'une leçon d'équitation donnée par les parents à leurs enfants. Tout comme chez les autres parents potentiels de la petite pacificatrice, Kira, Lassa, Hawke et Briag furent reçus avec joie et amitié.

Chloé laissa son époux poursuivre la leçon et s'appuya le dos contre la clôture pour écouter ses amis lui confier la nature de leur quête.

– J'aimerais bien avoir une autre petite fille, mais nous en avons déjà plein les bras avec nos cinq enfants, avoua-t-elle.

« La liste des parents potentiels commence à rétrécir », se découragea Lassa.

En voyant leur mine déconfite, Chloé leur suggéra de questionner Mali, car on disait que sa fille était un bébé exceptionnel.

– Pourquoi n'y ai-je pas pensé ? s'exclama Kira.

– J'espère que vous n'attendrez pas qu'on vous confie une nouvelle mission pour revenir passer du temps avec nous ! leur lança Dempsey du centre de l'enclos.

– C'est promis, fit Lassa.

Lorsque Kira, Lassa, Hawke et Briag apparurent devant les portes du Château de Fal, où habitaient désormais Bridgess, Santo, Mali, Liam et leurs enfants, ils commençaient à ressentir la fatigue de la journée.

– Et ce n'est que le début, leur rappela Lassa.

Ils pénétrèrent dans la grande enceinte du palais immaculé, que les couleurs du couchant peignaient délicieusement en rose.

– La Princesse d'Émeraude est ici ! lança un palefrenier, attirant l'attention des serviteurs qui battaient un tapis sur un des nombreux balcons.

Kira jugea inutile de leur rappeler qu'elle ne portait plus ce titre depuis longtemps. En fait, elle n'était plus la princesse d'où que ce soit.

Les compagnons attendaient qu'on vienne les chercher lorsque Myrialuna communiqua avec eux par la pensée. *Je ne veux surtout pas vous alarmer, mais Marek n'est pas encore rentré et nous ne le trouvons nulle part !*

Kira se tourna immédiatement vers les moines.

– Pouvez-vous mener cette enquête vous-mêmes ?

– Allez-y, les pressa Hawke.

Kira donna la main à Lassa et ils se volatilisèrent, pour réapparaître quelques secondes plus tard dans le hall du Château de Shola, où tous les enfants étaient sagement assis devant Myrialuna.

– Quand l'avez-vous vu pour la dernière fois et où ? demanda le père.

Personne ne s'en souvenait, alors Kira décida de questionner directement son fils insoumis. *Marek, où es-tu ?* Elle attendit sa réponse, en vain. *Si tu ne me réponds pas, je t'enfermerai dans la crypte jusqu'à ce que tu sois devenu un adulte !* se fâcha-t-elle.

Oubliez-moi, répliqua enfin Marek. *Je suis parti à la recherche de mon destin.* Les oreilles de Kira se rabattirent sur ses cheveux violets, indiquant son profond mécontentement.

Je ne sais pas quelle idée t'est passée par la tête cette fois-ci, mais je te conseille de revenir tout de suite à Shola, sinon ça va chauffer. Pendant que Kira tentait de raisonner leur fils rebelle, Lassa tentait de le localiser avec ses sens invisibles.

— Il est au Royaume de Jade, sur la berge de la rivière Sérida, annonça-t-il.

— Ramenez-le à la maison ! supplia Myrialuna.

Kira et Lassa se dématérialisèrent en même temps. Heureusement, les Chevaliers l'avait déjà parcourue lors d'une patrouille, alors ils se retrouvèrent quelques pas derrière l'enfant.

— Marek ! tonna Lassa.

L'adolescent se jeta à l'eau pour échapper à ses parents et se mit à nager de toutes ses forces contre le courant.

— Reviens ici tout de suite ! ordonna le père.

— Tu es un dauphin, alors va le chercher ! s'écria Kira.

— Je ne sais pas comment enclencher la métamorphose, avoua-t-il. C'est Abussos qui m'a transformé.

— Pouvoir de lévitation, alors ?

Ils unirent leurs forces et capturèrent le fugueur, mais chaque fois qu'ils parvenaient à le sortir de l'eau, une autre énergie intervenait pour leur faire perdre leur emprise.

— Ça ne provient pas de lui, s'alarma Lassa.

Kira sonda les alentours sans détecter la présence d'un sorcier.

— Si quelqu'un le tient en son pouvoir, alors il le fait à distance, conclut-elle.

— Nemeroff?

— Pourquoi le tirerait-il vers les volcans?

— Le seul autre magicien suffisamment puissant pour accomplir un tel exploit, c'est Onyx, et justement, il se trouve de ce côté.

Non seulement ils n'arrivaient pas à ramener leur fils vers eux, mais une étrange magie le propulsait de plus en plus rapidement vers l'autre rive.

— Peux-tu nous faire traverser de l'autre côté? s'enquit Kira.

— La seule fois que je suis allé sur les volcans, c'était sur la corniche là-haut, où Lycaon avait emmené Lazuli et les filles sous leur forme d'oiseau.

– Au moins, nous serions sur la bonne rive. Il serait plus facile d'utiliser la lévitation pour descendre de la montagne que pour traverser cette rivière qui est dix fois plus large maintenant.

Dès qu'ils réapparurent sur la saillie, Kira se colla immédiatement le dos contre la pierre.

– Pourquoi ne m'as-tu pas dit qu'elle était aussi étroite ? s'effraya-t-elle.

– J'étais dans un tel état de panique quand j'ai effectué ce sauvetage que je ne m'en souvenais plus.

Ils jetèrent un œil prudent au pied du volcan.

– Lévitation ! s'écrièrent-ils en même temps.

C'était un pouvoir que la Sholienne maîtrisait depuis longtemps, alors elle les fit descendre tous les deux à quelques mètres seulement de leur fils récalcitrant.

– N'essayez pas de m'arrêter ! les avertit Marek. J'ai le droit moi aussi de mener ma vie comme je l'entends !

– Tu as douze ans ! se fâcha sa mère.

– Personne ne veut de moi à Enkidiev, alors je m'en vais chercher fortune ailleurs !

– Marek, je ne sais pas ce qui s'est passé, mais je suis certain que nous pouvons en discuter, intervint Lassa.

— Vous ne connaissez pas mes tourments! Vous n'avez jamais essayé de me comprendre!

Au moment où les parents allaient s'emparer de leur fils, celui-ci disparut.

— Marek! hurla Kira, furieuse.

Sa voix se répercuta dans les volcans.

— Où a-t-il appris à utiliser un vortex? s'étonna Lassa.

Kira s'agenouilla à l'endroit où son fils s'était dématérialisé. Elle plaça la main sur le sol et reçut une puissante décharge électrique qui la projeta en arrière. Lassa se précipita à son secours et l'aida à se relever. Assommée, la Sholienne secoua la tête.

— Ce n'est pas lui qui l'a créé...

— As-tu eu le temps d'en reconnaître la provenance?

— C'est une magie qui m'est complètement inconnue.

— On nous l'a pris, conclut Lassa.

— Mais qui voudrait enlever ce petit garnement?

— Quelqu'un qui nous veut du mal ou qui a l'intention de l'échanger contre une rançon, sans doute.

— S'il le faut, je viderai les coffres du Château d'Émeraude pour qu'on nous le rende.

— Moi, je pense que si Marek demeure fidèle à lui-même, c'est son ravisseur qui nous paiera pour qu'on vienne le chercher, grommela le père.

— Au lieu de dire des sottises, essayons plutôt de le localiser.

Lassa fit appel à sa plus profonde concentration. Abussos n'avait pas menti : sa conscience se projeta à l'extérieur de son corps à une vitesse vertigineuse.

— Là-haut, indiqua-t-il en revenant de sa transe.

Kira leva la tête et vit deux silhouettes sur le bord du cratère d'un volcan.

— Qui est avec lui ? gronda-t-elle comme un fauve.

— C'est un homme, mais je ne l'ai jamais vu, ni à Enkidiev, ni à Enlilkisar.

— Si je démolis le versant de la montagne, seras-tu capable de t'emparer de Marek avec ton pouvoir de lévitation ?

— C'est trop risqué, Kira.

Avant qu'ils puissent s'entendre sur la façon de récupérer leur fils, les deux ombres s'évanouirent en même temps.

– Non ! hurla la Sholienne.

Lassa tenta de localiser de nouveau son enfant, mais ne le trouva plus nulle part.

23

ÉLIMINER LA RIVALE

Lorsqu'il ouvrit enfin les yeux, Nemeroff sentit renaître ses forces. Il s'étira en faisant cliqueter les bijoux et les pièces d'or sous lui, et reprit sa forme humaine. Ses vêtements étaient dans un état lamentable et il était couvert de sang séché. Il remonta à ses appartements sans se hâter. Les serviteurs arquèrent un sourcil en le voyant passer, mais n'émirent aucun commentaire. Nemeroff se déshabilla et plongea dans l'eau chaude de son bain privé. Il y resta un long moment, se débarrassant des dernières traces de l'attaque des hommes-renards. Il enfila ensuite une tenue plus simple et avala toute l'eau fraîche de la cruche qu'on avait placée pour lui sur la commode.

Seul Abussos avait pu mettre ces chasseurs roux à ses trousses, sans doute parce que la pierre magique des Sholiens n'avait aucun effet sur eux. Le dieu fondateur n'avait donc pas l'intention de le laisser prouver qu'il était une bonne personne et un roi généreux. «Je veux continuer de vivre!» ragea Nemeroff, qui se devrait d'être doublement vigilant, à présent. Il lui faudrait également éliminer en douce tous ceux qui risquaient de le trahir.

Le jeune souverain traversa l'étage, à la recherche de sa mère, mais ne la trouva pas. Elle était sans doute dans le hall avec les jeunes princes. Du coin de l'œil, il crut apercevoir par une fenêtre de curieux éclats lumineux au milieu de la forêt. Il s'approcha de l'ouverture et étudia le phénomène. Les rayons ardents provenaient toujours du même endroit et ils explosaient plus ou moins au même endroit, quelques mètres plus loin.

– On dirait que quelqu'un est en train de s'aiguiser les dents...

Nemeroff utilisa son vortex pour quitter le palais. Il se matérialisa sur le sentier qui serpentait entre les arbres et avança en scrutant la terre et le ciel afin de ne pas être pris de court une deuxième fois. Il arriva au cromlech, où Cornéliane essayait de démolir une cruche installée sur l'autel au beau milieu du cercle de pierres. Ses rayons la frôlaient ou la manquaient carrément, mais la petite ne se décourageait pas.

– Un peu plus à gauche ! recommanda Urulocé, assis aux pieds de la jeune fille.

Elle lança un autre jet qui manqua la cible.

– Non, à droite ! suggéra Ramalocé.

Un faisceau rouge sang passa alors au-dessus de l'épaule de Cornéliane et fit éclater le pichet en mille morceaux. La princesse fit volte-face et aperçut son frère aîné, le bras tendu, un sourire cruel sur le visage. Les petits dragons coururent se cacher sous l'autel, persuadés que leur dernière heure était venue.

– Tu te targues d'être la fille d'Onyx et tu es incapable de démolir une cruche ?

Cornéliane sentit la colère monter en elle, mais se mordit la langue pour ne pas répliquer. Elle savait qu'elle n'était pas encore assez forte pour s'en prendre à ce dieu aussi puissant que son père.

– Je commence à en avoir assez d'être entouré de gens mécontents et hypocrites, poursuivit Nemeroff en perdant son sourire.

– Personne ne vous retient ici, lâcha la princesse.

– Ce royaume, c'est à moi qu'il revient de droit.

– C'était avant votre mort. Vous avez tout perdu, le jour où l'Empereur Noir vous a aplati comme une galette.

– Un dieu ne meurt jamais.

– Eh bien, pendant que vous vous prélassiez sur les grandes plaines de lumière, le reste de la famille a continué de grandir et de préparer son avenir.

– Tu crois que c'est agréable de perdre ses souvenirs, ses émotions et ses sensations ? Tu n'es qu'une enfant gâtée qui ne pense qu'à s'amuser. Quel genre de reine ferais-tu ?

– On m'a préparée à régner !

– Le pouvoir n'est pas un jeu, petite fille.

Incapable de se contenir plus longtemps, Cornéliane laissa partir un rayon ardent sur son frère, qui le dévia sans difficulté.

— Me provoques-tu en duel ?

Urulocé et Ramalocé se mirent à couiner pour avertir la princesse que c'était une très mauvaise idée.

— Je préférerais mourir que de voir un usurpateur diriger le pays que j'aime !

— Il suffisait de le dire.

Nemeroff fit jaillit un jet de feu de sa paume. Cornéliane eut tout juste le temps de lever son bouclier invisible. Le jeune souverain multiplia les coups sans se presser, car il savait que la protection magique de la téméraire adolescente finirait par céder. Il avait tout son temps.

Puisque leur seule arme était la connaissance, les petits dragons décidèrent de galoper jusqu'au château pour aller chercher des secours.

— À l'aide ! À l'aide ! crièrent-ils de tous leurs poumons en arpentant les douves.

Au milieu du cromlech, Cornéliane regretta de ne pas être restée à An-Anshar avec son père, qui ne l'aurait jamais traitée de la sorte. Elle encaissait les charges de Nemeroff avec courage, mais ses forces commençaient à l'abandonner.

– Tu ne peux pas être le fils d'Onyx ! hurla-t-elle. Il n'a jamais été aussi cruel que toi !

– Moi aussi je l'idolâtrais quand j'étais enfant...

– Tu ne le connais même pas !

Cornéliane tomba sur les genoux, épuisée, et son bouclier disparut. Le faisceau suivant lui écorcha l'épaule et lui arracha un cri de douleur. Nemeroff s'approcha lentement d'elle en contemplant son visage. Elle était désormais à sa merci.

– Tu ne ressembles ni à mon père, ni à ma mère, constata-t-il. Je sens même en toi une énergie divine qui n'appartient pas à ma lignée.

La princesse n'entrevit qu'une seule façon de survivre : elle se transforma en guépard et bondit vers l'une des ouvertures entre les grandes pierres dressées. Le tir de Nemeroff l'atteignit à la hanche et la fit rouler dans la poussière.

– Tiens donc... un chat ?

Couchée sur le flanc, pantelante de douleur, Cornéliane reprit son apparence humaine.

– Je dirai à mère que tu as joué avec le feu et que tu t'es brûlée.

Nemeroff leva la main avec l'intention de lui asséner le coup de grâce, mais n'eut pas le temps de rassembler son énergie meurtrière. Il fut si violemment frappé dans le dos qu'il plongea par-dessus Cornéliane et fit plusieurs culbutes avant de s'arrêter à plat ventre au pied de l'autel. Il se retourna vivement et vit deux rapaces se métamorphoser sous ses yeux.

– Et si tu t'en prenais à quelqu'un de ta taille ? tonna Fabian.

Avec un air courroucé, le jeune souverain se releva et épousseta ses vêtements. Fabian fonça tête première dans l'estomac de Nemeroff. Ce dernier, anticipant plutôt un combat entre magiciens, n'eut pas le temps de réagir. Il fut projeté sur le dos et maintenu au sol par le poids de son adversaire. Fabian ne lui donna pas non plus l'occasion de se débattre. Avec ses poings, il le frappa à de multiples reprises au visage.

Pendant que Nemeroff tentait de se débarrasser du dieu-milan qui le malmenait, Shvara se pencha sur Cornéliane qui perdait rapidement des forces. Les petits dragons étaient revenus auprès d'elle et flairaient ses plaies.

– Nous ne devons pas rester ici, déclara Ramalocé au dieu-busard.

– Des dragons qui parlent ?

– Vous manifesterez votre étonnement plus tard, recommanda Urulocé. Il faut la sortir d'ici. Quand le roi aura tué le Prince Fabian, il voudra achever sa sœur et nous tous, par le fait même.

Shvara jeta un œil aux combattants.

– Dans ce cas, le mieux, c'est peut-être d'aider Fabian à sortir victorieux de ce duel.

– Vous n'avez aucune chance contre Nayati ! s'exclama Ramalocé.

N'ayant pas une seconde à perdre, les petits dragons plantèrent leurs dents dans les vêtements de Cornéliane et commencèrent à la traîner à l'extérieur du cromlech.

Puisque son enveloppe physique risquait d'être endommagée sous les coups répétés de son frère, Nemeroff passa à l'attaque. Il renversa Fabian et le frappa à son tour. Le dieu-milan protégea son visage avec ses bras et, avec un solide coup de pied, repoussa son opposant.

Nemeroff poussa un cri de rage. La moitié de son visage et son bras droit se couvrirent de petites écailles bleues. Il bondit sur son frère et le mordit à la poitrine avec l'intention de lui arracher tous ses organes. Un poids s'abattit alors sur son dos, lui faisant lâcher sa proie. Il se releva et balança son nouvel adversaire sur le sol. Shvara se remit prestement sur pied, les mains pleines de sable. Lorsque Nemeroff fonça sur lui, le dieu-busard lui lança la poussière dans les yeux, le privant momentanément de la vue. Il se changea immédiatement en oiseau de proie géant, agrippa Fabian par ses vêtements et le transporta à l'extérieur du cromlech. Il le laissa dans une clairière et revint chercher Cornéliane et les dragons. Le rapace déposa la princesse près de son frère. Un grondement féroce fit alors trembler la forêt. « Il s'est transformé ! » s'alarma Shvara.

– Sauve ta peau... murmura Fabian, au seuil de l'inconscience.

– Il n'est pas question que de je t'abandonne, Albalys.

La tête du dragon bleu apparut au-dessus de la cime des arbres. Battant des paupières, Cornéliane le vit déployer ses ailes. *À l'aide!* cria-t-elle mentalement. Nemeroff s'élança sur ses proies, mais lorsqu'il atterrit dans l'échappée, elles avaient disparu! Il pivota sur lui-même en poussant des cris de frustration. Il utilisa ses facultés magiques, mais ne parvint pas à les localiser.

Un vortex avait aspiré Cornéliane, Fabian, Shvara et les deux petits dragons. Ressentant la morsure du froid sur son visage, la princesse pria pour que ce soit celui de son père. Lorsque le maelström les relâcha, elle eut tout juste le temps de constater qu'elle reposait au pied de grands arbres auxquels étaient fixées d'étranges maisons circulaires. Puis ce fut le noir.

Kaliska et Danitza se penchèrent sur les deux blessés.

– Mais que leur est-il arrivé? s'exclama la guérisseuse en reconnaissant Fabian et Cornéliane.

– Je vous en prie, aidez-les, implora Shvara, qui ne savait plus quoi faire.

– Dis-moi ce que je dois t'apporter? demanda Danitza.

– Ce sont des blessures magiques. Il n'y a que la lumière de mes mains qui puissent les traiter.

— Où sommes-nous ? demanda le dieu-busard.

— Au Royaume des Elfes, l'informa Danitza.

— Est-ce loin du Château d'Émeraude ?

— Plutôt, oui.

Cette information calma immédiatement les craintes du rapace, qui ne voulait surtout pas voir surgir Nemeroff une seconde fois.

— Que leur est-il arrivé ? demanda la Reine des Elfes.

— Ils ont été attaqués par un dragon.

Kaliska jeta un regard inquiet aux deux petites bêtes rouge et bleu collées contre Cornéliane.

— Pas ceux-là, affirma Shvara. Mon ami Fabian a eu une altercation avec son frère.

— Nemeroff ? s'étonna la guérisseuse.

— C'est exact.

Jugeant que les profondes lacérations de Fabian nécessitaient des soins plus urgents que celles de Cornéliane, Kaliska commença par s'occuper de lui.

— Danitza, aide-moi à lui enlever ses vêtements.

Elles lui arrachèrent ce qui restait de sa tunique en lambeaux. Une lumière aveuglante s'échappa des mains de Kaliska. Dès que les plaies de Fabian furent refermées, elle traita les lésions de Cornéliane, brûlée à l'épaule et à la hanche, mais les traitements étaient loin d'être terminés. Utilisant son pouvoir de lévitation, la guérisseuse les hissa les blessés dans la hutte que les Elfes lui avaient offerte. Quant à eux, Urulocé et Ramalocé utilisèrent leurs griffes pour escalader le gros tronc et se faufiler dans l'ouverture du plancher.

Shvara alla s'asseoir dans un coin et observa la poursuite du travail de guérison en se demandant s'il devait retourner au Château d'Émeraude afin de prévenir la reine de ce qui venait de se passer. Le roi-dragon allait certainement tout faire pour l'empêcher de se rendre jusqu'à Swan. Le mieux, c'était sans doute d'attendre que son ami milan se soit remis de ses blessures afin de le laisser prendre cette décision lui-même.

La fraîcheur de la maison apporta un soulagement supplémentaire à Fabian, qui luttait pour ne pas perdre connaissance. Il ne savait pas où on l'avait emmené, mais il se sentait en sûreté.

– Shvara ? appela-t-il faiblement.

– Je suis là, Albalys. N'essaie pas de bouger.

– Ne m'appelle plus comme ça... Où est Cornéliane ?

– Juste à côté de toi.

Fabian tenta de tourner la tête et grimaça de douleur.

– Je vous en prie, conservez vos forces, recommanda une voix féminine.

Le dieu-milan battit des paupières et vit le beau visage de Kaliska au milieu de la brume qui se formait devant ses yeux.

– Merci... murmura-t-il avant de s'évanouir.

La guérisseuse profita de sa perte de conscience pour le soumettre à un traitement en profondeur. Il ne suffisait pas de refermer ses plaies, elle devait également arrêter les hémorragies internes. Elle le bombarda de lumière sans relâche, jusqu'à ce que, vidée de sa propre force vitale, elle s'écroule sur le plancher.

– Lady Kaliska ! s'alarma Shvara.

Au même moment, Danitza franchissait la trappe, suivi de Cameron qui venait d'être mis au courant de ce qui se passait.

– Ne la touchez pas ! cria la reine.

Un cocon d'une pure lumière blanche enveloppa alors le corps de la guérisseuse.

– C'est ainsi qu'elle refait ses forces, expliqua Danitza, mais cette énergie peut tuer quiconque essaie d'y mettre même le bout d'un doigt.

– Jurez-moi que personne ne mourra, supplia Shvara.

– Kaliska n'a jamais perdu un patient jusqu'à présent.

Tandis que Cameron examinait la situation, sa femme offrit de l'eau au dieu-busard.

– Vous pourrez rester ici jusqu'à ce qu'ils soient entièrement remis, lui dit le roi.

Danitza vit alors les petits dragons qui se collaient contre Cornéliane.

– Je ne savais pas qu'il y avait de telles bêtes à Enkidiev.

– Nous ne sommes que deux, murmura Ramalocé, le museau couché sur le bras de la princesse.

– Et vous parlez, en plus !

L'écrivaine sut tout de suite qu'ils feraient partie de son prochain roman.

– Vous lui semblez très attachés, remarqua Cameron.

– Elle prend soin de nous depuis longtemps, expliqua Urulocé.

– En attendant qu'elle soit guérie, il faudra bien que ce soit moi, décida Danitza.

Elle déposa un bol d'eau non loin d'eux et recula.

– Que mangez-vous ?

– N'importe quoi, affirma Ramalocé. Nous ne sommes pas difficiles.

Elle leur offrit donc des noix, des amandes, de petits fruits, des racines et diverses plantes comestibles. Toutefois, les dragons n'y touchèrent pas avant le soir, lorsqu'ils furent tenaillés par la faim.

Lorsque Kaliska eut enfin rétabli son énergie, elle constata que Danitza avait allumé des lampes dans sa maison et recouvert les blessés de légères couvertures gris argent pour les tenir au chaud durant la nuit.

– Ils n'ont pas repris connaissance, lui dit la reine en lui tendant un bol de salade.

Kaliska mangea du bout des lèvres en gardant un œil inquiet sur les deux membres de la famille royale d'Émeraude.

– À quoi penses-tu ?

– J'ai du mal à comprendre qu'un homme traite ainsi son frère et sa sœur, avoua Kaliska.

– Il faudra attendre leur réveil pour obtenir une explication, indiqua Cameron.

– Il s'agit d'une situation complexe, les informa Shvara, assis dans la partie sombre de la maison circulaire.

– Je ne me suis pas occupée de vous, déplora la guérisseuse.

– Rassurez-vous, je n'ai subi aucune blessure. Nemeroff a attaqué la petite et Fabian s'est interposé.

– Quel gâchis...

– Ni l'un ni l'autre ne veut accepter que le dieu-dragon est plus puissant qu'eux.

Après s'être partiellement rassasiée, Kaliska alla jeter un nouveau coup d'œil aux brûlures de Cornéliane et constata avec satisfaction qu'elles se cicatrisaient. Fabian se remettait également de ses blessures, mais parce qu'il avait perdu beaucoup de sang, il mettrait plusieurs jours avant de se rétablir.

– Veux-tu que je reste avec toi, cette nuit? demanda Danitza.

– C'est gentil, mais je crois que nous allons tous dormir.

La reine embrassa son amie sur la joue, lui promit de revenir au matin avec de la nourriture et poussa son mari vers la trappe. Kaliska s'allongea sur sa couche et surveilla ses patients jusqu'à ce qu'elle ne soit plus capable de garder les yeux ouverts.

Au matin, elle trouva Cornéliane assise près de son frère, les deux seuls membres de la famille d'Onyx qui étaient blonds comme les blés. Les dragons se tenaient de chaque côté d'elle et lui parlaient tout bas.

– Cornéliane?

La Princesse d'Émeraude se tourna vers la jeune femme dont elle reconnaissait à peine le visage.

– Kaliska?

– Oui, c'est bien moi.

– Mais comment se fait-il que tu sois plus vieille que moi tout à coup?

– Un sort que j'ai jeté sans réfléchir, mais que je ne regrette pas. Comment te sens-tu?

– Comme si la muraille d'Émeraude m'était tombée sur le dos.

– J'ai refermé tes blessures, mais tu dois te reposer.

– Pourquoi Fabian est-il toujours inconscient?

– Il était en bien plus mauvais état que toi. J'ai dû ressouder quelques artères, colmater ses poumons et reconstruire son estomac. Heureusement, son cœur était intact. Il devra rester immobile pendant plusieurs jours.

– Mais au moins, il est toujours vivant...

– J'aimerais que tu restes chez moi jusqu'à ce qu'il soit complètement remis. Autrement dit, je te défends de retourner à Émeraude toute seule.

– J'étais justement en train de penser que, de toute façon, ce ne sera plus jamais possible.

Les dragons hochèrent vivement la tête pour dire qu'ils étaient d'accord.

– Y a-t-il un endroit où je pourrais me baigner?

– La rivière recommence à peine à être propre, alors je te suggérerais plutôt l'un de nos nombreux étangs dont l'eau est vivifiante.

– Je vais l'y conduire, annonça Danitza en mettant la tête dans la trappe.

Elle déposa sur le plancher le bol de nourriture qu'elle leur apportait et le poussa plus loin, puis redescendit dans l'échelle de corde pour permettre à la princesse de la suivre.

Cornéliane se faufila dans l'ouverture, ses dragons sur les talons.

– Si vous n'y voyez pas d'inconvénients, j'aimerais aussi aller me dégourdir, annonça le dieu-busard en se levant.

– Vous êtes libres d'aller où vous voulez, Shvara.

Au lieu d'utiliser l'échelle, il se transforma en rapace et s'envola par la fenêtre.

– Nous vivons dans des temps vraiment étranges, murmura la guérisseuse, découragée.

Elle versa de l'eau dans un gobelet et souleva doucement les épaules de Fabian pour lui humecter les lèvres. Il battit des paupières, apparemment incommodé par la clarté des lieux.

– Avez-vous mal ? s'inquiéta Kaliska.

– Votre lumière est trop éclatante... se plaignit-il dans un souffle.

Les rayons matinaux entraient pourtant par les fenêtres les plus éloignées. Kaliska examina aussitôt les yeux du Prince d'Émeraude.

– Votre vue est pourtant normale et vous vous trouvez dans un coin ombragé de la maison.

– C'est vous qui brillez comme un soleil...

– Moi ?

Kaliska craignit que ce qu'il voyait, c'était l'aura des âmes sœurs dont lui avaient si souvent parlé ses parents.

– Buvez, insista-t-elle pour le faire taire.

Les petites gorgées que parvint à avaler Fabian le revigora.

– Vous sentez-vous capable de manger ?

Au lieu de répondre, le jeune homme dévisagea la jeune femme comme s'il voyait un fantôme. Sans avertissement, il approcha son visage du sien et déposa un doux baiser sur ses lèvres. Le seul autre homme qui avait embrassé Kaliska, c'était le Roi d'Émeraude, mais elle n'avait rien ressenti de comparable. Une vague de chaleur parcourut tout son corps. Affolée, elle recula et força Fabian à se recoucher.

— Je ne voulais pas vous effrayer...

Pour le faire taire, elle lui transmit une puissante vague d'apaisement qui le replongea dans le sommeil. «Que vient-il de se passer?» se demanda-t-elle, émue. Effrayée, elle s'empressa de quitter la hutte.

24

L'ÉPÉE DE FEU

orsqu'il se sentit frais et dispos, Onyx quitta Pélécar avec ses deux lieutenants. Utilisant son vortex, il retourna à l'endroit où il avait jadis rencontré les jeunes chasseurs Hidatsas. Il n'y avait personne en vue, pour l'instant.

– Que fait-on, maintenant ? s'informa Wellan.

– Nous marchons vers le sud, car la carte que nous possédons indique qu'il y a des villages de ce côté.

– Que devons-nous faire si nous sommes attaqués ?

– Puisqu'il est plus valorisant pour ces chasseurs de prendre un ennemi plutôt que de le tuer, nous allons nous laisser capturer.

– Je ne vois pas comment ça nous aidera dans nos négociations.

– C'est la façon la plus rapide de rencontrer leurs dirigeants.

Napashni garda le silence, car elle avait confiance en Onyx. Ils suivirent un sentier dans la forêt et aboutirent sur une grande plaine où paissaient un impressionnant nombre de chevaux de toutes les races.

– Ils sont magnifiques, ne put s'empêcher de commenter Wellan.

– Et ils doivent certainement appartenir à quelqu'un, se réjouit Onyx.

Ils continuèrent d'avancer et, tout comme l'avait prévu le renégat, une dizaine de chasseurs sur des chevaux bicolores foncèrent droit sur eux au grand galop.

– Leur système de guet est vraiment au point, laissa tomber Onyx.

Ils furent bientôt entourés par les jeunes gens qui pointaient sur eux leurs lances rustiques décorées de plumes.

– Qui êtes-vous ? aboya l'un d'eux.

Ne répondez pas, ordonna Onyx par télépathie. *Le sort d'interprétation que nous avons reçu leur ferait comprendre nos paroles. Ils doivent croire que nous sommes de purs étrangers.* «Ils n'ont qu'à comparer nos vêtements avec les leurs pour comprendre que nous venons d'ailleurs», songea Wellan. Néanmoins, il ne contesta pas le commandement d'Onyx.

– D'où venez-vous ? Pourquoi êtes-vous sur les terres des Hidatsas ?

Les intrus se contentaient de les regarder sans ouvrir la bouche.

– Emmenons-les, décida un autre des chasseurs. Cidadagi saura quoi en faire.

Les jeunes gens leur indiquer d'avancer vers le sud. *Parfait,* déclara Onyx. *Wellan, tu vas pouvoir te remettre en forme.* L'ancien Chevalier jugea plus sage de ne pas répliquer.

Ils marchèrent toute la journée, puis arrivèrent devant une mer de tentes coniques plantées sur le bord d'un grand lac. Les Hidatsas interrompirent leurs activités quotidiennes en voyant approcher les étrangers. Ils ne manifestèrent toutefois ni joie, ni crainte et se contentèrent de les regarder passer en silence. Ils portaient tous des vêtements de suède de teinte sombre et la plupart avaient tressé leurs longs cheveux noirs. Tout comme les Nacalts, ils avaient la peau hâlée et leurs yeux étaient sombres comme la nuit.

Les chasseurs poussèrent leurs prisonniers jusqu'au centre du village et les immobilisèrent devant un tipi plus grand que tous les autres. Ils mirent pied à terre, et en frappant derrière leurs jambes, leur firent comprendre qu'ils devaient s'agenouiller. En très peu de temps, les Hidatsas se massèrent autour des captifs pour observer leurs visages. Les cheveux blonds et la stature de Wellan suscitaient beaucoup de commentaires.

Un homme âgé sortit alors de la tente. Il portait sur la tête une coiffe de plumes blanches qui lui descendait jusqu'au milieu du dos. *Il me fait penser à ton père,* ricana Onyx en jetant un regard de côté à Napashni.

— Je suis Cidadagi, chef du clan des cerfs, se présenta-t-il. Qui êtes-vous et que faites-vous chez les Hidatsas ?

— Je suis l'Empereur Onyx d'An-Anshar et voici ma femme, Napashni, et Wellan, mon lieutenant.

— Êtes-vous des personnes importantes, là d'où vous venez ?

— Je suis l'homme le plus influent de plusieurs continents.

— Êtes-vous venus dans le but de faire du commerce avec les Hidatsas ?

— Non, avoua franchement Onyx. Mon but est de gagner votre allégeance.

Ce commentaire suscita un tollé parmi le peuple.

— Ce sont des paroles téméraires de la part d'un captif, lui fit remarquer Cidadagi.

— Je veux aussi vous annoncer que j'ai réuni les Itzamans, les Mixilzins et les Tepecoalts en un seul peuple.

Cette fois, des commentaires incrédules s'élevèrent de la foule. Le grand chef leva les bras pour exhorter les siens au calme.

— Ils sont redevenus les Nacalts d'autrefois, poursuivit Onyx, et ils sont sous ma protection.

— Je ne te crois pas.

— Je dis pourtant la vérité.

— Je peux l'attester, intervint Napashni.

— Moi aussi, renchérit Wellan.

Onyx comprit que le chef des Hidatsas était un homme à l'esprit étroit.

— Les dieux m'ont demandé restaurer la paix à Enlilkisar, expliqua-t-il. Ils ont aussi indiqué que je devais en devenir le chef absolu afin d'y maintenir l'harmonie jusqu'à la fin des temps.

— Les Hidatsas ont déjà des chefs.

— Et ils les conserveront, mais ceux-ci devront agir en mon nom.

Les chasseurs se mirent à réclamer la tête des étrangers avec véhémence.

— As-tu déjà fait la guerre, Onyx d'An-Anshar?

— Trop souvent.

— As-tu déjà tué quelqu'un?

— J'ai anéanti toute une nation.

Incrédules, les chasseurs passèrent des menaces aux moqueries. Onyx ne crut pas utile de préciser qu'il s'agissait de Tanieths.

— Fais-tu le bravache pour m'impressionner ?

— Je suis beaucoup plus terrible que j'en ai l'air, grand chef.

— Sais-tu manier la hache et l'arc ?

— Avec adresse, ainsi que la lance et une arme divine dont vous n'avez jamais entendu parler.

Cidadagi était incapable de déterminer si leur prisonnier disait vrai ou s'il tentait de l'épater pour rester en vie. Onyx allait utiliser d'autres arguments pour le convaincre lorsqu'il reçut l'aide inattendue d'un jeune brave qui revenait de la pêche. Nizhotza s'était faufilé parmi les observateurs pour voir ce qui se passait devant la tente de Cidadagi.

— Je reconnais cet homme ! lança-t-il. Je l'ai vu tandis que j'étais à la chasse. J'ignore s'il est un dieu ou un sorcier, mais il nous a désarmés, mes compagnons et moi, sans même s'approcher de nous.

— Le soleil t'est tombé sur la tête ! se moqua un quelqu'un dans la foule.

— Il dit vrai ! l'appuya un des jeunes chasseurs qui accompagnaient Nizhotza lorsqu'ils étaient tombés sur les étrangers dans la forêt, plusieurs lunes auparavant.

Pour prouver ses dires, Onyx tendit la main vers le grand chef. Aussitôt, son poignard glissa de sa ceinture et vola jusqu'à la paume du prisonnier, provoquant un vent de panique parmi les Hidatsas.

– Comment as-tu fait ça ? se méfia Cidadagi.

– Je n'ai qu'à le vouloir.

Wellan se mordit les lèvres pour ne pas leur expliquer que ce n'était que de la magie.

– Si tu es aussi puissant que tu le dis, pourquoi nos chasseurs ont-ils réussi à te capturer ?

– Parce que je l'ai voulu ainsi.

Cédant à la panique, un des guerriers poussa un cri et projeta sa lance dans le dos de l'empereur d'An-Anshar. Elle rebondit sur la bulle de protection qu'Onyx avait élevée autour de Napashni, Wellan et lui-même. Effrayées, les femmes s'emparèrent aussitôt de leurs enfants et prirent la fuite, laissant les hommes régler leurs comptes avec les étrangers.

– Je ne suis pas venu jusqu'à vous avec des intentions funestes, ajouta le renégat avec un calme déconcertant. C'est une main amicale que je vous tends.

– Mais tu veux me remplacer à la tête de mon peuple, lui rappela Cidadagi.

– Je suis déjà la tête d'un grand empire et je vous offre d'en faire partie tout en gardant votre hiérarchie exactement comme elle est en ce moment. Je veux remplir auprès de vous le rôle d'un père qui s'assure que ses enfants ne se querellent plus jamais et qu'ils vivent en paix pour toujours.

Cidadagi hésita un long moment, puis il demanda aux chasseurs de partir.

– Mais... protesta son fils, qui se trouvait parmi eux.

– Je ne cours aucun danger.

– Vous avez pourtant vu ce qu'ils savent faire !

– J'ai parlé.

Les jeunes gens s'éloignèrent en grondant leur mécontentement.

– Suivez-moi, ordonna Cidadagi aux prisonniers.

Le renégat s'empressa de lui obéir, suivi de ses lieutenants. Le chef les fit asseoir autour d'un petit cercle creusé dans le sol, où rougissaient encore quelques braises. Il bourra une longue pipe de feuilles de tabac et l'alluma à l'aide d'une petite branche qu'il avait plongée dans les charbons ardents.

– C'est la coutume de mon peuple de sceller les ententes en fumant le calumet.

Wellan, qui voulait écrire des ouvrages sur tous les peuples de ce continent, examina les gestes de l'Hidatsa avec attention. Cidadagi inhala le premier la fumée, puis l'expira lentement. Ce fut ensuite au tour d'Onyx. Le goût du tabac était étrange, mais intéressant. Quant à lui, Wellan tira un grand plaisir à participer à cette cérémonie intime, mais lorsqu'il présenta le calumet à Napashni, celle-ci écarquilla les yeux. *Juste une bouffée,* l'encouragea Onyx. *Mais le bébé ?* Il lui conseilla de garder la fumée dans sa bouche et de ne pas l'avaler. N'ayant pas vraiment le choix, la jeune femme fit ce que son amant lui demandait, mais les larmes qui lui montèrent aux yeux indiquèrent aux hommes qu'elle n'appréciait pas vraiment cette coutume.

– Même si ce geste symbolique m'assure qu'il n'y aura pas de querelle entre nous, vous devrez aussi prouver votre valeur à mon peuple, ce soir.

– De quelle façon ? s'enquit Wellan, bien qu'il connaissait déjà la réponse.

– Ce sera aux guerriers de vous le dire.

Toute la tribu se réunit au centre du village pour le repas du soir. Assis de chaque côté de Cidadagi, Onyx, Napashni et Wellan se régalèrent d'une nourriture très différente de celle des Nacalts. Il y avait bien longtemps qu'ils n'avaient pas mangé de viande rôtie. Lorsqu'on servit à Onyx un autre type de bière, à base de céréales cette fois, il accepta d'y goûter, mais fit la grimace.

– Que buvez-vous, dans votre pays ? s'informa le chef en constatant son déplaisir.

Le renégat passa la main au-dessus du gobelet de bois, changeant la couleur de la boisson du doré au rouge.

– Ceci. C'est du vin.

– Vous possédez donc les mêmes pouvoirs que le dieu-lion Ahuratar ?

– En fait, je suis son grand-oncle.

Sur le sol, Wellan dessina les quatre degrés de la hiérarchie céleste à l'aide d'un bout de bois.

– Tout en haut se trouvent Abussos et Lessien Idril, les dieux qui ont créé toute chose. À leur tour, leurs enfants Aufaniae et Aiapaec ont donné naissance à cinq enfants, soit Parandar, Theandras, Akuretari, Lycaon et Étanna. Ahuratar est le fils d'Étanna.

– Et où se trouve Onyx d'An-Anshar ?

– Ici, répondit le renégat en pointant le deuxième niveau. Je suis le fils d'Abussos.

Alors que s'achevait le repas, les jeunes hommes exécutèrent les danses sacrées au rythme des tambours. En réalité, il s'agissait d'une initiative de la part du chaman du village qui désirait exorciser les trois démons qui tentaient de ravir les âmes des Hidatsas. Debout derrière le feu, il observait les intrus, déçu de ne pas les voir mourir et s'écrouler sur le sol. Au contraire, Onyx ne s'était jamais senti aussi fort.

– Je défie les étrangers ! lança alors un des chasseurs. Un combat à mains nues !

Napashni se leva pour répondre à la provocation. Déconcerté, le jeune homme questionna son chef du regard.

– Elle fait partie des étrangers, confirma Cidadagi.

La Mixilzin alla se placer en position d'attaque dans l'espace qui venait de se libérer de l'autre côté du feu.

– Elle ne veut pas fumer pour ne pas nuire au bébé, mais elle n'hésite pas une seule seconde à aller se battre, chuchota Onyx à l'oreille de Wellan. Je ne comprendrai jamais rien aux femmes.

Napashni, comme toutes les guerrières de son pays, avait appris à utiliser la force de ses adversaires sans se servir de la sienne. Malgré toutes ses tentatives, le jeune Hidatsa ne parvint pas à la déséquilibrer et mordit plusieurs fois la poussière. Pour lui permettre de conserver sa dignité, la Mixilzin lui asséna le coup de grâce en exerçant une pression à un endroit précis dans son cou, ce qui le paralysa momentanément. Un large sourire sur le visage, elle revint s'asseoir auprès de son amant. Aussitôt, un autre chasseur s'avança.

– Le bâton ! s'écria-t-il.

Onyx jeta un regard à Wellan.

– Heureusement, dans cette vie, j'ai appris à m'en servir avec Kira, lui dit l'ancien commandant.

Wellan se mesura donc au guerrier qui l'avait provoqué. Il s'avéra tout aussi habile que sa mère avec cette arme. Le duel dura de longues minutes, jusqu'à ce qu'un solide coup porté par l'imposant Hidatsa fracasse son bâton en deux.

– J'ai rarement affronté un adversaire aussi coriace, le félicita Wellan.

Le compliment gonfla le chasseur de fierté. Il retourna auprès de ses amis, puis ce fut le silence. Au bout d'un moment, Onyx n'eut pas d'autre choix que de se lever.

– Personne ne me défie ? Soit !

Il alla se placer dans l'aire de combat et se tourna vers le chef. Sa formidable épée double apparut dans ses mains, arrachant un murmure d'émerveillement à toute l'assemblée. Pour les épater davantage, à chaque extrémité de son épée, Onyx alluma les lames avec des flammes magiques, puis il exécuta un enchaînement de mouvements de combat prodigieux qu'ils n'allaient pas oublier de sitôt.

Lorsqu'il s'immobilisa enfin, les jambes fléchies, le bras droit replié vers l'arrière, l'épée en position verticale appuyée sur son dos et le bras gauche paré pour la défense devant sa poitrine, tout ce qu'on pouvait entendre, c'étaient les crépitements du feu.

Fier de sa performance, Onyx se redressa et lança son arme au-dessus de sa tête. Elle disparut dans une explosion de petites étoiles bleues.

– Incroyable... parvint à articuler Cidadagi, ébloui.

Il offrit l'hospitalité à ses invités et les fit conduire à une tente. Wellan et Napashni parvinrent à s'endormir assez facilement, mais pas Onyx. Son instinct lui recommandait de garder l'œil ouvert.

Ses craintes se concrétisèrent au milieu de la nuit lorsqu'il entendit des pas feutrés à l'extérieur de l'abri de toile.

Quelqu'un s'approchait en silence. Onyx n'était pas le genre d'homme à attendre qu'on l'attaque. Il sortit de la tente et scruta l'obscurité avec ses sens magiques. Il ne s'agissait que d'un seul assaillant et ses intentions étaient claires. Dès qu'il ne fut plus qu'à quelques pas de lui, Onyx fit jaillir de la lumière de ses paumes, aveuglant son agresseur. Le chaman s'immobilisa, un poignard à la main.

– Je me doutais bien que c'était vous, grommela le renégat.

– Je ne laisserai pas un imposteur me faire perdre la face !

– S'il y a une chose que j'ai apprise dans la vie, c'est qu'il y a toujours plus fort et plus faible que soi. Il ne sert à rien de tuer ceux qui nous surpassent, parce qu'il y en aura toujours.

Le chaman s'élança, mais sa lame heurta le bouclier de protection d'Onyx.

– Je vais régler votre cas tout de suite, vieil abruti. De cette façon, je pourrai dormir sur mes deux oreilles, cette nuit.

À l'aide de son pouvoir de lévitation, Onyx traîna le Hidatsa jusqu'au grand totem à l'entrée du village. Il le désarma, puis le boudina au grand mât de bois sculpté avec de la corde en provenance d'Émeraude.

– Vous expliquerez votre conduite à votre chef demain, lui dit Onyx avant de retourner dans sa tente.

Comme il s'y attendait, aux premières lueurs de l'aube, en trouvant leur sorcier dans cette position embarrassante, les femmes coururent avertir Cidadagi qui, à son tour, fit chercher

Onyx. Ce dernier lui expliqua en quelques mots ce qui s'était passé.

– C'est contre nos coutumes de s'en prendre à nos invités, tonna Cidadagi, mécontent. Tu seras banni pour ton geste.

– Au lieu de l'exiler, vous devriez l'obliger à rester et à s'améliorer, suggéra Onyx.

– J'aime bien cette solution, mais jusqu'à la fin des grandes fêtes, je veux que tu disparaisses de ma vue, chaman.

Le sorcier, profondément blessé dans son amour-propre, tourna les talons et se dirigea vers la forêt.

– Tu t'es fait un autre ennemi, chuchota Napashni à son amant.

Onyx se contenta de sourire.

– Tous les Hidatsas se préparent à honorer Ahuratar, le dieu qui veille sur nous, expliqua Cidadagi. Nous nous rencontrerons bientôt au centre du pays, sur la grande plaine des antilopes. Ce serait un honneur pour nous que vous participiez aux cérémonies.

Ça nous évitera de parcourir le pays entier pour rencontrer tous les autres chefs, fit remarquer Wellan par télépathie. Onyx accepta avec plaisir l'invitation du clan des cerfs.

Ils se rendirent à cheval jusqu'à l'immense plaine, où les représentants des autres tribus étaient déjà arrivés. Les représentants de celle de Cidadagi installèrent prestement leurs tentes dans la section qui leur était réservée. Les sept divisions des Hidatsas possédaient un totem différent : le cerf, le hérisson, le castor, l'antilope, l'ours, le renard et le cheval.

— Quel est votre animal fétiche ? demanda Cidadagi à ses invités tandis qu'il les emmenait vers l'endroit où les attendaient les six autres dirigeants.

— Le loup, répondit Onyx en jetant à ses amis un regard les avertissant de ne pas mentionner le griffon et le reptile ailé.

Les chefs observèrent les étrangers avec suspicion, surtout le géant blond qui dépassait tout le monde d'une tête.

— Paix et vie, les salua Cidadagi.

— Qui sont ces gens ? s'enquit l'un d'eux.

— Un dieu plus puissant que le nôtre, sa femme et son lieutenant. Il nous demande de reconnaître son autorité sur toutes les races d'Enlilkisar.

Pour apaiser leur méfiance, Cidadagi leur raconta les prodiges dont il avait été témoin et ajouta que l'esprit du loup habitait Onyx.

— Comment peux-tu croire ces balivernes ? s'exclama le chef de la tribu des hérissons.

« Il n'y a qu'une seule façon de convaincre ces incrédules », comprit Onyx. Sous leurs yeux, il se transforma en un énorme loup noir. Terrorisés, les six hommes reculèrent vivement. Pour mettre fin à leur terreur, le renégat reprit sa forme humaine.

– Ce ne sont pas des balivernes, déclara-t-il.

– Vous êtes un sorcier ! s'écria le chef de la tribu des castors.

– Je suis le fils du dieu fondateur, le corrigea Onyx. Je suis venu jusqu'ici pour vous parler de paix.

– Le premier jour des fêtes d'Ahuratar ?

– Ahuratar est un dieu beaucoup moins puissant que moi. Ne méritez-vous pas mieux ?

– Tenons notre première assemblée maintenant pour décider de cette affaire, décida le chef du clan de l'ours.

Onyx, Napashni et Wellan prirent place sur les tapis disposés en rond autour du feu, au beau milieu de la plaine. Les chefs écoutèrent le discours du fils d'Abussos, qui ne désirait pas faire perdre leur caractère unique aux différentes nations, mais les rassembler sous un seul dieu. Cette unification mettrait ainsi fin aux guerres de religion et permettrait aux nations d'Enlilkisar de faire librement du commerce entre elles. Le mot « paix » revint très souvent dans l'allocution du dieu-loup. Les chefs n'étaient pas fermés à cette idée, mais ils voulaient prendre le temps de peser le pour et le contre de sa proposition.

Le soir venu, les membres des différents clans exécutèrent les danses destinées à plaire à Ahuratar. Onyx demeura à l'écart avec Napashni, tandis que Wellan s'installa en première ligne pour observer ce rituel. Le rythme des tambours et les costumes colorés étaient hypnotiques. Ils engourdissaient progressivement les sens des spectateurs.

Onyx allait suggérer à sa maîtresse de se retirer pour la nuit quand, tout à coup, une dizaine de félins tomba du ciel. Les danseurs se hâtèrent de reculer et de former une large enceinte où tous les félidés auraient suffisamment d'espace pour circuler. Ahuratar poussa un rugissement retentissant pour faire connaître sa présence.

– Crois-tu que les chefs auront le courage de leur dire qu'ils envisagent un changement d'allégeance ? demanda Napashni à Onyx.

– C'est ce que nous allons voir.

Wellan avait déjà reconnu Étanna, la déesse-jaguar, Enderah, la déesse-lynx, Napishti, le dieu-tigre, Skaalda, le dieu-léopard, et Rogva, la déesse-puma. Les autres félins, plus petits, disparaissaient souvent dans l'ombre des plus gros et il était difficile de faire la différence entre l'ocelot, l'oncille et le margay.

Simultanément, tous les félidés adoptèrent leur forme humaine, au grand plaisir de l'assemblée. Ahuratar, un formidable géant blond, s'avança vers les Hidatsas.

– Encore une fois, vous voilà réunis pour nous prouver votre fidélité et votre obéissance. Je...

Un sifflement retentissant interrompit son discours. Il semblait provenir du ciel.

– On dirait le cri d'un aigle, fit remarquer Napashni à Onyx.

– J'irais même jusqu'à dire qu'il ressemblait à celui d'Aquilée.

Ils se redressèrent et scrutèrent la plaine avec leurs sens magiques.

– Et elle n'est pas venue seule, confirma Onyx.

Le premier oiseau de proie à piquer sur les félidés fut en effet Aquilée. Toutes serres dehors, elle manqua Ahuratar de peu et s'empara de Kalévi, le dieu-ocelot, l'emportant avec elle. Son attaque fut suivie de celles d'une chouette, d'un autour, d'un épervier, d'un hibou et d'un faucon. Les dieux-félins reprirent leur forme animale. Napishti, le dieu-tigre, égorgea prestement la crécerelle qui tentait de s'en prendre au margay et Skaalda, le dieu-léopard, ne fit qu'une bouchée de la chevêche. Le faucon s'empara du chat des sables et le déchiqueta en plein vol. Folle de rage, Étanna sauta dans les airs et planta les dents dans la patte de l'autour qu'elle ramena sur le sol pour l'égorger sans façon.

– Devrions-nous intervenir ? demanda Wellan en revenant vers ses compagnons.

Une buse passa au-dessus de leurs têtes et fonça sur le margay, qui avait réussi jusque-là à éviter de se faire tuer en restant près des grands fauves.

– Assez ! hurla Cidadagi.

Aquilée apparut de nulle part et fonça sur le vieil homme. Onyx se transforma aussitôt en loup et bondit par-dessus les Hidatsas qui le séparaient de la déesse-aigle. Celle-ci venait de renverser Cidadagi et s'apprêtait à lui rompre le cou. Onyx sauta sur le dos du rapace et enfonça ses crocs dans ses plumes. Aquilée tourna la tête, mais ne parvint pas à frapper le loup avec son bec, Elle se roula donc sur le sol jusqu'à ce qu'elle le décroche de son dos. Onyx se campa sur ses pattes et continua de défier l'oiseau géant, malgré son bec menaçant et ses ailes ouvertes.

– Vous n'en avez pas eu assez la première fois ? cracha-t-il. Vous avez besoin d'une autre leçon ?

– Ce n'est pas votre combat ! riposta Aquilée.

Les chats et les oiseaux continuaient de s'entretuer autour d'elle, mais au moins Onyx avait réussi à décrocher Aquilée de sa proie. Cidadagi gisait sur le sol, inconscient mais toujours vivant.

– Mettez fin à ce carnage ou vous mourrez tous, cette nuit ! hurla le loup.

Même si elle était une vaillante guerrière, Aquilée savait maintenant ce dont était capable le fils d'Abussos. Elle poussa un cri aigu et s'envola vers le ciel, ralliant avec elle les survivants de son panthéon, soit Izana, la déesse-chouette, Métarassou, la déesse-faucon, et Ninoushi, la déesse-épervier.

Onyx aurait voulu se porter au secours de Cidadagi, mais il lui restait les félins à chasser. En amplifiant magiquement ses grondements, il fit d'abord reculer Skaalda, le dieu-léopard et Rogva, la déesse-puma, vers Étanna dont la gueule était maculée de sang.

— Partez ! ordonna Onyx.

— Tu ne nous fais pas peur, rétorqua Ahuratar en se postant près de sa mère.

Enderah, la déesse-lynx, et Napishti, le dieu-tigre, s'empressèrent de se joindre au reste de la bande. Ils levèrent alors les yeux au-dessus de la tête d'Onyx en même temps qu'apparaissait devant lui l'ombre d'un grand reptile ailé, haut comme trois maisons. Alarmée, Étanna rappela sa famille d'un seul miaulement rauque et se volatilisa avec elle.

Pour ne pas traumatiser le peuple, Wellan reprit immédiatement sa forme humaine et se pencha sur Cidadagi. Il alluma ses mains et soigna ses plaies, sous les regards mystifiés des Hidatsas. Lorsque le chef se mit à remuer et à grommeler son mécontentement, Wellan l'aida à s'asseoir.

— Vous avez une étrange façon de célébrer vos dieux, le taquina l'ancien commandant des Chevaliers.

Le chef du clan des antilopes fut le premier à se hâter auprès de son vieil ami.

— Cidadagi, as-tu organisé cet assaut pour nous convaincre d'adopter le culte du loup ?

— Je n'ai rien fait du tout...

Onyx reprit son apparence humaine et incendia les corps des dieux qui avaient perdu la vie avant que les Hidatsas ne décident d'en faire du ragoût.

— Tu es véritablement plus puissant qu'Ahuratar, confirma Cidadagi en s'approchant de lui. Dis-moi qui nous devons maintenant vénérer.

— Abussos, le dieu-hippocampe.

Seuls les représentants du clan des chevaux, dont les terres touchaient à l'océan, avaient déjà vus des hippocampes. Pour les autres, ce mot ne voulait rien dire. Alors, Onyx décida d'imprimer dans leur mémoire l'image du dieu fondateur. Utilisant sa faculté de créer des illusions, il fit apparaître sur la plaine une version géante d'Abussos, vêtu de son pagne, ses longs cheveux flottant dans le vent.

— Voici mon père !

Tous les Hidatsas, sans exception, se prosternèrent sur le sol et se mirent à répéter le nom d'Abussos jusqu'à ce que leurs voix se transforment en un chant de reconnaissance.

25

AN-ANSHAR

Marek ne comprit pas ce qui s'était passé lorsqu'il disparut de la berge de la rivière Sérida pour se retrouver quelques secondes plus tard au sommet d'un volcan. «Comment ai-je pu accomplir un tel déplacement sans m'en rendre compte?» se demanda-t-il. Une main se posa sur son épaule, le faisant sursauter. Il fit volte-face, persuadé que sa mère venait de lui mettre le grappin dessus. Quelle ne fut pas sa surprise d'apercevoir un inconnu d'une stature imposante. Ses cheveux blonds retombaient sur ses épaules et ses yeux passaient du bleu sombre au bleu clair en s'éloignant de ses pupilles. Il portait un surcot rouge clair sur une chemise et un pantalon de toile grise.

– Vivez-vous sur les volcans? balbutia Marek, confus.

– C'est mon intention.

– Moi, je veux seulement les traverser.

– Les traverser? répéta l'étranger, moqueur. Mais c'est un périple de plusieurs jours. Où sont tes vivres?

– Je n'en ai pas besoin puisque le nouveau monde est juste de l'autre côté des montagnes. Je pourrai y trouver de la nourriture.

– À mon avis, tu as surtout besoin d'une bonne leçon de géographie.

Un large sourire sur le visage, l'homme les transporta tous les deux au sommet d'une montagne presque aussi haute que celle où se dressait le Château d'An-Anshar.

– Qui êtes-vous ? s'effraya Marek.

L'étranger se tourna vers l'est.

– Regarde.

Devant l'enfant, les pics enneigés s'étendaient sur plusieurs kilomètres.

– Ce n'est pas du tout ce que j'avais imaginé.

– Tu t'es enfui de chez toi sans aucune préparation, ai-je raison ?

– J'y ai quand même songé un peu avant de partir.

– Tu ressembles beaucoup trop à quelqu'un que j'ai connu, jadis.

– Tout le monde me dit ça.

– Transforme-toi.

– Quoi ?

– Fais ce que je te demande.

L'adolescent se braqua.

– Tu es aussi têtu que ses enfants, ajouta l'homme que tout semblait amuser.

– Qui êtes-vous ? De quels enfants parlez-vous ?

Il fut encore une fois transporté par vortex jusqu'à l'entrée d'une imposante forteresse au sommet d'un autre volcan.

– C'est votre château ? demanda innocemment Marek.

– Maintenant, oui.

Un homme franchit les hautes portes de bois et vint à leur rencontre. Il était entièrement vêtu de noir et le capuchon rabattu sur sa tête empêchait Marek de voir ses traits.

– Où est le propriétaire de ce magnifique palais, Tayaress ?

– Il est parti conquérir le monde, maître.

– Comme c'est intéressant.

– Ce château n'est donc pas à vous ! comprit enfin Marek.

– Quand on possède une aussi belle forteresse, on y reste, répliqua l'étranger. Ce roi ne sait apparemment pas apprécier ce qu'il a.

Les hommes se mirent à marcher vers l'entrée, mais l'adolescent tourna les talons. Le géant n'eut qu'à tendre la main pour lui saisir le bras et le forcer à les suivre. En traversant le vestibule, l'étranger demanda à Tayaress qui se trouvait au château.

– La princesse, son garde du corps, un convalescent inoffensif, des serviteurs et des vignerons. Sauf ces derniers, les autres sont tous là-haut.

– Peuvent-ils être confinés aux étages supérieurs jusqu'à ce qu'ils reconnaissent mon autorité ?

– Sans difficulté.

– Vous n'avez pas le droit de faire ça ! continua de s'indigner Marek.

Les envahisseurs forcèrent le garçon à monter jusqu'à la chambre où ces gens étaient rassemblés. Un effroyable rugissement glaça aussitôt le sang dans les veines de Marek. Tayaress alluma tous les flambeaux accrochés aux murs, révélant la présence d'un homme-lion planté sur ses quatre pattes pour les empêcher d'aller plus loin.

– Un Pardusse ? se réjouit l'étranger. Ça fait longtemps que je n'en avais pas vu un.

— Que faites-vous chez moi ? lança la voix autoritaire d'une fillette.

Mécontente, elle se posta près du lion et croisa ses bras sur sa poitrine.

— Ayarcoutec ? s'étonna le prisonnier, qui l'avait entrevue au Château d'Émeraude, au chevet de l'homme-lion blessé dans son combat contre Mahito.

— Es-tu Marek, le fils de Kira ? fit-elle, tout aussi stupéfaite que lui.

— Marek... répéta l'étranger. Quel joli nom !

Il le poussa en direction de la princesse et de son protecteur.

— Les Pardusses sont le résultat de nos anciennes expériences, poursuivit-il. Tout comme les Simiusses, d'ailleurs.

— Expériences ? se fâcha Ayarcoutec.

— Ne l'écoute pas, l'avertit Cherrval.

— Qui êtes-vous et comment osez-vous entrer chez moi ? poursuivit plutôt la princesse, outrée.

— Pardonnez-moi, Altesse. Je suis Kimaati, fils du dieu suprême Achéron.

— Aucune divinité ne porte ce nom, grommela une voix en provenance du fond de la pièce.

– Montre-toi, lui ordonna Kimaati.

– Il est souffrant et ne peut pas marcher, expliqua Tayaress.

Kimaati s'avança comme si Cherrval ne représentait pas la moindre menace pour lui. Le Pardusse s'élança, mais ses longues griffes passèrent à travers du corps de l'envahisseur comme s'il avait été un fantôme. Ayarcoutec et Marek échangèrent aussitôt un regard effrayé. Le géant poursuivit sa route jusqu'au chevet du dieu-crave.

– Qui m'accuse d'imposture ?

– Azcatchi, fils de Lycaon.

– Des dieux-rapaces... Étanna et Fan de Shola m'ont parlé d'eux.

– C'est impossible ! s'écria Marek. Ma grand-mère est morte quand ma mère n'avait que deux ans !

– À quel panthéon appartenez-vous ? demanda Ayarcoutec sur un ton sentencieux.

– À aucun de ceux que vous connaissez.

Kimaati se transforma en un lion trois fois plus gros que Cherrval.

– Mais vous êtes un félin ! s'étonna le Pardusse, désarçonné.

— Le seul félidé de mon univers, répondit Kimaati en reprenant son apparence humaine.

— Le monde parallèle, comprit Azcatchi.

— Pourquoi êtes-vous dans le nôtre ? continua de l'interroger Ayarcoutec.

— Je me suis échappé du mien. Puisque je ne peux plus rentrer chez moi, je cherche depuis longtemps un nouveau refuge.

— Je vous ferai remarquer qu'An-Anshar appartient déjà à quelqu'un, poursuivit Ayarcoutec, implacable.

— Et où est cette personne ?

— En l'absence de mes parents, c'est moi qui gouverne l'empire.

— Plus maintenant, princesse. Jusqu'à ce que vous ayez accepté ma domination, vous serez mes prisonniers.

— Jamais ! Tayaress, va chercher mon père !

L'Immortel demeura immobile et silencieux.

— L'homme à la flûte m'a dit qu'il t'avait placé auprès de moi pour me protéger ! Alors, fais quelque chose !

— Ne quittez pas cette chambre sinon vous mourrez, les avertit Kimaati.

L'étranger sortit le premier de la grande chambre. Tayaress lui emboîta le pas.

– Traître ! hurla Ayarcoutec, le visage cramoisi.

Elle enleva une de ses sandales et la lança sur la porte qui venait de se refermer en poussant un cri de colère.

– Et comment se fait-il que tu sois avec lui ? reprocha-t-elle à Marek.

– Il m'a capturé tandis que j'essayais de franchir les volcans.

– Pour quoi faire ?

– Pour retrouver mon frère Wellan qui parcourt le nouveau monde.

– Nous devons empêcher ce Kimaati de s'emparer du château de mes parents.

– Possèdes-tu des pouvoirs magiques ?

– Non, soupira Ayarcoutec en allant s'asseoir sur le lit voisin de celui du dieu-crave. Cherrval non plus et Azcatchi a perdu les siens. Nous sommes faits comme des rats.

– Les rats arrivent toujours à trouver une sortie, leur fit remarquer Azcatchi.

– Il y a peut-être des passages secrets ici, comme à Émeraude, suggéra Marek.

– Et si vous arriviez à quitter la forteresse, que feriez-vous ? les fit réfléchir le dieu-crave.

– Nous irions prévenir Onyx, évidemment ! répondit Ayarcoutec.

Marek se rappela que des kilomètres de pics enneigés séparaient An-Anshar d'Enlilkisar.

– À moins d'avoir des ailes, se découragea-t-il, c'est impossible.

– Lui, il en avait, indiqua Ayarcoutec en pointant le dieu-crave, mais il les a perdues.

– Il faut prendre le temps de réfléchir, l'encouragea Marek.

« Si ma mère m'entendait », se surprit à penser l'adolescent.

– Je ne suis pas le résultat d'une expérience, grommela Cherrval en se couchant sur le plancher devant les jeunes.

– Oublie ses insultes, lui dit Marek. Les hommes qui se sentent inférieurs y ont toujours recours.

Ayarcoutec se tourna vers Azcatchi, le seul qui avait conservé son calme depuis l'arrivée de Kimaati.

– Que sais-tu de ce dieu ?

– Ce ne sont que des rumeurs, mais on dit, chez les rapaces, qu'il est le père de tous les enfants d'Étanna. Il serait arrivé dans son antre un peu après qu'Aufaniae et Aiapaec eurent divisé le monde céleste en trois secteurs distincts.

– Pourquoi s'est-il enfui de chez lui?

– Je n'en sais rien.

– Peut-être qu'il n'y avait pas de château à voler dans son monde, grommela le fils de Kira.

– Est-ce que tu possèdes des pouvoirs magiques, Marek?

– Quelques-uns, mais je ne sais pas m'en servir pour me battre.

– Le volet guerrier, c'est moi qui m'en chargerai, assura la fillette. Qu'est-ce que tu sais faire?

– Je peux créer des illusions, utiliser des incantations, communiquer par la pensée, casser des pierres.

– Communiquer? se réjouit-elle. Dis tout de suite à mon père qu'un dieu-lion a pris son château d'assaut!

Marek s'assit en tailleur sur le lit près de la princesse et ferma les yeux. *Sire Onyx?* appela-t-il. Il attendit quelques secondes et l'appela encore. Aucune réponse. Alors, il tenta de parler avec ses parents, sans succès. *Est-ce que quelqu'un m'entend?*

— On dirait que j'ai perdu cette faculté tout à coup, avoua-t-il en ouvrant des yeux effrayés.

— Kimaati a sans doute entouré son nouveau refuge d'une protection qui empêche tout contact avec l'extérieur, les avertit Azcatchi.

Ayarcoutec fonça vers la porte et tenta de l'ouvrir, mais elle refusa de bouger.

— Comment mangerons-nous ? s'inquiéta Cherrval.

— Les Hokous ne nous laisseront pas mourir de faim, déclara Ayarcoutec.

Elle courut jusqu'au balcon et agita les bras.

— Ohé, en bas ! cria-t-elle. Aidez-nous !

Au milieu des vignes, un jeune homme leva la tête, en se demandant pourquoi la princesse semblait en détresse... ou était-ce un jeu ?

— Je suis prisonnière ! Vous devez prévenir Onyx que...

Plus rien. La petite continuait de sautiller sur le balcon, mais ses mots ne parvenaient plus jusqu'aux jardins. Toute-fois, Rami avait appris à lire entre les lignes durant sa captivité chez les Madidjins. Il savait qu'Onyx et Napashni avaient quitté la forteresse en n'y laissant que les Hokous pour la garder, un peuple qui n'utilisait les couteaux que pour cuisiner.

Un envahisseur avait-il profité de l'absence de l'empereur pour s'emparer de son château ?

Sans perdre de temps, Rami revint à la maison qu'il occupait avec deux vignerons, remplit un sac de provisions, passa la bandoulière par-dessus sa tête et se rendit jusqu'à la limite du plateau afin d'entreprendre le long trajet vers Enlil-kisar. Idriss lui avait souvent répété qu'il était suicidaire de s'en prendre seul à toute une armée et que la meilleure chose à faire, c'était d'aller chercher de l'aide.

Avant le départ des souverains, Rami avait entendu Onyx dire à Napashni qu'ils devaient se rendre dans un pays qui portait le nom d'Itzaman. C'est donc là qu'il dirigerait ses pas. Il devait les retrouver et les prévenir que leur fille était en danger.

– Dois-je le précipiter dans le vide ? demanda Tayaress, debout près de Kimaati sur un autre balcon de la forteresse.

– Non, mon ami... Souhaitons plutôt qu'il retrouve le propriétaire de ce merveilleux château, car j'ai envie de faire sa connaissance avant de lui faire regretter son imprudence.

Un sourire cruel se dessina sur le visage du dieu-lion.

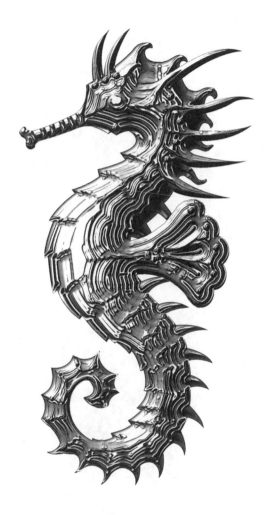

À PARAÎTRE
EN 2014

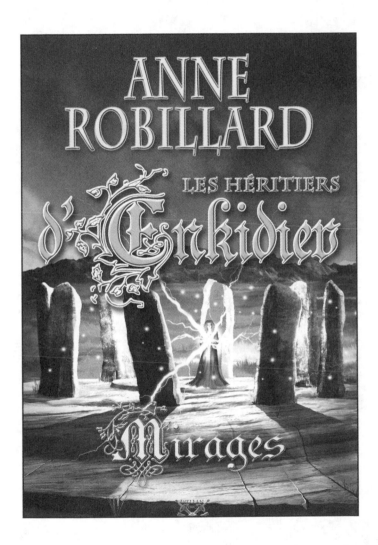

www.anne-robillard.com
www.parandar.com

MARQUIS

Imprimé au Québec, Canada
Septembre 2013